Juliana Stone

WENN DU MICH KÜSST

Juliana Stone verliebte sich zum ersten Mal im zarten Alter von zwölf Jahren. Damals entschied sie, sich ihren Traumfreund zukünftig selbst »zu schreiben«. Glücklicherweise hat sie ihr Vorhaben in die Tat umgesetzt und mittlerweile mehrere fantastische und realistische Liebesromane veröffentlicht. »Wenn du mich küsst« ist ihr erstes – nicht weniger romantisches – Jugendbuch. Gemeinsam mit ihrem Mann und ihren Kindern, einem Hund und einer Katze lebt Juliana Stone zurückgezogen in der kanadischen Wildnis.

Juliana Stone

WENN DU MICH KÜSST

Aus dem amerikanischen Englisch
von Franziska Jaekel

Ravensburger Buchverlag

Als Ravensburger Taschenbuch
Band 54464
erschienen 2018

MIX
Aus verantwortungs-
vollen Quellen
FSC® C114500
FSC
www.fsc.org

1 2 3 4 5 E D C B A

Ungekürzte Ausgabe

Die englische Originalausgabe erschien 2014
unter dem Titel »Boys like you«,

Published by Sourcebooks Fire, an imprint of Sourcebooks, Inc.
P.O. Box 4410, Naperville, Illinois 60567-4410.
This translation published by arrangement with Sourcebooks, Inc.

Umschlaggestaltung: Isabelle Hirtz, Inkcraft,
unter Verwendung von Bildern von Genius Kp/Shutterstock
und KennStilgera47/Shutterstock
Redaktion: Nadja Korthals

Printed in Germany
ISBN 978-3-473-54464-6

www.ravensburger.de

Dieses Buch ist für meine Tochter Kristen,
eine junge Frau, die weiß was sie will
und wie alle in unserer Familie Bücher liebt.
Bleib wie du bist.

Kapitel 1

Monroe

»Du kannst alles erreichen, wenn du es wirklich willst.« Das hatte meine Grandma an einem schwülen Nachmittag, als ich elf war, zu mir gesagt. Sie war dabei ganz ernst gewesen und hatte uns Eistee eingeschenkt.

Es war einer dieser Nachmittage gewesen, an denen die Luft flimmert und die Hitze in die Klamotten kriecht. Einer dieser Nachmittage, an denen die Haut klebrig und die Muskeln träge sind. Ich erinnere mich noch daran, dass sogar die Vögel still waren. Nur die Grillen zirpten wie Minikreissägen.

Schon komisch, woran man sich erinnert und dass man einige Dinge nicht vergessen kann, egal wie sehr man es versucht.

An diesem Nachmittag hatten wir auf Grandmas Veranda gesessen, als es anfing zu regnen. Die Hyazinthen ließen unter dem Gewicht des Wassers die Köpfe hängen und die beiden Katzen Mimi und Roger hatten sich neben Grandmas Füßen zusammengerollt. Ich hatte irgendein trendiges New-Yorker-Outfit an, das für den Sommer in Louisiana gänzlich unpassend war. Grandma Blackwell trug ihre sogenannte »feine Südstaatenkleidung«, ganz aus Baumwolle.

Wir lehnten uns in den Korbstühlen zurück und redeten über mein Fußballtraining. Ich erzählte ihr, wie gern ich in die erste Mannschaft wollte, und sie sagte, dass alles möglich wäre, solange ich mich dafür einsetzte. Natürlich glaubte ich ihr mit all dem Enthusiasmus einer Elfjährigen, deren Gefühle noch nie verletzt oder enttäuscht worden waren. Warum auch nicht? Sie war meine Grandma und sie lag niemals falsch.

Nach diesem Gespräch hatte ich mein Bestes gegeben und es ins Team geschafft.

Aber das war vor Malcom gewesen. Vor dem schrecklichen Jahr, das gerade hinter mir lag. Bevor ich lernte, dass mein sorgloses Leben zerbrechen und der Schmerz ein täglicher Begleiter werden konnte. Dass Glücklichsein nur ein Wort war, das keine Bedeutung hatte.

Und jetzt im »hohen Alter« von sechzehneinhalb Jahren wusste ich nicht mehr, woran ich glauben sollte. Ich wusste nicht, ob meine Wunden jemals heilen würden.

Natürlich hatte ich es versucht. Ich ging brav zur Einzeltherapie. Ich nahm an Gruppentherapiesitzungen teil. Ich las die Bücher, die mir empfohlen wurden, machte Entspannungsübungen, die mir völlig sinnlos erschienen, und nahm die Medikamente, die sie mir verschrieben.

Ich mochte sogar die Wirkung der kleinen blauen Pillen, dank derer ich nichts als Leere spürte. Ich fühlte mich zwar auch ohne sie leer, aber die Leere, die die Medikamente mit sich brachten, war viel besser als die echte, quälende Leere, mit der ich leben musste.

Das war bestimmt auch der Grund, warum sie mir die Tabletten wieder weggenommen hatten. »Süchtig« war nicht unbedingt etwas, was meine Mom auf die lange Liste der Dinge setzen wollte, die nicht mit mir stimmten.

Was ich damit sagen will: Ich hatte alles getan, was man von mir verlangte. Ich hatte es versucht.

Man kann aber nur Erfolg haben, wenn man sich ehrlich darum bemüht. Doch so sehr ich mich auch bessern wollte, um meinen Eltern eine Freude zu machen, ich konnte mich einfach nicht dazu überwinden. Nicht einmal für sie. Mein Therapeut sagte, ich müsse zuerst mit mir selbst ins Reine kommen.

Und darin lag das Problem. Das war mein Dilemma. Mir war alles egal. Wirklich alles.

Wenn ich mich richtig anstrengte und die Augen schloss, gab es dennoch Momente, in denen ich den Regen riechen konnte. Nicht irgendeinen Regen, sondern *diesen* Regen des weit zurückliegenden Nachmittags.

Grandmas Regen.

»Monroe, ich fahre in ein paar Minuten in die Stadt. Möchtest du mitkommen?« Mit diesen Worten kam Grandma in die Küche und ich drehte mich zu ihr um. Es war fast Mittag, und ich saß schon etwa eine Stunde am Tisch und überlegte, ob ich die Schale mit Birnenkompott, die sie mir heute Morgen hingestellt hatte, essen oder zurück in den Kühlschrank stellen sollte. Ich mochte Birnen. Sehr sogar. Ich hatte einfach nur keinen Appetit.

»Ähm, ich glaube, ich bleibe lieber hier, wenn du nichts dagegen hast.«

Grandma legte ihr Portemonnaie auf den Tisch, und ich tat so, als würde ich nicht merken, dass ihr Blick an meinen Haaren hängen blieb. Ich hatte sie gestern zu einem Pferdeschwanz zusammengebunden – oder vielleicht auch vorgestern – weil ich keine Lust hatte, mich weiter mit meiner Frisur zu befassen.

Ich bin ziemlich sicher, dass ich sie seitdem nicht einmal gekämmt hatte.

Sie zeigte auf das Kompott vor mir, hob die Augenbrauen und wartete kurz, bevor sie die Schale auf die Anrichte stellte, mit Frischhaltefolie abdeckte und in den Kühlschrank schob. Dann lehnte sie sich an die Anrichte und für einen Moment starrten wir uns schweigend an.

Ich war seit einer Woche hier und wir hatten noch keine richtige Unterhaltung geführt. Allein schon bei dem Gedanken an das Gespräch, das ich jetzt kommen sah, wurde mir ganz flau im Magen.

Grandma hatte ihr langes Haar mit einer Spange hochgesteckt, die silbernen Strähnen glänzten im Sonnenlicht, das durch das Fenster über der Spüle hereinfiel. Sie hatte rosa Lippenstift aufgelegt und trug einen schicken cremefarbenen Rock, der kurz über ihren Knien endete, eine moosgrüne Bluse und zehenfreie Schuhe mit flachen Absätzen, die das Outfit abrundeten. In ihren Ohren steckten Perlenohrringe, die passende Kette hing um ihren Hals. Eine klassische Wahl, ganz Grandma.

Sie war wunderschön.

Grandma war im letzten Jahr sechzig geworden und strahlte immer noch die schlichte Eleganz aus, die sie von vielen anderen Frauen unterschied. In jüngeren Jahren war sie ein echter Hingucker gewesen, und obwohl meine Mutter der Meinung war, ich sei ihr wie aus dem Gesicht geschnitten, konnte ich kaum eine Ähnlichkeit erkennen. Aber Schönheit hat ja bekanntlich viel mit der inneren Ausstrahlung zu tun, und wenn ich in den Spiegel schaute, blickte mir nur meine düstere und bedrückte Stimmung entgegen.

»In Ordnung«, sagte sie nach einer Weile und blickte auf die Uhr über dem Herd. »Heute kommt sowieso noch jemand wegen einiger Reparaturen vorbei. Du könntest ihm zeigen, wo er anfangen soll.«

Na toll. Das war's dann wohl mit dem Mittagsschlaf, den ich insgeheim geplant hatte.

»Und wer?« Es war mir eigentlich egal, aber ich wollte wenigstens höflich sein und fragen.

»Ich habe eine ortsansässige Firma mit ein paar Wartungsarbeiten auf der Plantage beauftragt. Heute soll der Zaun rund um die Familiengruft und die Grabstätte gestrichen werden.«

Grandmas Vorfahren hatten schon seit vielen Generationen in Louisiana gelebt, und dieses Anwesen – die Oak-Run-Plantage – war schon genauso lange im Besitz der Familie. Vor einigen Jahren hatte mein Urgroßvater das Familiendomizil in ein gut laufendes Bed & Breakfast mit Museum verwandelt, das Grandma geerbt hatte, weil ihr Bruder, Onkel Jack, laut meinem Vater ein nichtsnutziger Säufer war, der seinen eigenen Kopf vergessen würde, wenn er nicht angewachsen wäre.

Auch nachdem Grandpa gestorben war, blieb Grandma dort wohnen, doch anstatt in dem großen Herrenhaus zu residieren, zog sie in das sogenannte Kutschenhaus. Und hier verbrachte auch ich diesen Sommer.

Alle – das heißt meine Eltern und meine beste Freundin Kate – hofften, dass der herrliche Sommer in Louisiana und die entspannte Atmosphäre mir helfen würden. Sie glaubten, dass New York mit all den Erinnerungen zu viel für mich sei, und ich brachte es nicht übers Herz, ihnen klarzumachen, dass mich die Erinnerungen niemals loslassen würden. So viel hatte ich schon gelernt. Der Ort spielte absolut keine Rolle, aber ich war trotzdem froh, Abstand von meiner Mutter und ihren großen, traurigen Hundewelpenaugen zu bekommen. Sie beobachtete mich oft, wenn sie glaubte, ich würde es nicht merken, und jedes Mal fühlte ich mich wie die größte Versagerin des ganzen Planeten.

Ich wusste nicht, wie ich mich ihr gegenüber verhalten sollte. Sollte ich so tun, als ginge es mir besser, um ihr den Schmerz zu nehmen? Sollte ich sie ignorieren? Sollte ich ihr sagen, sie solle mich in Ruhe lassen?

Und erst mein Vater: Er war das komplette Gegenteil und machte einfach weiter, als sei nichts geschehen. Als hätte es die letzten anderthalb Jahre nicht gegeben – als wäre jeder von uns unversehrt – und das machte mich wütend. Und irgendwie auch traurig.

Grandma nahm ihr Portemonnaie vom Tisch und umarmte mich. »Ich hab dich lieb, Monroe.«

»Ich weiß«, flüsterte ich.

Sie griff nach dem Schlüssel und hielt inne. »Wie wäre es, wenn wir zum Abendessen grillen?«

Ich zuckte die Schultern. »Meinetwegen.«

»Also gut.« Sie wandte sich zum Gehen, blieb an der Tür aber noch einmal stehen, die Hand schon auf dem elfenbeinfarbenen Türknauf. »Der Handwerker ist in etwa einer Stunde hier. Warum wäschst du dir nicht bis dahin die Haare?«

»Okay«, antwortete ich, obwohl wir beide wussten, dass das wohl kaum geschehen würde.

Kapitel 2

NATHAN

Es war ätzend, immer auf eine Mitfahrgelegenheit warten zu müssen. Und ich hasste warten. Es machte mich verrückt, nichts zu tun, und ich war zurzeit nicht gerade scharf darauf, noch verrückter zu werden.

Doch vor allem hasste ich warten, weil ich dann zu viel Zeit zum Nachdenken hatte. Über die Gründe, warum ich immerzu warten musste. Darüber, dass ein dummer Fehler alles verändern konnte. Ich hatte alles so gründlich vermasselt, dass dieser Sommer – der Sommer vor meinem letzten Schuljahr, den ich mit Rachel und Trevor und den anderen Jungs hätte verbringen sollen – total am Arsch war.

Nur Trevor hatte es noch schlimmer erwischt.

Ich fuhr mir über die schweißnasse Stirn und griff nach meiner Tasche, die ich neben mir auf der Veranda abgestellt hatte. Ich hasste warten. Ich hasste nachdenken.

In der vierten Klasse war Alex Kingsley auf dem Gang gegen Trevor gestolpert, und Trevor war gegen mich gestoßen, genau vor unserem Klassenraum. Wir hatten in einer Reihe gestanden und darauf gewartet, in die Sporthalle zu gehen. Lange Rede, kurzer Sinn: Wir beide flogen hin und die ganzen Mädchen lachten sich schlapp. Genau wie Alex – bis wir ihn in der Mittagspause auf dem Schulhof in die Mangel nahmen. Trevor und ich zeigten dem kleinen Scheißer, was wir mit Schwachköpfen wie ihm machten. Danach hatte Alex uns in Ruhe gelassen. Obwohl Trevor und ich dafür bestraft wurden – wir mussten eine ganze Woche lang nachsitzen –, festigte das unsere Freundschaft. Uns verband die gemeinsame Abneigung gegen Alex Kingsley und die Liebe zu Musik und Sport. Ich verzieh ihm sogar seine Leidenschaft für Country – er konnte nichts dafür, seine Eltern lebten, was Musik betraf, echt hinterm Mond – und er begann immerhin nach und nach meine Begeisterung für progressive Bands zu teilen. Er zog Countrysongs und diesen akustischen Swing- und Blueskram trotzdem vor und hatte eine Schwäche für die New York Jets. Ich stand auf die ganzen alten Songs, die mein Dad so liebte, auf Hard Rock und laute Gitarren. Ich fand auch die Dallas Cowboys gut, aber irgendwie arrangierten wir uns. Irgendwie stimmte die Chemie zwischen uns, und unsere Band ist, oder besser gesagt *war*, die coolste der Gegend.

Ein Fehler. Ein Scheißfehler. Und ich hatte sein ganzes Leben ruiniert.

Wenn ich könnte, würde ich sofort mit ihm tauschen. Vielleicht würde ich mich dann nicht mehr so schuldig fühlen, könnte wieder in den Spiegel schauen und dieses riesige Loch in meinem Bauch wäre nicht mehr nur voller Selbstverachtung.

Meine Zukunft hätte in der Gosse enden sollen, aber ich war Jack und Linda Everets' Sohn und das bedeutete hierzulande etwas. Es bedeutete eine Sonderbehandlung und eine zweite Chance, selbst wenn man sie nicht verdient hatte.

Ich war glimpflich davongekommen und ich wusste das. Jeder wusste das. Es wurden alle möglichen Ausreden angebracht, um zu verschleiern, dass Trevor im Krankenhaus lag und ich eigentlich hinter Gittern hätte sitzen müssen.

Nathan ist ein guter Junge.

Er hat so etwas noch nie zuvor getan.

Niemand ist perfekt.

Jeder macht mal einen Fehler.

Bla, bla, bla.

Nichts davon änderte die Tatsache, dass ich es völlig verkackt hatte.

Ich war nicht mal sicher, was mich mehr verbitterte – dass ich eigentlich im Jugendknast sitzen müsste oder dass ich und nicht Trevor derjenige hätte sein sollen, der bewusstlos und mit gebrochenen Knochen im Krankenhaus lag und niemals wieder Gitarre spielen würde.

Mein Handy vibrierte und ich zog es aus der Tasche. Als ich den Namen meines Onkels sah, runzelte ich die Stirn. Shit. Ich wusste, was das bedeutete.

Ich ging los und nahm den Anruf an.

»Nathan, ich werde mich verspäten.«

»Bin schon auf dem Weg«, antwortete ich. Die Oak-Run-Plantage lag etwa dreißig Minuten Fußmarsch entfernt, und obwohl es drückend heiß war, fand ich es immer noch besser zu laufen, als weiter auf der Veranda zu hocken, zu warten und auf ein Auto zu starren, das ich nicht fahren durfte, oder über Dinge nachzudenken, die mich noch mehr runterzogen.

»Es ist eine Bullenhitze da draußen, Junge. Ich will nicht, dass du einen Hitzschlag bekommst. Deine Mutter zieht mir das Fell über die Ohren, wenn das passiert.«

Meine Eltern waren vor der Hitze geflohen und in den Norden gefahren, also saß ich im Moment zu Hause fest und hatte niemanden, der mich irgendwo hinfahren konnte. Ich könnte an einem Hitzschlag sterben, und sie würden es vor ihrer Rückkehr am Sonntagabend nicht erfahren. Sie riefen nie an, wenn sie unterwegs waren, und ich wusste, dass ich sie besser auch nicht anrufen sollte, es sei denn, das Haus stünde in Flammen.

Ich hätte mir einreden können, dass sie einen schlechten Mobilfunkempfang hatten, aber die Wahrheit war, dass meine Eltern total aufeinander abfuhren – immer noch – und sie einfach alles um sich herum vergaßen, wenn sie sich ein paar Tage freinahmen.

Ich wollte mir lieber gar nicht vorstellen, wie mein Dad mit meiner Mom rummachte. Aber inzwischen war mir klargeworden, dass die beiden etwas Besonderes verband, und das war verdammt viel mehr, als ich es von den meisten Eltern meiner Freunde sagen konnte.

»Ist schon okay.« Ich zog eine Wasserflasche aus meiner Tasche und goss sie mir über den Kopf. Meine Haare, die mir bis auf die Schultern hingen, waren sofort klitschnass, überall auf meinem weißen T-Shirt verteilten sich Wasserspritzer.

Mein Dad konnte meine Frisur nicht ausstehen, aber Mom und meine Freundin Rachel liebten sie. Einmal hatte Rachel zu mir gesagt, wenn ich mir jemals die Haare abschneiden lassen sollte, würde sie Schluss machen. Natürlich war das nur ein Scherz, aber zuerst war ich mir da nicht so sicher gewesen. Es waren nur Haare, und ich hatte keine Ahnung, wieso das eine so große Sache sein sollte, aber Rachel war der Meinung, dass ich damit wie ein Filmstar aussah, und Aussehen war ihr wichtiger als alles andere. Wahrscheinlich war das auch keine große Überraschung, wenn man eine kleine heiße Blondine war.

»Danke, Nate. Du bist ein guter Junge.«

Erzähl das mal Trevor, dachte ich.

»Farbe und Pinsel sind schon vor Ort, du musst also nur anfangen und so gegen fünf fertig sein, oder notfalls früher. Es ist Freitag, da hast du doch bestimmt schon Pläne, oder?«

Rachel war vor etwa einer Stunde mit ein paar Freunden zur Hütte am See gefahren. Link, einer der Jungs aus meiner Band, war auch dabei. Davor war sie noch kurz vorbeigekommen – ich hatte immer noch den Geschmack ihres Kirschlipgloss auf den Lippen. Sie hatte das knappste Bikinioberteil getragen, das man sich vorstellen konnte, und eine ihrer kürzesten Jeans. Wenn mich das noch etwas angehen würde, hätte ich ihr ein paar Takte dazu gesagt, aber so hielt ich einfach den Mund.

Sie war aus dem Wagen in meine Arme gesprungen, hatte die Beine um meine Taille geschlungen und mich angebettelt, es mir noch einmal zu überlegen und doch mit zum See zu kommen. Sie hatte fast verzweifelt gewirkt, als wüsste sie etwas, was ich nicht wusste.

Was spielt es schon für eine Rolle, wenn du Mrs Blackwell absagst? Der Job wartet auch am Montag noch auf dich. Und dein Onkel wird dich ja wohl kaum feuern.

»Nate«, hatte sie mir ins Ohr gehaucht. »Komm schon, Baby, wir werden eine Menge Spaß haben.«

»Eine Menge Spaß« waren für Rachel die Codeworte für Sex und sich die Kante geben, zwei Dinge, an denen ich überhaupt kein Interesse mehr hatte. Zumindest nicht mit ihr. Nicht seit dieser Nacht.

»Nathan?« Die Stimme meines Onkels am Handy riss mich aus meinen Gedanken.

»Nee, ich lasse es heute Abend ruhig angehen. Ich kann bis fünf arbeiten«, antwortete ich und steckte mein Handy wieder ein. *Oder auch länger.* Es gab keinen Grund für mich, nach Hause zu kommen. Und was sollte ich ohne die Band oder Rachel sonst tun?

Der Marsch zur Oak-Run-Plantage war bei dieser Hitze eine einzige Quälerei. Als ich endlich dort ankam, hatte ich längst mein T-Shirt ausgezogen. Meine Füße waren genauso schweißnass wie der Rest meines Körpers, und ich ärgerte mich, dass ich Arbeitsschuhe angezogen hatte, anstatt etwas Leichteres wie Chucks oder Flipflops.

Die lange Einfahrt der Plantage war beeindruckend – wenn man ihr Beachtung schenkte. Rechts und links wuchsen riesige Eichen, die viele Generationen alt waren. Die Äste ragten von beiden Seiten weit über den Zufahrtsweg, sodass sie ein grünes Dach bildeten, und ich genoss den Schatten auf dem Weg zum Herrenhaus.

Ein paar Autos parkten vor einem kleinen Nebengebäude zu meiner Rechten. Ich blieb stehen, denn ich war mir ziemlich sicher, dass Mrs Blackwell nicht mehr in dem großen Herrenhaus wohnte. Ich sah mich um und entdeckte ein kleineres Gebäude auf der anderen Seite, nur ein paar Meter entfernt. Vor der Veranda des Hauses blühten violette und weiße Petunien genau wie bei meinen Großeltern. Alte-Damen-Blumen.

Ich beschloss, es dort zuerst zu versuchen.

Nachdem ich meine Tasche auf den untersten Treppenabsatz gestellt hatte, nahm ich gleich zwei Stufen auf einmal und klingelte an der Tür. Ein paar Minuten verstrichen, dann klingelte ich noch einmal. Diesmal drückte ich länger auf den Knopf. Ich hörte den Widerhall im Inneren des Hauses und trat einen Schritt zurück.

»Mist«, murmelte ich und starrte auf die Tür, als würde sie sich dadurch öffnen. Mir war heiß, ich war völlig durchgeschwitzt und ich hatte keine große Lust, auf diesem riesigen Anwesen nach einer gruseligen Familiengruft zu suchen.

Eine weitere Minute verstrich, und mir wurde klar, dass mir genau das bevorstand, als ich ein schlurfendes Geräusch hörte und die Tür plötzlich aufschwang.

Ich hatte mir gerade ein Tuch um den Kopf gebunden, damit mir die Haare nicht mehr ins Gesicht fielen, setzte ein Lächeln auf und drehte mich um, um Mrs Blackwell zu begrüßen.

Nur, dass es nicht Mrs Blackwell war, die auf die Veranda trat. Es war ein Mädchen. So viel war klar. Aber ich war mir nicht sicher, wie alt sie war. Ich hätte nicht mal genau sagen können, ob sie hübsch war oder nicht, denn ich war viel zu abgelenkt von ihren Augen, deren Intensität mich wie ein Faustschlag mitten auf die Brust traf. Die Farbe war ungewöhnlich – ein helles Graugrün – und die Form war bemerkenswert, fast exotisch. Aber es war weder die Farbe noch die Form, die mich so umhaute. Es war dieser Blick. Darin lag etwas Undefinierbares und doch so Vertrautes, als würde ich in einen Spiegel schauen. Während wir uns anstarrten, verschwand das Lächeln langsam aus meinem Gesicht und ich hatte nur noch einen Gedanken: Oh Shit.

Kapitel 3

MONROE

Der Typ vor mir auf der Veranda war total verschwitzt, halb nackt und nicht so alt, wie ich erwartet hatte. Nicht mal annähernd so alt.

Mit dem roten Kopftuch und der halblangen Jeans, die so tief an seiner Hüfte hing, dass ich den Bund seiner Boxershorts sehen konnte, wollte er wahrscheinlich cool rüberkommen, aber mal im Ernst: Dachten denn alle Kerle, dass wir Mädchen scharf darauf waren, die Marke ihrer Unterwäsche zu kennen? Ich persönlich hatte diesen Look schon immer albern gefunden und konnte mir kaum vorstellen, dass es angenehm war, mit einer rutschenden Hose herumzulaufen. Das musste doch total unbequem sein. Auf jeden Fall war es albern.

Er trug nicht mal ein T-Shirt. Wahrscheinlich blieb mein Blick deshalb automatisch an seinen Tattoos hängen.

Es war ein interessantes Muster – verschlungene schwarze Symbole, die sich von seiner Schulter über den ganzen Oberarm zogen.

Ich würde mich nie tätowieren lassen, hatte mir allerdings in dem Sommer, bevor meine ganze Welt den Bach runtergegangen war, ein Bauchnabelpiercing gewünscht. Sehr sogar.

Alle Mädchen in der Schule hatten eins und ich fand Piercings lange nicht so trashig wie Tattoos. Doch meine Mutter war entsetzt gewesen von dieser Idee. Ihr einziger Kommentar: »Darüber kannst du nachdenken, wenn du alt genug zum Wählen bist.«

Und Ende der Geschichte, denn mein Dad hielt sowieso immer zu ihr.

»Hey«, sagte er.

Ich antwortete zuerst nicht und trat ein Stück zur Seite, um zu sehen, ob da noch jemand Älteres hinter ihm stand, aber er schien allein zu sein.

»Bist du wegen des Zauns hier?«

Seine Augen verengten sich leicht, wahrscheinlich weil ich ziemlich unhöflich wirkte, aber zu meiner Verteidigung konnte ich sagen: Er war eindeutig zu spät und er hatte meinen Mittagsschlaf gestört, einen sehr wichtigen Teil meines Tages. Zu wichtig, wenn es nach meinen Eltern ging, und damit noch einer der Gründe, warum sie mich diesen Sommer zu Grandma geschickt hatten. In New York war ich viel allein, weil sie zur Arbeit mussten. Ich konnte schlafen, so lange ich wollte, und den ganzen Tag im Schlafanzug herumlaufen, wenn mir danach war.

»Wer bist du?«, fragte er, anstatt auf meine Frage zu antworten.

»Wer bist *du*?«, konterte ich.

»Ich habe zuerst gefragt.«

Okay, wie alt sind wir, fünf?

Er kratzte sich am Kinn und seufzte. Gute Laune versprühte er nicht gerade, aber das konnte man von mir auch nicht behaupten, also waren wir quitt.

Ich bin nicht sicher, wie lange wir dort standen und uns anstarrten, während nur das Summen der Bienen in der Heckenkirsche die Stille erfüllte. Ich verlagerte das Gewicht von einem Bein auf das andere, als mir plötzlich bewusst wurde, dass mein Haar wie ein schlaffer Lappen auf meine Schultern fiel. Ein schlaffer, verfilzter Lappen, der seit Tagen nicht gewaschen worden war.

»Monroe«, sagte ich schließlich.

»Monroe«, wiederholte er, als würde er mir nicht glauben.

Ich rückte den Träger meines Tops zurecht. »Hast du ein Problem mit meinem Namen?«

»Nein.« Er schüttelte den Kopf und fuhr sich mit der Hand über den Nacken. Das machte er bestimmt nur, um seinen Bizeps spielen zu lassen. Und um mit seinen Bauchmuskeln anzugeben. Natürlich starrte ich nicht hin, aber es war ziemlich schwer, sie nicht zu beachten, weil er so … nackt war.

»Ich bin nur hier, um einen Job zu erledigen.« Er trat einen Schritt zurück. »Weißt du, wo die Familienknochen begraben sind?«

Ich überlegte, ob ich ihn anlügen sollte, aber was würde das bringen? Grandma wäre nicht sonderlich begeistert und abgesehen davon musste ich ihm ja keine Gesellschaft leisten. Je eher ich ihm die Grabstätte zeigte, desto schneller konnte ich zu dem viel wichtigeren Tagesordnungspunkt zurückkehren und meinen Mittagsschlaf fortsetzen.

»Komm mit.«

Ich drängte mich an ihm vorbei und wartete, bis die Haustür zugefallen war, bevor ich die Verandatreppe hinunterstieg und zur Rückseite des Hauses ging.

Seine Arbeitsutensilien standen auf der hinteren Terrasse bereit. Nachdem er sie eingesammelt hatte – ein Farbeimer und ein paar Pinsel –, führte ich ihn den gepflasterten Weg entlang in die herrliche Gartenanlage.

Grandmas Plantage war eine der schönsten in ganz Louisiana. Sie war im griechischen Stil angelegt und schon mehrmals als Drehort für Filme ausgewählt worden. Obwohl ich das Herrenhaus nicht ganz so beeindruckend fand – es war einfach alt –, hatte ich die Gärten schon immer geliebt. Auf der linken Seite des Hauses befand sich ein Heckenlabyrinth, in dem ich als Kind gern gespielt oder gelesen hatte. Und auf einem kleinen Hügel dahinter, umgeben von riesigen Eichen, lag die Familiengrabstätte. Sie war nicht weit vom Haus entfernt, aber als wir dort ankamen, atmete ich schwer.

Peinlich. Dabei war ich doch aufgrund des Fußballtrainings in guter Form – zumindest bevor ich angefangen hatte, jeden Tag ein Mittagsschläfchen zu halten und mich um nichts mehr zu kümmern.

Ich drehte mich um und spürte, wie ich rot wurde, weil sein Blick auf mir lag. Nachdem ich mich geräuspert hatte, versuchte ich, so normal wie möglich zu klingen. »Wie heißt du eigentlich?«

»Nathan«, sagte er.

»Hat Nathan auch einen Nachnamen?« Mist. Jetzt dachte er wahrscheinlich, dass ich an ihm interessiert war.

Seine Mundwinkel verzogen sich zu einem leichten Grinsen und meine Wangen glühten noch mehr. Sie waren jetzt bestimmt so rot wie Grandmas Äpfel in der Obstschale auf dem Küchentisch.

»Everets. Und deiner?«

»Blackwell.«

Er warf die Pinsel auf den Farbeimer zu seinen Füßen. »Woher kommst du, Monroe Blackwell?« Nathan ging zum Eisenzaun, von dem bereits so viel Farbe abgeblättert war, dass er Ähnlichkeit mit dem schwarz-weiß gefleckten Fell einer Kuh hatte.

Ich schob die Hände in die Gesäßtaschen und pustete mir eine Haarsträhne aus dem Gesicht. »New York.«

»Und du bist hier, weil ...«

Ich bin hier, weil niemand weiß, was er mit mir anfangen soll.

»Hör zu, ich habe keine große Lust auf Small Talk, also geh ich jetzt einfach und lass dich anfangen, okay?«

Er zuckte die Schultern, ohne noch etwas zu sagen, und aus irgendeinem Grund ärgerte mich das. Ich war es nicht gewohnt, so abgefertigt zu werden. Ganz im Gegenteil. Ich fühlte mich meistens wie unter einem Mikroskop – jede meiner Gefühlsregungen wurde analysiert und bis ins Kleinste zerlegt. Meine Eltern, meine Lehrer und meine Freunde hingen an meinen Lippen, als sei jedes Wort, das aus meinem Mund kam, eine Heilsbotschaft. Viel Heilbringendes war zwar nicht dabei, aber solange ich überhaupt redete, waren alle glücklich. Denn eine sprechende Monroe war immer noch weniger beängstigend als die stumme Version meiner selbst, die ich noch vor einigen Monaten gewesen war. Meine Eltern hatten sich damals ernsthafte Sorgen gemacht.

Damals … ich schauderte.

Nein, heute würde ich bestimmt nicht in die Vergangenheit zurückkehren.

Ich richtete erneut die Träger meines Tops und zupfte ein bisschen am Stoff, damit er nicht mehr so an meiner Brust klebte. Obwohl die Eichen Schatten spendeten, musste es schrecklich sein, den ganzen Nachmittag hier draußen zu verbringen und einen Zaun zu streichen. Es war nicht nur heiß, die Hitze war erdrückend. Dass Nathan sich das antat, machte mich neugierig.

Seine halblange Jeans war von Abercrombie – genau wie seine schon erwähnten Boxershorts – und er trug Doc Martens. Er redete nicht nur Schwachsinn, auch wenn das unmögliche Kopftuch das vermuten ließ, und seine Familie schien nicht gerade arm zu sein, wenn er solche Klamotten trug. Was hatte jemand wie er hier zu suchen? Und warum musste er an einem Nachmittag, der eigentlich nach Pool oder Strand rief, den Zaun einer alten Dame streichen?

Er warf mir einen kurzen Blick zu und ich drehte mich schnell weg. Er sollte ja nicht glauben, ich würde ihn anstarren. Als hätte ich das nötig. Und überhaupt starrte ich ja auch nicht genau *ihn* an.

»Was bedeutet dein Tattoo?«, fragte ich hastig.

»Ich dachte, du wolltest mich in Ruhe meine Arbeit machen lassen.«

»Ich frag ja nur«, stammelte ich. Es nervte mich, dass ich so verlegen war.

Er sagte einen Moment lang gar nichts. So lange, dass es schon fast unangenehm wurde.

Dann blickte er auf seinen Arm und zuckte die Schultern. »Ist was Keltisches.«

Wow. Sehr gesprächig.

»Keltisch wie …«

Er räusperte sich genau wie mein Dad, wenn meine Mom ihm die Hölle heiß machte, aber er nicht antworten wollte. Aus irgendeinem Grund war dieser Nathan noch verschlossener und abweisender als ich, was mich nur noch neugieriger machte.

»Keltisch wie in: Ich weiß nicht, was es bedeutet. Ich finde einfach, dass es cool aussieht.«

Ich glaubte ihm kein Wort. Niemand ließ sich ein Tattoo stechen, ohne dessen Bedeutung zu kennen.

»Wenigstens trägst du nicht den Namen deiner Freundin auf der Haut.«

Sein Kopf schnellte herum.

Das hatte ich nicht laut sagen wollen. Wahrscheinlich dachte er jetzt, dass ich herausbekommen wollte, ob er noch zu haben war. Dabei stimmte das gar nicht.

Meine Wangen brannten, und ich war sicher, dass sie feuerrot waren. Shit, er musste wirklich glauben, dass ich was von ihm wollte.

Doch er sah mich nur an, als wäre ich nicht ganz dicht. »Das wäre echt dämlich.«

Okay, die Sache mit der Freundin war ein heikles Thema.

Außerdem schien ihm total egal zu sein, ob ich Hintergedanken hatte. Er wirkte jetzt eher sauer.

»Soll ja vorkommen«, erwiderte ich.

Er kniff die Augen zusammen, als versuchte er, schlau aus mir zu werden.

Mir war klar, dass das jetzt der Zeitpunkt war, um schleunigst zu verschwinden. Ich hielt es hier draußen sowieso kaum noch aus, plötzlich war mir sogar das Stehen zu anstrengend. Mir war leicht schwindelig und ich sehnte mich nach meinem Bett. »Okay, dann lass ich dich mal machen«, sagte ich und trat den Rückzug an.

»Klar, war nett dich kennenzulernen, Prinzessin.«

»Ich heiße Monroe«, feuerte ich wie eine trotzige Fünfjährige zurück. Hallo? Was hatte dieser Kerl nur an sich, dass ich nur noch Schwachsinn von mir gab?

Nathan bückte sich wortlos nach dem Farbeimer, und ich lief schnell zurück zum Haus, ohne mich ein einziges Mal umzudrehen. Selbst als ich das Heckenlabyrinth erreicht hatte, und er mich nicht mehr sehen konnte, verlangsamte ich meinen Schritt nicht. Ich marschierte direkt in die Küche und trank zwei Gläser Wasser, bevor mein gleichgültiges Leben – meine ganze gleichgültige Existenz – mich wieder nach unten zog. Es kostete mich einfach viel zu viel Energie, nicht teilnahmslos zu sein.

Es war ein erdrückendes Gefühl, an das ich mich schon

gewöhnt hatte, also tat ich, was ich immer tat, wenn es mich traf: Ich schleppte mich die Treppe hoch, ließ mich ins Bett fallen und dachte sehnsüchtig an die kleinen blauen Pillen, deren Wirkung mir nicht länger vergönnt war.

Ich schloss die Augen, drehte mich zur Seite, vergrub den Kopf im Kissen und hoffte auf ein bisschen Schlaf.

Kapitel 4

Nathan

Als mein Handy zum fünften Mal in einer Stunde piepste, riss ich es förmlich aus meiner Hosentasche.

Rachel.

Konnte dieses Mädchen denn nicht verstehen, dass einige von uns arbeiten mussten? Sie wusste doch, dass ich zu Strafarbeiten verdonnert worden war, um meinen Arsch vor dem Jugendknast zu retten. Heiße Wut stieg in mir auf und ich musste mich eine Minute sammeln. Wieso ging das einfach nicht in ihren Schädel?

Seit dem Unfall tat sie so, als hätte sich nichts geändert. Als wären wir noch dieselben. Als *müssten* wir noch dieselben sein, um uns mit dem Gedanken abzufinden, dass Trevor im Krankenhaus lag und es wahrscheinlich nie wieder verlassen würde.

Ich konnte das nicht, aber immer, wenn ich mit ihr darüber reden wollte, ließ sie mich nicht zu Wort kommen. Sie versuchte, das Thema zu wechseln oder mit mir ins Bett zu gehen. Sie machte wirklich alles, nur um nicht über diese Nacht sprechen zu müssen. Aber so zu tun, als sei alles okay, war verdammt anstrengend.

Rachel war verdammt anstrengend.

Ich stieß einen Seufzer aus und las ihre letzte Nachricht:

Komm doch nach. Ich vermiss dich.

Ihre Worte waren wie Zucker, aber sie machten mich noch wütender, und ich überlegte, ob ich sie hier und jetzt anrufen und mit ihr Schluss machen sollte. Doch nach einer Weile schaltete ich mein Handy aus und schob es wieder in die Hosentasche. Das musste ich ihr persönlich sagen.

Ich tauchte den Pinsel in den Farbeimer und trug eine weitere Schicht schwarze Farbe auf den Teil des Eisenzauns auf, an dem ich gerade arbeitete. Es war fast siebzehn Uhr und ich hatte erst die Hälfte geschafft. Wenn ich am Montag ganz früh anfangen würde, wäre ich wahrscheinlich bis Mittag fertig. Oder ich strich heute bis zum Einbruch der Dunkelheit weiter. Ich hatte ja ohnehin nichts Besseres zu tun.

Ich machte eine kurze Pause und zog eine Wasserflasche aus meiner Tasche. Mein Blick wanderte zu dem kleineren Gebäude jenseits des Herrenhauses. Ohne wegzusehen, trank ich einen langen Schluck.

Monroe.

Nein, wohl eher Prinzessin Monroe. Bei diesem Gedanken musste ich grinsen. Prinzessin Monroe, die Unnahbare.

Was verbarg sich wohl hinter dieser Fassade?

Die meisten Jungs fanden sie bestimmt attraktiv. Verdammt, *ich* fand sie attraktiv. Unter dem engen Top waren ihre Kurven gut zur Geltung gekommen und mit ihren dunklen Haaren und den großen Augen war sie ein echter Hingucker. Aber mit ihrer Reizbarkeit würde ich mich nicht gern jeden Tag herumschlagen müssen. Sie war bestimmt sehr pflegebedürftig und ein absoluter Snob. Immerhin kam sie aus New York.

Shit. Ich drehte die Wasserflasche wieder zu und warf sie zurück in die Tasche. Streng genommen war ich noch mit Rachel zusammen, auch wenn ich sie in Gedanken schon vor Wochen verlassen hatte. Also wieso dachte ich überhaupt über Monroe nach?

»Nathan?«

Überrascht drehte ich mich um. Mrs Blackwell kam auf mich zu. Woher war sie denn so plötzlich aufgetaucht? Ich mochte die nette Dame – vor allem, weil sie ein großer Footballfan war. Sie verpasste kein Freitagabendspiel und beschimpfte auch gern mal den Trainer, wenn sie mit dem Spielverlauf nicht zufrieden war.

Ich lächelte. »Hallo, Mrs Blackwell. Wenn Sie nichts dagegen haben, würde ich gern noch weitermachen.«

Sie lächelte zurück, und während ich sie musterte, wurde mir klar, woher Prinzessin Monroe ihre ungewöhnliche Augenfarbe hatte. Das war mir bisher nie aufgefallen, aber ich interessierte mich ja auch nicht gerade für Frauen über fünfundzwanzig. Das wäre echt schräg.

»Du wirst auf gar keinen Fall weitermachen. Es ist schon nach fünf und du bist seit Stunden hier draußen.« Sie betrachtete den Zaun und ihr Blick wurde etwas sanfter. »Das sieht großartig aus, Nathan.«

Einen Moment lang starrten wir auf den halb fertigen

Eisenzaun, der ihre Familiengruft umrandete. Er war in einer schönen, geschwungenen Form geschmiedet. Obwohl ich es irgendwie unheimlich fand, die sterblichen Überreste der Familie auf dem eigenen Grundstück zu vergraben, würde ich niemanden dafür verurteilen. In dieser Gegend machten das viele Leute so.

»Ich habe nur mit ein bisschen Farbe darübergestrichen, Mrs Blackwell. Da kann man kaum etwas falsch machen.«

»Mag sein.« Sie lächelte und wandte sich wieder zu mir um, die Hände in die Hüfte gestemmt. »Dein Onkel hat angerufen. Er hat versucht, dich zu erreichen, aber dein Handy ist irgendwie tot. Er hat immer noch Probleme auf einer seiner Baustellen, deshalb wird er dich nicht abholen können.«

Sie sah mich so durchdringend an, dass ich mich augenblicklich unwohl fühlte. Natürlich wusste sie über diesen bestimmten Abend Bescheid. Und sie wusste auch, dass man mir den Führerschein entzogen hatte. Jeder hier wusste davon.

Ich dachte an den Kühlschrank zu Hause. Er war voll mit Dads Bier, und ich könnte mich heute Abend in der Dunkelheit meines Zimmers verkriechen und mich volllaufen lassen, um das, was geschehen war, für eine Weile zu vergessen. Um die lähmende Leere in meinem Inneren nicht mehr spüren zu müssen. Diese Leere, die mich täglich daran erinnerte, dass ich so verdammt dumm gewesen war, und die ich so verzweifelt auszufüllen versuchte.

»Warum isst du nicht mit uns zu Abend?«

Ich wehrte sofort ab. »Nein, wirklich, Mrs Blackwell, ich

gehe nachher einfach zu Fuß nach Hause. Das macht mir nichts aus.«

»Nathan Everets.«

Ich stellte mich etwas gerader hin, denn wenn eine Dame so mit einem sprach, nahm man besser Haltung an.

»Ich weiß, dass deine Eltern im Urlaub sind, und ich wette, du hattest die ganze Woche noch keine richtige Mahlzeit.«

»Ehrlich, ich arbeite gern noch ein wenig weiter und mache mich noch vor Einbruch der Dunkelheit auf den Weg.«

Ich wollte Monroe nicht begegnen und ich zog es vor, allein zu sein.

»Diese Mühe brauchst du dir nicht zu machen, und nach dem Abendessen werde ich meine Enkelin bitten, dich heimzufahren.«

Ich schüttelte den Kopf, doch sie achtete nicht darauf.

Fünf Minuten später fand ich mich in einem kleinen Bad neben der Küche wieder und schrubbte Farbe und Dreck von meinen Händen. Mein Magen knurrte, als aus der Küche der Duft eines guten alten Louisiana-Barbecues zu mir herüberzog.

»Besser als der Tiefkühlfraß zu Hause«, murmelte ich. Meine Mom hatte mir ein paar Aufläufe gemacht, aber die lagen immer noch im Gefrierfach. In den letzten Tagen hatte ich mich von Tiefkühlpizza ernährt oder mir mit Link Burger besorgt.

Ein letzter Blick in den Spiegel sagte mir, dass ich mein Bestes gegeben hatte, um ordentlich auszusehen. Ich nahm noch das Kopftuch ab, steckte es in die Hosentasche und zog stattdessen mein Handy heraus. Ich schaltete es wieder ein und sah sofort, dass Rachel mir noch ein paarmal geschrieben hatte. Die letzte Nachricht war kaum zu entziffern:

Wo blbst d?

Die Party war wahrscheinlich in vollem Gange.

»Nathan, das Essen ist fertig.«

Ich stieß die Tür auf, und das Erste, was ich sah, war Monroe. Sie trug nicht mehr das enge Top und die kurze Hose. Eigentlich schade, denn obwohl sie immer noch ein kratzbürstiges kleines Biest war, hatte die kurze Hose echt gut an ihr ausgesehen. Sie stellte eine Schüssel mit Kartoffeln auf den Tisch und setzte sich hin. Mir fiel auf, dass sie ziemlich blass war, blasser als jeder, den ich kannte, aber das konnte auch an New York liegen.

Während ich mich ebenfalls setzte, dachte ich an Rachel und ihre Besessenheit, braun und schlank zu sein. Das Mädchen redete über nichts anderes, wenn es nicht gerade ein Bier hinunterkippte. Und sie aß nichts, was nicht grün oder gesund war. Einmal versuchte ich, ihr zu erklären, dass sich Bier und Alkohol im Allgemeinen genauso schlecht auf die Figur auswirkten, wie wenn man einen Big Mac aß, aber sie hatte nur gelacht und gesagt: »Nicht, wenn du alles wieder auskotzt.«

Es war ziemlich schwer, gegen diese Art von Logik anzukommen.

Mrs Blackwell nahm nun ebenfalls am Tisch Platz und reichte Monroe einen Teller voll mit gegrilltem Hähnchen und Rippchen. Ohne mit der Wimper zu zucken, nahm sie sich eine große Portion und ließ sie auf ihren Teller fallen. Dann gab sie die Platte an mich weiter und schob das Kinn nach vorn, als wartete sie darauf, dass ich etwas sagte.

Wow, die New Yorker tickten wirklich anders.

Kapitel 5

Monroe

Ich war nicht gerade froh darüber, dass ich das Abendessen mit Mr Boxershorts verbringen musste, und ich war mir auch nicht sicher, warum Grandma das für eine gute Idee hielt. Wahrscheinlich wollte sie einfach nur nett sein, dabei mochte ich unsere ruhigen Abende. Das Abendessen und der Abwasch waren spätestens um halb sieben erledigt. Grandma zog sich bequeme Sachen an – ich trug sowieso nichts anderes – und dann las ich, während sie sich *Haus und Garten* im Fernsehen ansah. So war es jeden Abend abgelaufen, seit ich hier angekommen war. Es wurde kein großer Aufwand betrieben, es gab keine langen Gespräche, und ich musste nicht so tun, als wäre ich normal. Oder glücklich.

Ich nahm mir vor, später eine E-Mail an meinen Therapeuten zu schreiben. Anscheinend war ich innerlich doch noch nicht ganz tot, denn es gab trotz allem Dinge, die mir wichtig waren.

Ich mochte es ruhig.

Ich mochte es einfach.

Ich mochte es bequem.

Und der Kerl, der mir jetzt gegenübersaß, verkörperte alles, nur nicht diese drei Dinge. Er war einer dieser geheimnisvollen, komplizierten Typen. Ein Typ, der im Handumdrehen jedes Mädchen rumkriegen konnte, weil er a) dieses verführerische Lächeln hatte und b) sein Lächeln bei jedem Mädchen das Gefühl auslöste, sie sei die Einzige, der seine Aufmerksamkeit galt. Nur ein Lächeln und jedes Mädchen fühlte sich als etwas Besonderes.

Zum Glück wollte ich nichts mit Jungs wie ihm zu tun haben – also mit diesen komplizierten Kerlen. Ich war nicht bei meiner Grandma zu Besuch, um neue Kontakte zu knüpfen. Eigentlich konnte ich es nicht ausstehen, neue Leute kennenzulernen.

Vor über einem Monat hatte mich meine Freundin Kate dazu überredet, zu Blake Mathews' Party zu gehen. Seine Eltern waren ausgegangen, dafür war sein älterer Bruder, der schon das College besuchte, zu Hause. Es sollte *die* Sommeranfangsparty werden. Ich wusste, dass es ein Fehler war, aber Kate hatte so lange gebettelt, bis ich nachgegeben hatte. Zu diesem Zeitpunkt hatte ich geglaubt, dass ich vielleicht doch schon bereit wäre, den nächsten Schritt zu tun. Bereit, zur Normalität zurückzukehren.

Ich hatte mich den ganzen Abend in einer dunklen Ecke versteckt, mich an ein warmes Bier geklammert und jeden Typen abblitzen lassen, der sich mir näherte, weil ich keine Ahnung hatte, wie ich mich verhalten oder was ich sagen sollte. Ich hatte meinen Freunden dabei zugesehen, wie sie lachten und Spaß hatten, wie sie tanzten und ausgelassen feierten. Hatte beobachtet, wie sie rumknutschten.

Es machte mich wütend. Es machte mich krank … und es

machte mich unendlich traurig. Denn wie sehr ich mich auch bemühte, das unbeschwerte und glückliche Mädchen zu sein, das meine Eltern sich zurückwünschten, ich schaffte es nicht. Dieses Mädchen existierte nicht mehr, und ich war ziemlich sicher, dass es niemals zurückkommen würde.

Mit finsterem Blick zupfte ich an meiner Bluse. Das Trägertop und die kurze Hose – die vielleicht doch *zu* kurz war – hatte ich längst ausgezogen und mich für eine locker sitzende korallenrote Bluse und einen Jeansrock entschieden. Schließlich hatte ich mir noch die Haare gekämmt, aber das hatte nichts mit Nathan Everets zu tun, obwohl ich stark annahm, dass Grandma genau das dachte.

Aber da irrte sie sich. Und zwar gewaltig.

Im Vergleich zu mir wirkte Nathan völlig entspannt. Er hatte sein Kopftuch abgenommen und ein ziemlich verwaschenes T-Shirt angezogen. Es war so eng, dass ich seinen Sixpack erkennen konnte. *The Cramps* stand in verblassten Buchstaben auf seiner Brust.

Vielleicht war es etwas anmaßend, die New Yorker Band als mein Eigentum zu beanspruchen, aber es nervte mich, dass er sie auch kannte. Sie spielten ausgefallene und politische Songs, keinen hinterwäldlerischen Country Blues. Ich wusste, dass ich voreingenommen war, aber ich konnte nicht anders.

Ich reichte Nathan die Platte mit den Rippchen, nachdem ich genug Fleisch auf meinen Teller geklatscht hatte, um eine ganze Armee zu verköstigen. Dabei hatte ich nicht mal Hunger. Was war nur in mich gefahren?

Ich nahm einen Schluck Eistee und warf einen Blick auf die Uhr: Es war halb sechs. Ich musste nur das Abendessen überstehen, dann würde er endlich gehen und ich könnte zu meinem Schmachtfetzen von Lektüre zurückkehren – den ich vom Nachttisch meiner Mutter hatte mitgehen lassen – und einen ruhigen Freitagabend genießen.

»Und, Nathan, wie geht es Trevor?«

Nathan verschluckte sich fast an einem Bissen.

Ich sah von ihm zu Grandma und wunderte mich über den seltsamen Ausdruck in seinem Gesicht.

Er räusperte sich, während Grandma sich Eistee einschenkte und den Krug dann Nathan anbot. Er schüttelte den Kopf und starrte auf seinen Teller. »Unverändert, denke ich.«

»Verstehe«, erwiderte Grandma sanft.

Ich verstand gar nichts.

»Wer ist Trevor?«

Nathan hob den Kopf, sein Blick war so trostlos, dass mir für einen Moment der Atem stockte. Seine Augen waren blau – dunkelblau wie der Atlantik an einem kalten Wintertag –, und jetzt lag ein Ausdruck darin, der mir sehr vertraut war.

Schmerz. Aber nicht nur Schmerz. Es verbarg sich noch viel mehr dahinter.

Etwas in mir regte sich und eine Welle der Übelkeit stieg in mir auf. »Tut mir leid«, sagte ich schnell. »Das war unhöflich.« Ich warf Grandma einen kurzen Blick zu und schüttelte den Kopf. »Es geht mich ja nichts an.«

Verlegen schob ich mein Essen auf dem Teller hin und her und schauderte. Plötzlich wurde mir kalt, obwohl es im Haus drückend warm war. Schweißperlen traten mir auf die Stirn. Ein hässliches Summen machte sich in meinen Ohren breit – ein Summen, das mir nur allzu bekannt war. Es wurde immer lauter und drohte, mich zu erdrücken. Ich wusste, dass ich kurz vor einer Panikattacke stand. Wenn ich mich nicht sofort zusammenriss, würde ich mich gleich vor Grandma und Nathan bis auf die Knochen blamieren.

In Gedanken ging ich die Schritte durch, die mein Therapeut mir beigebracht hatte. Ich atmete tief ein und aus, folgte mit dem Finger der Kondenswasserspur, die mein Glas auf der Tischplatte hinterlassen hatte, und versuchte, mich zu beruhigen. Ich zählte von zwanzig rückwärts und konzentrierte mich auf die Zahlen. Mein ganzer Brustkorb tat weh, doch schließlich verlangsamte sich mein Herzschlag und der Druck ließ nach. Es dauerte etwas, aber nach einer Weile war auch das Schwindelgefühl verflogen und ich sah alles wieder klarer.

In diesem Moment bemerkte ich, dass Nathan mich verwundert anstarrte, während Grandmas faltiges Gesicht angespannt und ihr Blick besorgt war.

»Alles okay mit dir, Monroe?«, fragte sie vorsichtig.

»Ja, alles gut«, murmelte ich und schob mir ein Stück Hühnchen in den Mund. Ich zwang mich, langsam zu kauen, und spülte den Bissen mit einem langen, kühlen Schluck Eistee hinunter.

Lange konnte das hier ja nicht mehr dauern.

Während des restlichen Abendessens sagte ich kein Wort mehr. Mir war überhaupt nicht nach Reden zumute. Auch Nathan schien sich auf einmal mehr für das Rosenmuster auf Grandmas Tapete zu interessieren. Zum Glück bemerkte Grandma endlich, dass weder Nathan noch ich uns in dieser Situation besonders wohlfühlten, und übernahm das Gespräch. Während sie von irgendeinem Pfirsichfest erzählte, das am Wochenende in Twin Oaks stattfinden würde, musterte ich Nathan heimlich.

Sein braunes Haar war länger, als es unter dem Kopftuch den Anschein gehabt hatte, und offensichtlich verbrachte er viel Zeit draußen, denn es war von hellen, sonnengebleichten Strähnchen durchzogen. Wenn er den Kopf drehte, schimmerten sie golden, was ganz schön unfair war, denn ich kannte einige Mädchen, die für diesen Look einen Haufen Geld hinblättern mussten.

Er lächelte Grandma an und sie schien ganz entzückt von ihm zu sein. Wieso auch nicht? Er war höflich, wortgewandt und sah wirklich gut aus. Ich fragte mich nur, ob sie auch die dunklen Schatten unter der Oberfläche wahrnahm. Er verheimlichte etwas. Ich konnte es ganz genau sehen. Kein Wunder, denn es war die gleiche Art Schatten, die mich in letzter Zeit verfolgte.

Er machte eine Bemerkung – ich hatte nicht mitbekommen, worüber sie inzwischen sprachen – und Grandma lachte. Sie lachte aus vollem Herzen, ausgelassen und lebhaft wie ein Schulmädchen. Ich fragte mich, ob Nathan ein Aufreißer war. Oder hatte er eine feste Freundin? Wenn ja, war es schon irgendwie seltsam, dass er an einem Freitagabend in Grandmas Küche hockte und mit ihr plauderte, anstatt sich mit seinem Date und seinen Kumpels zu treffen.

Er und Grandma waren beim Nachtisch – Pfirsichauflauf – angelangt und diskutierten über Football.

Mein Blick schweifte ab. Ich hasste Football. Mal ehrlich, was war so aufregend daran, wenn sich ein paar Neandertaler in einer Reihe aufstellten, um sich dann gegenseitig über den Platz zu jagen? Ich konnte das nicht nachvollziehen.

Als sie begannen, über einen Spieler namens Peyton zu reden, hielt ich es nicht mehr aus. »Du stehst also auf die *Cramps*?«, fragte ich dazwischen, obwohl es eher eine Feststellung war. Grandmas Blick nach zu urteilen klang ich schon wieder ziemlich unhöflich.

Nathan lehnte sich zurück und nickte. »Ja, die sind cool. Vor allem der Gitarrist – ist noch einer der alten Schule. Die meisten sind doch heutzutage nur noch Stümper. Sie wüssten nicht mal, was ein Arpeggio ist, wenn man sie mit der Nase darauf stoßen würde.«

»Ach so«, murmelte ich. Da waren sie nicht die Einzigen. Was um alles in der Welt war ein Arpeggio?

Grandma erhob sich und begann, den Tisch abzuräumen. »Nathan ist ein echter Musiker.«

Ah, jetzt machten auch die Tattoos und die Frisur einen Sinn. Es ging ihm nicht nur ums Aussehen, er war Teil einer Szene.

Nathans Gesichtsausdruck verfinsterte sich, der dunkle Schatten oder die Traurigkeit oder wie auch immer man es nennen mochte, tauchte wieder auf. Ich sah es an dem leeren Ausdruck in seinen Augen, an den erstarrten Händen und an der Art, wie er die Schultern nach vorn beugte, als würde er sich vor etwas schützen wollen.

Aber wovor?

»Du spielst Gitarre?«, sagte ich.

Er zuckte die Schultern und antwortete nicht. Stattdessen schob er seinen Stuhl zurück und stand auf. »Vielen Dank, Mrs Blackwell. Das war viel besser als das Abendessen, das mich zu Hause erwartet hätte.«

Grandma lehnte sich an die Anrichte. »Ich danke dir für deine harte Arbeit heute, Nathan. Bist du am Montag wieder hier? Oder kommt dann dein Onkel?«

Er schob die Hände in die Hosentaschen und ich erhaschte erneut einen Blick auf seine Boxershorts und auf einen ziemlich beeindruckenden Streifen glatter, gebräunter Haut. Als ich aufsah und mir bewusst wurde, dass er mich die ganze Zeit beobachtet hatte, wurde ich wieder rot. Sein Mund verzog sich zu einem kaum merklichen Lächeln, seine Augen glänzten im weichen Abendlicht.

Das passte mir gar nicht.

Er war so arrogant, ich konnte ihn nicht ausstehen.

Vielleicht konnte ich es aber auch nur nicht ausstehen, welche Gefühle er in mir auslöste, Gefühle, über die ich nicht nachdenken wollte. Zumindest nicht jetzt.

»Ich bin ziemlich sicher, dass mein Onkel mich in den nächsten Wochen hier einsetzen wird«, antwortete er, die Aufmerksamkeit wieder ganz auf Grandma gerichtet.

Ich atmete tief durch und schob ein paar Haarsträhnen zurück, die an meinem Nacken klebten.

Grandma lächelte. »Wundervoll.« Ihr Blick wanderte zu mir, und sie zog nachdenklich die Stirn in Falten. Ich ahnte, was sie sagen wollte, und öffnete rasch den Mund, um mich aus der Affäre zu ziehen, aber sie kam mir zuvor.

»Hast du morgen Nachmittag schon etwas vor, Nathan?«

Oh. Mein. Gott.

Ich warf Grandma einen warnenden Blick zu, doch sie ignorierte mich einfach, obwohl ich die Augenbraue fast bis zum Haaransatz hochgezogen hatte.

Falls Nathan von Grandmas Frage überrascht war, ließ er es sich nicht anmerken. »Nein. Ein paar Freunde sind in der Hütte am See, aber ich kann hier nicht weg, also …«

»Verstehe«, sagte Grandma und mied immer noch meinen Blick.

Wenn sie jetzt das aussprach, was ich befürchtete, dann …

»Würdest du dann vielleicht mit Monroe zum Pfirsichfest gehen? Sie ist schon seit einer Woche hier mit mir allein und ich bin nicht gerade die spannendste Gesellschaft für ein sechzehnjähriges Mädchen.«

»Ich bin fast siebzehn«, warf ich ein.

Okay, jetzt schien Nathan doch überrascht zu sein. Er wirkte unschlüssig und wippte auf den Fußballen vor und zurück. »Äh …«

Na großartig. Seinem gequälten Gesichtsausdruck nach würde er wahrscheinlich lieber Rattengift essen, als mich zu irgendeinem dämlichen Pfirsichfest auszuführen.

Eigentlich wollte ich da auch gar nicht hin, aber … etwas an seinem ausweichenden Verhalten ärgerte mich.

»Natürlich würde ich gern mit Monroe dorthin gehen, Mrs Blackwell, aber ich …« Er wurde rot und für einen Moment vergaß ich fast, beleidigt zu sein. Meine Neugier war geweckt. Irgendetwas stimmte hier nicht, und zum ersten Mal seit Langem wollte ich wissen, was es war – wahrscheinlich weil diesmal nicht ich unter dem Mikroskop lag.

»Ich kann nicht fahren, also … ich meine, ich *kann* fahren, mir ist es zurzeit nur nicht … äh … erlaubt.« Es fiel Nathan merklich schwer, die Worte auszusprechen. Er kniff die Augen zusammen, als wäre er wütend, und senkte den Blick.

Grandmas Miene wurde sanft. »Das ist kein Problem. Monroe kann meinen Wagen nehmen.«

Wie bitte? Moment mal. Sie wollte mich mit ihrem Riesenschiff fahren lassen?

Durch das Fenster warf ich einen Blick auf das riesige Biest oder »den Matlock«, wie Grandma das Auto liebevoll nannte. Angeblich war dieser Matlock ein Richter oder ein Schauspieler gewesen … oder ein Schauspielrichter. Wie auch immer. In diesem Fall handelte es sich um einen wirklich langen, silbernen, glänzenden Wagen. Sie musste verrückt sein, mich damit fahren zu lassen.

»Hm«, murmelte Nathan. »Ich denke, das könnte gehen.«

Meine Güte, er sprühte ja geradezu vor Begeisterung.

»Danke, Nathan«, sagte Grandma mit einem breiten Lächeln im Gesicht.

Wie peinlich. Jetzt wurde ich schon von meinem eigenen Fleisch und Blut verkuppelt.

»Möchtest du, dass Monroe dich heute Abend nach Hause fährt?«

»Nein«, sagte er hastig.

So hastig, dass mein Kopf nach oben schnellte, und ich keine Lust mehr hatte, so zu tun, als müsste ich einen Fussel von meinem Rock zupfen. Okay, ich wusste, dass ich kein Supermodel war, aber ich war auch keine Vogelscheuche, und sein Verhalten traf einen empfindlichen Nerv. Trotzdem war ich überrascht über meine Reaktion.

»Nach all dem leckeren Essen tut mir ein Spaziergang bestimmt gut«, wehrte er ab. Dann blickte er zu mir und ich hoffte, er würde erkennen, dass ich nicht besonders scharf auf dieses Pfirsichfest war. Es war nicht meine Schuld, dass Grandma verzweifelt versuchte – wie hatte mein Therapeut das genannt? –, mich unter die Leute zu bringen. Sie wollte, dass ich in mein Leben zurückfand, und schreckte nicht mal davor zurück, mich an den heißesten Typen der Stadt zu verschachern, um ihr Ziel zu erreichen.

»Monroe holt dich morgen so gegen sechzehn Uhr ab. Passt das?«

Er sah mich immer noch an, also streckte ich das Kinn vor und schaute stur geradeaus. Auch als sein Blick zu meinem Ausschnitt wanderte – wenn auch nur kurz. Ich hielt den Atem an und ärgerte mich, dass ich schon wieder rot wurde.

Ich hätte Nein sagen können. Ich hätte Grandmas Hoffnung, ihrer Enkelin zu einem schönen Nachmittag zu verhelfen, zerstören können. Oder ihren Glauben, dass ich es irgendwann aus dem tiefen Loch herausschaffen würde, in das ich gefallen war. Ich hätte sie enttäuschen und dabei zusehen können, wie das Strahlen in ihren Augen erlosch und ihr Lächeln verschwand. So wie ich es im letzten Jahr oft mit meinen Eltern gemacht hatte.

Aber ich konnte nicht. Nicht bei Grandma. Abgesehen davon wollte ich Nathan den miesen Nachmittag bescheren, den er offensichtlich befürchtete. Das war mir die Sache wert.

»Monroe?«, fragte Grandma noch einmal und ich sah zu ihr.

»Ich versuch's und trag es gleich mal in meinen Terminplan ein.« Ohne ein weiteres Wort stand ich auf und ging.

Kapitel 6

NATHAN

Zwei Minuten vor vier kam Mrs Blackwells alter Ford Crown Victoria um die Ecke. Der Wagen war eigentlich ein Oldtimer, aber sie hatte ihn gut in Schuss gehalten. Er war ein echtes amerikanisches Urgestein, mindestens sechs Meter lang und ein richtiger Benzinschlucker. Und so schnell, wie Monroe in die Auffahrt einbog, konnte ihre Grandma sich glücklich schätzen, wenn sie ihn ohne Kratzer wiederbekam.

Monroe fuhr so rücksichtslos wie ein typischer Städter, und es war offensichtlich, dass sie nicht wusste, wie sie das Auto einparken sollte. Was hatte sich Mrs Blackwell nur dabei gedacht, als sie ihrer Enkelin den Wagen überließ? Aber es war ja nicht mein Auto.

Mit zusammengebissenen Zähnen sah ich zur Garage hinüber, in der mein Wagen stand. Der Wagen, der zurzeit tabu für mich war.

Monroe bremste und brachte den Ford zum Stehen. Sie blieb noch einen Moment sitzen, während sich unsere Blicke trafen. Ob sie sich mit der ganzen Situation genauso unwohl fühlte wie ich?

Genau genommen war es nicht mal ein Date, aber ich hatte keine Ahnung, ob ihr das bewusst war. Noch während ich die Stufen der Veranda hinunterging, beschloss ich, Monroe sofort darüber aufzuklären.

Außerdem hatte ich ja noch immer eine Freundin. Irgendwann letzte Nacht – wahrscheinlich zwischen der zwanzigsten und dreißigsten erbärmlichen, betrunkenen Nachricht von Rachel – hatte ich zwar beschlossen, mit ihr Schluss zu machen, sobald sie von der Hütte zurückkommen würde, aber deswegen war das hier trotzdem noch lange kein Date.

Ich öffnete die Beifahrertür und stieg ein – und sofort wurde ich überwältigt von diesem Duft nach … Sommer. Frischer, süßer Sommer.

Überrascht sah ich sie an. Sie trug das Haar offen. Ich atmete ihren Sommerduft ein … und etwas anderes. Etwas Schwereres. Etwas, für das ich keinen Namen hatte, aber Mann, es war angenehm.

»Hey«, sagte ich und räusperte mich, denn plötzlich hatte ich einen Kloß in der Größe eines Baseballs in meiner Kehle.

Gott, wie gut sie roch.

»Hey«, erwiderte sie und startete den Motor. Als sie die Karre aus der Auffahrt manövriert hatte und nach rechts auf die Straße abbog, räusperte sie sich ebenfalls. »Und nur, damit du's weißt. Das hier ist kein Date oder so was. Ich treffe mich nicht mit Jungs wie dir.«

Okay, jetzt hatte sie meine volle Aufmerksamkeit. Mein Blick wanderte über ihr mintgrünes schulterfreies Top, das ihre Kurven erneut gut betonte. Ihre Beine waren schlank und athletisch, und von meinem Platz aus wirkte ihr weißer Rock ziemlich kurz. Oh ja, daran bestand kein Zweifel.

Ihre Zehennägel waren passend zu ihrem Oberteil grün lackiert und ihre Füße steckten in einfachen Sandalen. Wenigstens war sie was Schuhe betraf praktisch veranlagt. Gut zu wissen. Als ich Rachel das letzte Mal zu einem Musikfestival mitgenommen hatte, hatte sie diese Zehn-Zentimeter-Plateau-Dinger getragen, die a) total hässlich waren und b) so schlimm drückten, dass ich mir stundenlang ihr Gejammer anhören musste.

Am Anfang unserer Beziehung wollten Rachel und ich einfach nur zusammen sein, bei mir zu Hause abhängen und uns besser kennenlernen. Doch im letzten Jahr hatte sich alles nur noch darum gedreht, wie wir zusammen aussahen – nach einer Weile ziemlich alt, wenn man mich fragte. Ich wusste nicht genau, was sich verändert hatte, aber es hatte Zeiten gegeben, da hatte ich eine Menge Spaß mit Rachel gehabt. Vielleicht hatte ich mich ja verändert.

Ich verbannte alle Gedanken an Rachel aus meinem Kopf und konzentrierte mich wieder auf Monroe. Das Haar fiel ihr in tiefschwarzen Wellen über die Schultern, ihre Augen faszinierten mich immer noch, sie waren so hell, dass sie fast glasklar wirkten, und ihre Lippen …

Bingo! Das mochte zwar kein Date sein, aber sie hatte sich auf jeden Fall so zurechtgemacht, als wäre es eins. Mein Blick blieb für einen Herzschlag – vielleicht auch etwas länger – auf ihren perfekten, vollen und glänzenden Lippen hängen. Kein Mädchen benutzte dieses glänzende Zeug und ließ die Haare offen, wenn es nicht gut aussehen wollte. Und dann noch ihr Duft.

Ich lächelte.

Sie zog ein finsteres Gesicht und hob eine Augenbraue.

»Mit Jungs wie mir?« Ich lehnte mich zurück und deutete nach links, damit sie abbog. Das kann ja noch spannend werden, dachte ich. »Sollte ich jetzt beleidigt sein?« Irgendwie war ich das tatsächlich.

»Nimm es nicht persönlich, Romeo, aber du bist nicht mein Typ«, sagte sie mit einem leichten Kratzen in der Stimme, als würde ihr etwas im Hals stecken.

»Du stehst auf einen bestimmten Typ?«

»Du nicht?«, konterte sie.

Ich zuckte die Schultern, antwortete jedoch nicht.

»Ich wette, dein Mädchentyp ist groß, blond und sonnengebräunt, aber was weiß ich denn schon.«

Das ärgerte mich, vor allem weil sie Recht hatte. Aber zu meiner Verteidigung: Rachel sah nicht nur gut aus, wir hatten auch eine tolle Zeit miteinander gehabt und – zugegebenermaßen – sie konnte sich in einem String-Bikini rekeln wie sonst keine. Mann, ich bin sicher, sie war immer noch super darin, ich bekam es nur nicht mehr mit. Sie wollte nach wie vor trinken und Gras rauchen und Party machen, aber ich nicht. Nicht mit ihr und auch mit sonst niemandem.

»Und das denkst du, weil …« Ich sah Monroe herausfordernd an.

Sie stieß irgendeinen seltsamen Laut aus und hielt das Lenkrad so fest umklammert, dass ihre Knöchel weiß hervortraten. »Hast du eine Freundin?«, fragte sie, die Augen starr auf die Straße gerichtet.

Mist. Jetzt sah ich alt aus. Ich könnte lügen, aber das war nicht wirklich mein Ding.

»Im Moment ja.«

»Im Moment?« Sie lachte und murmelte: »Soso.«

»Es ist nicht so, wie es klingt«, erwiderte ich. Ich war sauer, dass sie es innerhalb nur weniger Minuten geschafft hatte, mich während unseres »Nicht-Dates« auf die Palme zu bringen.

»Na klar.«

»Hör mal, ich habe keine Ahnung, was mit dir los ist, und es ist mir auch völlig egal. Falls du es vergessen hast, es war deine Grandma, die das hier – was auch immer es ist – arrangiert hat, nicht ich. Also mach mal halblang.«

»Wie auch immer.«

»Abgesehen davon hast du mit einer Sache Recht«, fuhr ich fort, während ich immer wütender wurde.

Wir näherten uns der Stadtgrenze und sie fuhr langsamer. »Oh wirklich, Romeo, womit denn?«

»Ich habe einen Mädchentyp, aber du entsprichst ihm garantiert nicht.«

»Autsch«, erwiderte sie sarkastisch, den Blick immer noch auf die Straße gerichtet.

»So wie du drauf bist, kann ich mir auch gar nicht vorstellen, dass überhaupt jemand auf dich stehen könnte.«

Darauf hatte sie nichts zu sagen.

Ich atmete durch, ließ mich in den Sitz sinken und starrte aus dem Fenster. Das wird bestimmt der längste Nachmittag meines Lebens, dachte ich.

Etwa fünf Minuten später erreichten wir das Festgelände. Nachdem Monroe es abgelehnt hatte, das Geld für die Parkgebühren von mir anzunehmen, liefen wir zum Eingang. Ich hatte das Pfirsichfest wahrscheinlich nicht mehr besucht, seit ich zwölf war.

Als wir das Gelände betraten, fiel mir auch der Grund dafür wieder ein: Es war ein Fest für Kinder. Ich sah mich um und seufzte. Alte Leute und Kinder. *Viele* alte Leute und Kinder.

Etwas weiter hinten waren die Hauptattraktionen aufgebaut, ich konnte das Riesenrad sehen und genau vor uns lag die Spielegasse. Zwischen uns und der Mitte des Festplatzes waren eine Menge Kunsthandwerkstände und Imbissbuden aufgebaut.

»Möchtest du was essen?«, brummte ich. Ich wollte die Sache so schnell wie möglich hinter mich bringen. Wenn ich ihr also etwas zu Essen anbot und sie kurz über das Gelände führte, wären wir bestimmt bald fertig und konnten das Ganze beenden.

»Klar«, sagte sie. »Gleich. Ich würde mir aber zuerst gern die Stände ansehen, wenn das okay ist.«

Ich blickte scharf auf sie herab, aber sie starrte einfach zurück. In diesem Moment wurden mir ein paar Dinge klar: Sie war viel kleiner als ich – wahrscheinlich um die eins sechzig –, während ich etwas größer als ein Meter neunzig und immer noch im Wachstum war. Mit ihrer blassen Haut, den hellen Augen und den dunklen Haaren war sie das absolute Gegenteil von Rachel und allen anderen Mädchen, mit denen ich bisher ausgegangen war. Doch irgendetwas hatte sie an sich. Ich konnte nicht genau sagen, was es war, aber wenn ich vielleicht nicht so fertig und sie nicht so zickig gewesen wäre, hätte ich mich für sie interessieren können.

Vielleicht.

»Oh, sieh mal!« Sie zeigte auf einen Marktstand. »Stoffpuppen.«

Ich seufzte und folgte ihr zu den Ständen.

Vielleicht auch nicht.

Kapitel 7

Monroe

Mit einer Sache hast du Recht. Ich habe einen Mädchentyp, aber du entsprichst ihm garantiert nicht.

Autsch.

Zumindest wäre es ein Autsch, wenn es mir etwas bedeuten würde. Aber das tat es nicht. Nicht wirklich. Ich war es gewohnt, dass andere vor mir zurückschreckten. Meistens lag das daran, dass ich nur gemeine Sachen sagte, wenn ich den Mund aufmachte. Und das fiel mir nicht mal schwer, denn meine Eltern waren froh, wenn ich überhaupt etwas sagte. Ich wusste, dass ich in der Vergangenheit ziemlich zickig gewesen war, genau wie jetzt. Ich konnte einfach nicht anders.

Mein Therapeut hatte natürlich eine Erklärung dafür: Das war meine Art, andere auf Abstand zu halten – niemanden an mich ranzulassen. Na und? Ich zog es nun mal vor, allein zu sein. Und genau aus diesem Grund war dieses ganze Unterfangen eine dämliche Idee.

Ich nahm meinen Pfirsicheisbecher und suchte mir einen Platz so weit wie möglich ab vom Schuss. Ich war nicht gern unter Menschen, und ich fragte mich zum hundertsten Mal, wieso ich mich von Grandma zu diesem Nachmittag hatte überreden lassen. Nathan trottete mir hinterher, setzte sich mir gegenüber und lächelte irgendeinem Mädchen zu, das ihm vom Zuckerwattestand aus etwas nachgerufen hatte.

Ich nahm zu viel Eis auf einmal in den Mund und sah kurz zu dem Mädchen hinüber, das händchenhaltend mit einem Jungen vorbeilief. Ihr Blick blieb ein paar Sekunden an mir hängen, dann flüsterte sie ihrem Freund etwas ins Ohr. Er drehte sich um, nickte Nathan zu und starrte mich so lange an, bis ich eine Augenbraue hochzog und zurückstarrte.

Er lächelte.

Das Mädchen zerrte ihren Freund am Arm in Richtung der Hauptattraktionen, aber nicht ohne ihren Besitzanspruch deutlich zu machen: Sie zog ebenfalls die Augenbrauen hoch und zeigte mir den Mittelfinger. Ich grinste nur und schob mir einen weiteren Löffel Eis in den Mund. Ich wollte ihr signalisieren, dass mich ihr Verhalten völlig kaltließ. Aber das stimmte nicht. Und auch das war neu. Was war nur mit mir los?

»Warum bist du hier?«, fragte Nathan, während er einen großen Happen Pfirsich mit Schlagsahne in sich hineinschaufelte.

»Ähm, weil Grandma es so wollte?«

Seine blauen Augen waren direkt auf mich gerichtet, ich konnte mich nirgends verstecken. Er lehnte sich zurück und musterte mich aufmerksam. Seine Augen waren so klar, dass sie mich an den Himmel an einem strahlenden Sommertag erinnerten. Für einen Moment vergaß ich glatt, dass ich ihn nicht leiden konnte.

Er grinste und ich sah schnell auf meinen Eisbecher hinunter. Ich atmete tief durch, während meine Wangen zu glühen begannen.

»Das meinte ich nicht. Warum bist du hier in Louisiana bei deiner Grandma?«

Panik stieg in mir auf – augenblicklich erstarrte alles in mir –, doch dann tat ich, was ich immer tat: Ich lenkte vom Thema ab. »Und du, warum hast du keinen Führerschein mehr?«

Sein Lächeln verschwand und er kniff die Augen zusammen. Das sagte alles. Er ließ die Schultern hängen und runzelte die Stirn. »Wollen wir dieses dumme Spiel wirklich weiter durchziehen?« Er schob seinen Eisbecher zur Seite.

Ich musterte ihn schweigend, und obwohl ich überhaupt keinen Appetit mehr hatte, steckte ich mir noch einen Löffel Eis in den Mund. Wenigstens konnte ich dann nichts sagen und alles noch schlimmer machen.

»Hey, Nate«, rief wieder jemand, aber er sah nicht mal hoch. Er starrte nur stumm auf den Tisch, als sei das die interessanteste Sache der Welt. Ich zwang mich, das Eis hinunterzuschlucken – entweder das oder kotzen –, dann schob ich meinen Becher ebenfalls weg.

Ich wollte mich entschuldigen, was ich in letzter Zeit nicht oft getan hatte, aber als ich den Mund öffnete, blickte er plötzlich auf. Die Worte, drei einfache kleine Worte – *Tut mir leid* – blieben mir im Hals stecken. Nathan Everets sah genau so aus, wie ich mich die meiste Zeit fühlte. Er wirkte gequält. Irgendwie … gebrochen.

Er wischte sich eine lange Haarsträhne aus dem Gesicht, ohne den Blick von mir abzuwenden. »Ich darf nicht Auto fahren, weil ich vor ein paar Monaten in einen Unfall verwickelt war. Einen schlimmen Unfall.«

»Oh«, presste ich mühsam hervor. »Hör mal, du musst nicht …« Scheiße, das hatte ich nicht gewollt. Ich musste unbedingt verhindern, dass er sich mir anvertraute, weil er das dann bestimmt auch von mir erwartete – und auf keinen Fall sollte irgendjemand etwas über mich erfahren. No way.

Ich konnte nicht über Malcolm reden. *Ich konnte es nicht*.

»Es ist nach einer Party passiert, auf der mein bester Freund Trevor und ich mit unseren Freundinnen waren.«

Ich war völlig hilflos. Ich konnte ihn nicht stoppen, ich konnte nicht mal seinem Blick ausweichen. Denn als ich den Schmerz in seinen Augen sah, wusste ich plötzlich, dass ich nicht die Einzige war.

Ich war nicht die Einzige, die sich selbst hasste.

Nathan schüttelte den Kopf und die Haarsträhne fiel ihm wieder ins Gesicht. Ich ertappte mich dabei, wie ich mich darauf konzentrierte. Das Haar wurde von einer leichten Brise angehoben und strich über seine Nasenspitze.

»Ich kann mich nicht daran erinnern, dass ich gefahren bin. Ich kann mich nicht mal daran erinnern, dass ich überhaupt in den Wagen gestiegen bin.« Er beugte sich vor und seine Stimme wurde lauter. »Wie konnte ich nur so unglaublich bescheuert sein? An diesem Abend war *ich* der Fahrer, ich hätte eigentlich nüchtern bleiben sollen. Stattdessen habe ich getrunken, bin mit Trevors Auto über die County

Road 9 gerast und habe es irgendwo zwischen der Partylocation und der alten Dixie-Farm um einen Strommast gewickelt.« Während er redete, ballte er immer wieder die Fäuste. »Ich habe mir nur den linken kleinen Finger gebrochen und bis auf ein paar Kratzer und Schnitte von den Glassplittern, bin ich heil davongekommen. Auch den Mädchen ging es gut, ein paar kleine Blessuren, aber nichts Ernstes. Wir waren alle kurz bewusstlos, nur Trevor …« Er brach ab und schaute weg.

Erst jetzt bemerkte ich, dass ich die ganze Zeit den Atem angehalten hatte. »Du musst mir das nicht … du musst … Ich will es nicht wissen«, flüsterte ich. Ich wollte nichts über Nathan Everets und diesen Trevor wissen.

Plötzlich stand er einfach auf. »Lass uns von hier verschwinden.«

Ich folgte Nathan durch die Menge. Ich musste fast rennen, um mit ihm Schritt zu halten. Vielleicht wollte er mich ja loswerden?

Schließlich blieb er in der Nähe des Hauptweges stehen. Die Geräusche und das Gelächter waren so laut, dass ich mich wegdrehte und wieder den Kunsthandwerkständen zuwandte. Wir waren von Familien umgeben, von lachenden Teenagern und kreischenden Kindern, die einen Riesenspaß hatten. Warum sollten sie das Fest auch nicht genießen? Besonders, wenn sie Pfirsiche mochten. Es wurde jede Art von Pfirsichdessert angeboten, die man sich vorstellen konnte, es gab Karussells und Spielbuden. Auf der anderen Seite des Geländes entdeckte ich sogar eine Bühne, auf der ein Schlagzeug, Gitarren und andere Instrumente bereitstanden. Es war also auch für musikalische Unterhaltung gesorgt. Es gab alles, was normale Leute brauchten, um sich zu amüsieren. Nur ich war nicht *normal*, und je mehr lachende Gesichter ich sah, desto wütender wurde ich. Das war einfach nicht fair.

»Ich wünschte, sie würden die Klappe halten.«

»Wer?« Nathan hatte die Hände in die Hosentaschen gesteckt und sah mich irritiert an.

»Alle hier.« Ich zeigte auf die Menschenmenge vor dem Riesenrad. »Einfach alle. Es ist viel zu laut.«

Sein Handy vibrierte zum mindestens zwanzigsten Mal und mir riss endgültig der Geduldsfaden. »Willst du nicht mal drangehen?«, motzte ich.

Nathan zog das Handy aus der Tasche und schaute auf das Display. Es war wahrscheinlich seine Freundin, seine »Im-Moment«-Freundin. Ich schaute genervt weg.

Mein Blick landete auf dem Zuckerwattestand, an dem sich eine Schlange gebildet hatte. Ein kleiner Junge, etwa sechs oder sieben Jahre alt, stand neben seinem Vater und sah lächelnd zu ihm auf, während die beiden warteten. Als die Verkäuferin ihm seine Belohnung reichte, fiel mir sofort das kräftige Rosa der Zuckerwatte ins Auge – und plötzlich sah ich nichts anderes mehr. Nur noch rosa Zuckerwatte. Und den kleinen Jungen. Schweißperlen liefen mir den Nacken hinunter, ich nahm meine Haare zusammen und legte sie mir über die Schulter. Ich konnte den Blick einfach nicht von der Zuckerwatte abwenden, und als der kleine Junge versuchte, ein möglichst großes Stück abzubeißen, hätte ich ihn am liebsten angeschrien.

Pass doch auf. Dir bleibt alles in den Haaren kleben. Deine Mutter wird schimpfen und ich muss dann …

»Monroe, alles in Ordnung?«

»Was?« Ich schüttelte den Kopf und atmete tief durch. Ich dachte an mein Bett. An die Pillen, die ich nicht mehr nehmen durfte. Und ich sah auf mein Handgelenk, auf die Narbe, die ich dort hatte. Sie war nicht besonders groß und auch nicht auffällig. Genau wie ich. Sie spiegelte mein echtes Selbst wider. Mein schwaches Selbst. Den Teil von mir, der nichts richtig machen konnte.

»Monroe?«

»Ich finde es schrecklich hier«, sagte ich leise.

Nathan blickte wieder auf sein Handy, seine langen Finger huschten über das Display. »Würdest du mich noch woandershin fahren, wenn ich dich darum bitte?«

»Du bist aber kein Krimineller oder so?« Ich dachte an die Sache mit seinem Führerschein und mir wurde klar, dass ich fast nichts über ihn wusste.

»Nee«, antwortete er. »Jedenfalls nicht die Art, vor der du dich fürchten müsstest.«

Mein Blick wanderte zurück zu dem kleinen Jungen, dessen Gesicht hinter der Zuckerwatte verschwunden war. Ich wusste, wenn ich noch länger blieb, würde ich durchdrehen.

»Klar, ich kann dich fahren«, sagte ich und trat einen Schritt vor. »Solange du versprichst, dass es dort weder Karussells noch Spielbuden noch Pfirsiche gibt.«

Oder Kinder.

»Ich verspreche es«, sagte er und wir gingen los.

Zum ersten Mal an diesem Tag entspannte ich mich ein wenig. »Wohin fahren wir denn?«

Wir waren schon fast am Parkplatz angekommen, als er antwortete. Er wirkte beherrscht, vielleicht ein wenig abgelenkt, aber auf jeden Fall traurig.

»Ins Krankenhaus.«

Wie bitte?

Das hatte ich nicht erwartet. Eine angesagte Bar vielleicht oder irgendein anderer cooler Ort – wenn es so etwas in diesem Provinznest überhaupt gab –, aber ein Krankenhaus? Andererseits war das immer noch besser als das überfüllte Pfirsichfest und das Gefühl, in der unbeschwerten Menschenmenge zu ertrinken. Obwohl ich Krankenhäuser verabscheute, war mir im Moment jeder Ort lieber als dieser hier.

»Okay«, antwortete ich. »Lass uns fahren.«

Kapitel 8

NATHAN

Ich starrte erneut auf die Textnachricht. Mein Herz schlug so laut, dass ich fürchtete, Monroe könnte es hören.

Sie sind kurz weg. Schaffst du es hierher?

Wollte ich das überhaupt? Wollte ich es schaffen?

»An der Ampel links.«

Wir fuhren an Sheriff Bellafontes Auto vorbei, das neben der Bushaltestelle parkte. Ich sah schnell weg und war froh, dass Monroe den Fuß etwas vom Gaspedal genommen hatte. Vor uns tauchte schon das Krankenhaus auf, und ich zeigte Monroe, wo sie kostenlos parken konnte: in der Fraser Street gleich rechts. Sie hielt am Straßenrand, und ich tat so, als hätte ich nicht mitbekommen, dass sie den Bordstein gerammt hatte.

Im Radio liefen die Foo Fighters und die Luft aus der Klimaanlage war mir zu kalt. Als Mädchen aus dem Norden war sie unsere schwülen Sommer wahrscheinlich nicht gewohnt, aber ich mochte die Hitze.

Ich stieß einen langen Atemzug aus, während ich hektisch mit dem Fuß auf den Boden klopfte. Ich war nervös und hatte das Gefühl, mein Kopf könnte jeden Augenblick platzen, aber ich versuchte, die Ruhe zu bewahren. Ich musste einfach ruhig bleiben.

»Wird es lange dauern?«, fragte Monroe.

Sie trommelte mit den Fingern auf das Lenkrad, und als sie sich zu mir wandte, dachte ich für einen Moment – für einen vollkommenen Moment –, dass sie die schönsten Augen hatte, die ich jemals gesehen hatte.

»Nathan?«

»Nenn mich Nate«, sagte ich und streckte die Hand nach dem Türgriff aus.

»Was?«

»Nate«, wiederholte ich und öffnete die Tür. »So nennen mich meine Freunde. Nathan ist für meine Eltern und alle anderen reserviert.«

Ich lief um das Auto herum und schaute zu ihr hinein.

»Dann sind wir jetzt also Freunde?«, fragte sie, während sie immer noch mit den Fingern auf dem Lenkrad herumtrommelte.

»Kommst du?«, fragte ich stattdessen und trat zurück, damit sie die Tür öffnen konnte. Sie hatte nicht mal gefragt, warum ich hierher wollte oder was ich vorhatte, und das fand ich ziemlich interessant. Ich fragte mich, ob sie Angst hatte, danach zu fragen, aber vermutlich war es ihr nur völlig egal. Sie war eben nicht gerade der warmherzige und liebevolle Typ, doch komischerweise mochte ich das an ihr.

Sie war nicht anhänglich oder unsicher, und sie wollte nichts von mir, was ich ihr nicht geben konnte. Es war angenehm, mit jemandem zusammen zu sein, der keine Erwartungen hatte.

Erst letzte Woche hatte Rachel begonnen, noch mehr zu klammern, weil sie Angst gehabt hatte, dass ich wegen irgendetwas sauer auf sie wäre und Schluss machen wollte. Sie hatte mich angefleht, ihr zu sagen, dass alles in Ordnung war, und ich hatte nachgegeben. Doch die Lüge steckte mir immer noch in den Knochen, und wenn ich daran dachte, wurde mir schlecht.

Monroe sah an mir vorbei zum Krankenhaus. Sie dachte bestimmt, ich wäre irgendein Freak. Mann, wahrscheinlich war ich das sogar. Welcher Kerl nahm ein Mädchen mit ins Krankenhaus? Ein Mädchen, das er kaum kannte? Und trotzdem, ich brauchte sie. Ich brauchte *irgendjemanden.* Und Monroe war nun mal gerade die einzig verfügbare Person. Egal, was sie davon hielt.

»Komm schon«, wiederholte ich und streckte die Hand aus.

Ich hätte meinen Charme spielen lassen können: auf eine ganz bestimmte Art lächeln, mich an den Wagen lehnen und ihr in die Augen sehen, als sei sie das interessanteste Mädchen auf der ganzen Welt. Ich wusste, worauf Mädchen standen und welche Knöpfe ich dafür drücken musste. Aber mit dieser Masche würde ich bei Monroe bestimmt nicht landen. Sie ließ sich nicht so leicht etwas vormachen.

Also wartete ich einfach ab und hoffte insgeheim, sie würde nicht merken, dass ich Angst hatte, allein dort reinzugehen.

»Du bist echt schräg«, sagte sie und stieg aus.

»Versprichst du mir, dass du das niemandem verrätst?« Ich grinste.

Sie schüttelte den Kopf, aber ein winziges Lächeln umspielte ihre Lippen – und aus irgendeinem Grund fühlte es sich gut an, dass ich es dorthin gezaubert hatte.

Wir gingen bis zur nächsten Straßenecke und warteten auf Grün. Als die Ampel umschaltete, nahm ich ganz automatisch ihre Hand und war überrascht, dass sie es zuließ.

Ebenso überraschend war, wie klein und zart ihre Hand sich anfühlte. Sie hatte nicht diese langen, künstlichen Fingernägel wie Rachel und ihre Freundinnen. Mann, sie konnten einem damit die Augen ausstechen, wenn man nicht aufpasste. Und ich wollte gar nicht daran denken, wie oft ich mir von Rachel oder ihren Freundinnen hatte anhören müssen, dass einer abgebrochen war. Bescheuerte Dinge wie künstliche Fingernägel waren mir so was von egal, und ich wette, den anderen Jungs ging das genauso.

Leider blieb Monroes Hand nicht lange in meiner. Als wir den Eingang erreicht hatten, gab ich ihrem leichten Widerstand nach und ließ sie los.

Sie folgte mir zu den Fahrstühlen, und ich drückte auf den Knopf für die fünfte Etage, als wäre das die normalste Sache der Welt. Als hätte ich das schon tausendmal gemacht, obwohl ich erst ein Mal hier gewesen war und dieser Besuch in einer Katastrophe geendet hatte.

Monroe sagte kein Wort. Sie stieg einfach mit mir in den Fahrstuhl, und ich wünschte, ich hätte mich wieder an ihrer

Hand festhalten können. Am liebsten wäre ich weggerannt. Ich dachte an Rachel und daran, dass sie sich geweigert hatte mitzukommen.

Das war vor drei Monaten gewesen. Sie hatte einen Aufstand gemacht und geweint, bis ihre Wimperntusche zu Waschbäraugen verlaufen war, und sie es geschafft hatte, dass ich mich noch schlechter fühlte als vorher. Also war ich ohne sie im Krankenhaus gewesen – und es war genau so gelaufen, wie sie es vorausgesehen hatte.

Richtig scheiße.

Wenn Rachel wüsste, dass ich jetzt hier war, würde sie mir bestimmt gegen die Schulter boxen und mich Loser nennen. Aber sie war nicht hier. Ich starrte auf meine leere Hand, bis sich die Fahrstuhltüren öffneten.

Als Erstes sah ich das Schwesternzimmer. Und als Zweites? Taylors finsteres Gesicht und ihr wildes blondes Haar.

»Wer zur Hölle ist das?« Sie deutete auf Monroe.

»Sei nicht so eine Zicke, Taylor. Das ist Monroe. Sie ist nur ... eine Freundin.«

»Aha«, sagte sie. »Deine neue Fahrerin?«

Ich wusste, dass sie an Rachel dachte, und dem verächtlichen Blick nach zu urteilen, den sie Monroe zuwarf, ging sie wohl davon aus, dass mehr zwischen uns lief.

»Ja«, antwortete ich, etwas genervt von ihrem Auftritt. »Was denn sonst?«

Monroe murmelte etwas vor sich hin.

Ich war froh, dass ich es nicht verstehen konnte, denn es war garantiert nichts Nettes.

»Ich warte dann mal besser hier drüben.« Sie zeigte auf den trostlosen Aufenthaltsbereich gleich neben dem Schwesternzimmer. »Bis deine *Fahrerin* dich nach Hause bringen soll.«

Mist, sie war sauer. Sah ganz so aus, als hätte ich gerade eine Glückssträhne.

»Monroe«, sagte ich.

»Vergiss es, Nathan. Geh und tu, was auch immer du tun musst. Ich klebe bestimmt nicht den ganzen Abend an dir.«

Ich sah zu, wie sie zum Aufenthaltsbereich ging und sich auf ein Sofa setzte, ein ausgeblichenes braunes Teil, das wie eine Ledercouch aussah, aber nur mit kaltem, glattem Kunstleder bezogen war. Sie ignorierte meine Blicke, nahm sich eine Zeitschrift und drehte sich weg. Jetzt kam ich mir noch beschissener vor.

»Kommst du?« Taylor packte mich am Arm. »Sie sind bald zurück, und wenn du hier erwischt wirst, bekomme ich einen Riesenanschiss. Und ich möchte nicht wissen, was er mit dir anstellen würde.«

Taylor führte mich den Flur entlang, obwohl das gar nicht nötig gewesen wäre. Ich erinnerte mich an den Weg. Ich kannte ihn aus meinen Albträumen. Trevor lag also immer noch im selben Zimmer.

Als wir am Dienstzimmer vorbeiliefen, winkte Taylor den Schwestern zu. Gut, dass Taylor hier war, denn ohne sie hätte man mich bestimmt nicht durchgelassen.

Als wir Zimmer 514 erreicht hatten, blieb Taylor stehen und schob die Hände in die Hosentaschen. Sie wirkte müde, und das schwarze Zeug, das sie sich um die Augen gepinselt hatte, machte es auch nicht besser. Sie war ein Jahr jünger als Trevor und ich und wie eine kleine Schwester für mich.

»Ich lasse dir …«, murmelte sie und sah den Flur hinunter, bevor sie sich räusperte, »… etwas Zeit.«

Ich folgte ihrem Blick und sah, dass Monroe in unsere Richtung schaute. Sie starrte mich ein paar Sekunden lang an und verschwand dann wieder hinter ihrer Zeitschrift.

»Danke, Taylor.«

Als sie sich wieder zu mir umwandte, standen ihr Tränen in den Augen – und etwas in mir zerbrach. *Ich* hatte ihr das angetan. Ich hatte das ihrer ganzen Familie angetan.

»Du hast nicht lange. Sie sind Abendessen gegangen und ihre Reservierung war für neunzehn Uhr.« Sie räusperte sich noch einmal. »Jetzt ist es halb acht, also bleibt dir etwa eine Stunde, bevor Mom und Dad zurückkommen. Du weißt ja, wir wohnen jetzt quasi in dieser verdammten Klinik, also …«

»Danke«, sagte ich leise.

Sie erwiderte nichts, schloss einfach die Augen, drehte sich um und lehnte sich an die Wand. Ihr Atem ging schwer.

Ich öffnete die Tür und schlüpfte ins Zimmer. Ich atmete durch den Mund, denn ich konnte den Geruch nicht ausstehen. Diesen kranken, abgestandenen Desinfektionsmittelgeruch, den Trevor und seine Familie jeden verdammten Tag ertragen mussten.

Im gedämpften Licht ging ich auf das Bett zu. Auf die Maschinen und Schläuche und Infusionsständer. Auf das große, graue Beatmungsgerät, das unablässig Luft in Trevors Lunge pumpte und wieder heraussaugte. Das ihm erlaubte zu atmen. Das ihm erlaubte zu leben.

Ich schluckte und starrte auf die Maschinen, die dafür sorgten, dass Trevor in irgendeiner seltsamen Zwischenwelt noch existierte. Ob er wahrnahm, dass ich hier war? War er irgendwo im Raum, schwebte vielleicht unter der Decke und starrte auf den Idioten hinab, der ihn hierher gebracht hatte?

Langsam ging ich näher, setzte immer einen Fuß vor den anderen, als würde ich nachts zu Hause über den Flur schleichen. Das war total bescheuert. Wovor hatte ich Angst? Dass Trevor aufwachen würde? Nein, das wollten wir doch alle. Ich war nur so verkrampft und angespannt, weil ich nicht wusste, was danach kommen würde.

Nach dem Aufwachen.

Was, wenn er mir sagte, ich solle mich zum Teufel scheren und ihm nie wieder unter die Augen treten? Was, wenn er mich hasste?

Oder noch schlimmer: Was, wenn er aufwachte und die Gedanken in seinem Kopf nicht aussprechen konnte?

Ich blieb am Fußende des Bettes stehen und musterte meinen Freund. Bei dem Anblick drehte sich mir der Magen so heftig um, dass ich für einen Moment dachte, ich müsste mich übergeben. Ich brauchte all meine Kraft, um das Gefühl zu unterdrücken.

Er hatte stark abgenommen, seine Haare waren immer noch an der Stelle abrasiert, wo sie in seinen Schädel gebohrt hatten, um den Druck auf das Gehirn zu verringern, das ein paar Tage nach dem Unfall angeschwollen war. Das Paradoxe an der Situation war: Wenn man sich die Schläuche und den ganzen anderen Kram wegdachte, sah er wie ein megacooler, richtig harter Typ aus.

»Gott, Trevor«, wisperte ich. Mir lief ein Schauer über den Rücken, und ich verschränkte die Arme vor der Brust, um mich zu wärmen. »Kumpel, du musst aufwachen.«

Ich beugte mich vor und berührte seine Hand. Sie war kalt, seine Haut fühlte sich pergamentartig und viel zu weich für einen Jungen an. Sogar das Tattoo um sein Handgelenk schien blasser geworden zu sein.

Und das Tattoo an seiner Schulter? Das Tattoo, das zu meinem passte?

Ich konnte nicht hinsehen.

Tapferkeit und Schutz. Das war die Bedeutung des keltischen Zeichens, doch offensichtlich war das alles nur ein Haufen Scheiße.

Ich starrte auf meinen besten Freund und hätte am liebsten wie ein Baby geheult. Wenn er jetzt hier wäre – wirklich hier –, würde er mich in den Schwitzkasten nehmen, mir gegen das Kinn boxen und mich als Weichei beschimpfen. Und er würde bestimmt so einen dämlichen Spruch loslassen wie: *»Nur die Besten sterben jung, du Arschloch.«*

»Ich wünschte, es hätte mich erwischt«, flüsterte ich mit belegter Stimme und wischte mir wütend über die Augen, bevor ich die Hände in die Hosentaschen steckte und einfach tatenlos stehen blieb.

Ich bin nicht sicher, wie viel Zeit ich als stummer Beobachter an seinem Bett verbracht und ihn einfach nur angestarrt hatte, aber ich war überrascht, als Taylor plötzlich heftig an meinem Arm zog.

»Hey«, begann ich zu protestieren, doch als sich unsere Blicke trafen, versagte mir die Stimme.

Taylor war blass wie die Wand.

»Du musst hier weg. Mom hat eine Nachricht aus der Lobby geschrieben. Sie sind schon auf dem Weg. Jemand hat ihre Reservierung vergeigt, und sie hatten keine Lust zu warten. Also haben sie nur irgendwo eine Pizza gegessen«, sagte sie hektisch.

Ich wusste, wie viel sie riskiert hatte, damit ich ihren Bruder sehen konnte.

»Komm schon, du musst gehen, nicht gleich, sondern *sofort*, Nate. Im Ernst, ich weiß nicht, was Dad tun wird, wenn …«

»Scheiße.« Ich warf noch einen Blick auf Trevor, dann folgte ich Taylor aus dem Zimmer.

»Nimm die Treppe, Nathan.«

»Ich kann doch Monroe nicht hierlassen.« Ich blieb in der Nähe des Schwesternzimmers stehen und versuchte, Monroes Aufmerksamkeit auf mich zu lenken, doch sie war immer noch in die Zeitschrift vertieft.

»Oh mein Gott, Nate. Vergiss sie. Ich sage ihr, dass du gehen musstest. Du kannst sie auch später noch abschleppen.« Sie drängte mich in Richtung Treppenhaus. »Mein Dad wird dich umbringen …«

»Nathan Everets!«

Ich starrte Taylor an und alles um mich herum ging im Klang der Stimme ihres Vaters unter.

»Tut mir leid«, formte sie mit den Lippen. Mit vor Schreck geweiteten Augen sah sie an mir vorbei zu ihren Eltern.

Manchmal gibt es Momente, in denen eine ganze Welt zusammenzubrechen droht. Momente, in denen man der bitteren Wahrheit ins Gesicht sehen muss, sodass einem ganz schlecht wird und man weiß, dass es kein Entrinnen gibt.

Genau so fühlte ich mich jetzt. Langsam drehte ich mich um und mir blieb nichts anderes übrig, als Mike Lewis' Blick zu erwidern. Er hatte mich einmal gut leiden können. Sehr gut sogar. Mann, ich habe mehr Zeit bei Trevors Familie als bei mir zu Hause verbracht, und sein Dad ließ uns so lange und so laut Gitarre spielen, wie wir wollten. Oder besser gesagt: *Ich hatte verbracht …* Vollendete Vergangenheit.

Gott, alles war so aus dem Ruder gelaufen.

Trevors Dad war gebaut wie ein Schrank. Er war zwei Meter groß, hatte breite Schultern und seine Arme waren mit Tattoos übersät. Sein breiter Nacken und sein kräftiges Kinn wirkten einschüchternd, genauso wie der rasierte Kopf und die bulligen Oberarme.

Hinter ihm ertönte ein Schluchzen und beim Anblick der traurigen, verzweifelten Augen von Trevors Mom wurde mir schon wieder übel. Brenda Lewis war etwa so alt wie meine Mom, aber jetzt sah sie mindestens zehn Jahre älter aus. Nicht zu wissen, ob das eigene Kind überleben würde, hatte Spuren hinterlassen.

»Ich habe dir doch gesagt, dass du dich hier nie wieder

blicken lassen sollst.« Mike sprach langsam – zu langsam –, als würde er mit einem Vollidioten reden.

Er trat einen Schritt auf mich zu und jeder Muskel in meinem Körper schmerzte vor Anspannung.

Ich ballte die Hände zu Fäusten, meine Brust straffte sich. Für eine verrückte Sekunde wünschte ich, er würde einfach zuschlagen.

Nur ein Schlag, denn ich hatte es verdient, noch mehr Schmerz zu spüren, als ich es ohnehin schon tat.

»Dad, lass ihn in Ruhe. Er wollte nur Trevor sehen«, versuchte Taylor, die Wogen zu glätten, aber ihr Vater wollte nichts davon wissen. Seine Augen verengten sich und sein Blick wanderte von mir zu seiner Tochter.

»Du hältst dich da raus. Mit dir werde ich zu Hause noch ein Wörtchen reden.« Mikes Wut war so groß, dass sie förmlich den Raum ausfüllte.

Und ich drohte, daran zu ersticken.

»Sir«, begann ich, verzweifelt darum bemüht, etwas zu tun, *alles* zu tun, um die Situation zu entschärfen. »Es ist nicht Taylors Schuld.«

»Ich weiß«, sagte er langsam. Die Adern an seinem Hals schwollen an. Sein Blick war hasserfüllt. »Es ist deine Schuld, Nathan. Das alles hier.« Er zeigte den Flur hinunter. »Dass mein Junge hier drin ist, im Koma liegt, um sein Leben kämpft – das hast *du* zu verantworten.« Er atmete so tief ein, als wollte er gleich losbrüllen. »Dass sie ihm den Schädel aufbohren mussten, damit er nicht stirbt – das hast *du* zu verantworten.«

»Mike«, sagte Brenda sanft.

Alle beobachteten uns. Die Schwestern. Die Patienten. Die Ärzte. Der Mann im hellrosa Pyjama drüben an den Fahrstühlen. Es kam mir vor, als hätten alle mitten in ihren Tätigkeiten innegehalten und die Blicke auf mich gerichtet.

»Ich werde ihn schon nicht in Stücke reißen, Schatz«, erwiderte Mike. »Obwohl ich am liebsten genau das tun würde. Aber ich sage es dir jetzt, von Mann zu Mann: Ich will dich hier nie wieder sehen, hast du verstanden? Du hast meinen Sohn fast umgebracht. Wenn es nach mir ginge, würdest du längst hinter Gittern sitzen. Wir wissen alle, dass du nur deshalb nicht im Jugendknast hockst, weil dein Daddy gut mit dem Richter kann und dein Onkel Hilfspolizist im Sheriffs-Department ist.«

»Sir … wenn ich mit Trevor tauschen könnte, würde ich es tun.« Die Worte purzelten mir aus dem Mund und ich trat näher.

Er schüttelte den Kopf – eine Warnung – und ich verstummte.

»Du warst verantwortlich, Nathan, und ich habe dir vertraut. Vielleicht lag ich falsch damit, aber … ich habe dir wirklich vertraut und jetzt kann ich dich hier nicht mehr ertragen, sonst kann ich für nichts garantieren. Trevor kämpft um sein Leben – wegen dir.«

Seine Worte drangen wie ein scharfes Messer in mich ein. Jede einzelne Faser meines Körpers schmerzte.

Mike nahm seine Frau in die Arme und bedeutete Taylor, zu ihnen zu kommen. »Vielleicht ist es nicht richtig, dir an allem die Schuld zu geben, aber ich kann nicht anders. So fühle ich nun mal. Dein Anblick macht mich krank.« Seine Stimme klang heiser und er zeigte den Flur hinunter. »Was hast du da drin gesehen? Meinen Sohn, angeschlossen an einen Haufen Maschinen und Schläuche? Das wünsche ich niemandem, selbst wenn er es verdient hätte.«

Mr Lewis wandte sich zum Gehen, doch er hielt noch einmal inne. »Dieses eine Mal lasse ich dir noch durchgehen, aber solltest du dich noch einmal hier blicken lassen, wirst du mich kennenlernen.«

Taylor ging zu ihren Eltern, und ich sah ihnen nach, bis sie in Trevors Zimmer verschwunden waren. Plötzlich drehte sich alles um mich herum. Ich beugte mich nach vorn, legte die Hände auf die Knie und schloss die Augen. Wenn ich mich nicht zusammenriss, würde ich mitten auf den Gang kotzen oder ohnmächtig werden.

Eine Minute verstrich. Vielleicht auch mehr. Als ich schließlich die Augen wieder öffnete, sah ich mintgrüne Zehen.

»Okay, du hast gewonnen.«

Langsam richtete ich mich auf. Mein Magen zog sich zusammen, war aber stark genug, dass ich mich nicht übergeben musste. »Ach ja?«

Monroe nickte, nahm meine Hand und zog mich zu den Fahrstühlen. »Ja«, sagte sie und drückte auf »Erdgeschoss«. »Du bist offiziell der bedauernswerteste Mensch, den ich kenne.«

»Toll. Vielen Dank auch«, erwiderte ich sarkastisch. Für

wen zur Hölle hielt sie sich? Woher wollte sie wissen, was ich durchmachte?

Woher wollte sie wissen, wie es sich anfühlte, an Kummer und Reue und Schuld zugrunde zu gehen?

»Nur damit du's weißt: Ein einziger Fehler reicht aus, dass dieser Titel dir gehört, also pass gut auf«, giftete ich sie an.

Die Fahrstuhltüren glitten auf und wir stiegen ein. Während wir nach unten fuhren, sah Monroe mich mit großen, glasigen Augen an. Ihr Brustkorb hob und senkte sich, ihre Lippen waren geöffnet und sie verströmte wieder diesen angenehmen Sommerduft.

Sie hielt meinem Blick stand, bis sich die Fahrstuhltüren wieder öffneten. Dann flüsterte sie so leise, dass ich es kaum hören konnte: »Wenigstens ist dein Fehler noch am Leben.«

Kapitel 9

Monroe

Ich konnte nicht glauben, was ich da gerade von mir gegeben hatte. Was stimmte bloß nicht mit mir?

Wenigstens ist dein Fehler noch am Leben.

War ich völlig verrückt geworden? Warum um alles in der Welt hatte ich das gesagt?

Mein Herz klopfte so stark, dass ich spürte, wie meine Halsschlagader pulsierte. Ich atmete tief aus, während ich in den Wagen stieg und darauf wartete, dass Nate neben mir Platz nahm. Es war ein paar Minuten nach acht und die Sonne stand schon tief am Himmel. Rote und goldene Streifen leuchteten am Horizont, ein herrlicher Anblick, aber das war mir im Moment scheißegal.

Ich fürchtete, dass Nate mich fragen könnte, was ich gemeint hatte, denn ich hatte keine Ahnung, was ich darauf antworten sollte. Ich redete nicht über Malcolm. Niemals.

Als ich hörte, dass die Beifahrertür geöffnet wurde, kniff ich die Augen zu. In einer Stunde würde es dunkel sein, doch ich wünschte, es würde schneller gehen, weil ich mich dann leichter verstecken konnte.

Ich wollte einfach verschwinden, mich in Luft auflösen und so tun, als hätte ich diesen Satz nie gesagt.

Schließlich stieg Nate ein. Ich drehte die Foo Fighters laut auf, zuckte jedoch zusammen, als Dave Grohls Stimme durch die Stille schnitt.

Why you'd have to go and let it die.

Dieser Song passte ja perfekt.

Ich tat so, als sei alles gut und nichts vorgefallen. Als hätte ich nicht gerade miterlebt, wie Trevors Vater Nate zur Schnecke gemacht hatte. Als hätte ich nichts gefühlt, als ich in Nates Augen gesehen hatte.

Und vor allem tat ich so, als hätte ich nicht den Mund aufgemacht und einem Jungen etwas anvertraut, den ich kaum kannte. *Wenigstens ist dein Fehler noch am Leben …* Shit.

Es fiel mir unendlich schwer, cool zu bleiben und den Kloß in meinem Hals wegzulächeln. Aber ich tat es. Ich musste es tun, weil ich nicht wusste, wie ich mich sonst verhalten sollte.

Wie zur Hölle war es Nate gelungen, das aus mir herauszuholen, während mein Therapeut fast fünf Monate gebraucht hatte, mich überhaupt zum Reden zu bringen?

Vielleicht hatte Nate ja auch nichts gehört. Vielleicht war mein Hirn schon so verwirrt, dass ich dachte, ich hätte etwas gesagt, obwohl es in Wirklichkeit nur ein geisterhaftes Flüstern in meinem Ohr gewesen war.

Ich drehte den Zündschlüssel um und ließ den Motor aufheulen, während ich zuerst in den Rückspiegel und dann in den Seitenspiegel schaute. Ich sah überall hin, nur nicht zu dem Jungen neben mir, und ich zählte innerlich. Ich zählte und versuchte, mich zu konzentrieren.

Eins. Zwei. Drei. Immer und immer wieder.

Es dauerte etwa eine Minute, bevor ich mich so weit beruhigt hatte, dass ich einen Blick in seine Richtung wagte – und sofort rutschte mir das Herz in die Hose.

Seine dunklen Augen waren auf mich gerichtet. Und sie wussten es. Sie wussten, dass etwas Schlimmes passiert war. Etwas Furchtbares. Etwas Unverzeihliches.

Wir starrten uns so lange an, bis meine Augen zu brennen begannen, und ich befürchtete, gleich loszuheulen.

Wow. Das wäre unglaublich.

»Ich kann nicht darüber reden«, sagte ich, während sich der Kloß in meinem Hals langsam löste.

Nate ließ mich nicht aus den Augen. Ich schauderte, als er sprach, so sanft und leise, dass ich das Gefühl hatte, ich hätte ihn gar nicht gehört, sondern nur von seinen Lippen abgelesen. »Okay.«

Ich stieß einen langen, bebenden Atemzug aus und legte den Gang ein. »Ich möchte noch nicht nach Hause«, sagte ich, den Blick starr geradeaus gerichtet. Meine Handflächen schwitzten, und obwohl es immer noch unglaublich heiß war, zitterte ich.

»Fahr einfach.«

Ich fuhr aus der Parklücke und fragte: »Wohin?«

Nate antwortete nicht. Wenn ich rechts oder links abbiegen musste, deutete er lediglich mit der Hand in die jeweilige Richtung, und innerhalb von zehn Minuten waren wir am Stadtrand. Auch ich schwieg die ganze Zeit, weil es mir ehrlich gesagt egal war, wohin wir fuhren, solange ich nicht zurück zur Oaks-Run-Plantage musste. Ich hätte weder das Gefühl erklären können, das mir die Brust zuschnürte, noch mein Bedürfnis, bei Nate zu bleiben. Doch das eine bedingte das andere. Ich wollte nicht allein sein. Nicht jetzt. Nicht heute Abend. Bilder und Geräusche wirbelten durch meinen Kopf und ich konnte nichts weiter tun, als das blöde Auto auf der Straße zu halten. Ich wollte mich nicht erinnern. Oh Gott, ich wollte nicht dorthin zurück.

»Da vorn links«, sagte Nate und beugte sich leicht zu mir, während er nach vorn schaute.

Die Sonne stand tief über den Bäumen am Straßenrand, und als ich abbog, blendete sie mich. Erst als ich wieder sehen konnte, entdeckte ich ein großes Schild, das schon etliche Jahre auf dem Buckel haben musste. Die Schrift war verblasst und stellenweise unleserlich. Es war kaputt und schäbig. Fast so wie ich.

Twin-Oaks-Autokino.

»Fahr weiter«, drängte Nate.

Das verrostete Tor stand offen und ich fuhr langsam einen großen Hügel hinauf. Nates Blick war stur geradeaus gerichtet, und ich hatte das Gefühl, als wäre er nervös oder sauer oder … ich konnte es nicht ganz festmachen.

Als wir oben angekommen waren, sah ich eine große Leinwand – besser gesagt, was davon noch übrig war – am Ende eines weitläufigen Platzes, der mit kaputten Strom- und Stereoanschlüssen für die Autos der einstigen Kinobesucher übersät war. Das war ein echt altes Autokino wie aus dem Film, den meine Mom so mochte: *Grease*. Und es war verlassen. In der untergehenden Sonne und mit den Bäumen ringsum wirkte es irgendwie unheimlich.

»Warum sind wir hier?«, fragte ich.

»Fahr einfach weiter. Am besten da auf der rechten Seite.«

Eigentlich müsste er inzwischen wissen, dass ich es nicht leiden konnte, herumkommandiert zu werden. Aber in Anbetracht des beschissenen Abends, den er bisher gehabt hatte, bemühte ich mich, darüber hinwegzusehen. »Aber wir machen nichts Illegales, oder? Kein Hausfriedensbruch oder so?«

Nate schüttelte den Kopf und bedeutete mir weiterzufahren. Das ganze Gelände war von Bäumen umgeben und dem ehemaligen Imbissstand fehlten das Dach und alle Fenster. An den Türen war die Farbe abgeblättert und die Fassade stellenweise abgebröckelt.

Durch tiefe Spurrillen fuhr ich immer weiter auf die Bäume zu. Erst als wir den Waldrand erreicht hatten, wurde ich langsamer.

»Da lang«, sagte Nate.

Ein Stück vor uns lichteten sich die Bäume wieder. Schatten tanzten zwischen den Ästen, als würde irgendwo ein Feuer brennen, und als wir auf die Lichtung fuhren, entdeckte ich mehrere Autos.

Mein Herz begann, heftig zu klopfen.

Ich sah etwa zwanzig junge Leute, die um ein Lagerfeuer saßen, tranken, lachten, sich anrempelten.

Offensichtlich amüsierten sie sich.

Als wäre alles bestens.

Ich hielt neben einem riesigen, dreckbespritzten SUV, weil sonst kein Parkplatz frei war, und stellte den Motor aus.

»Sind das deine Freunde?«

Nate nickte stumm. Hier wollte ich nicht bleiben, aber ich wusste nicht, wie ich ihm das zu verstehen geben sollte.

»Ist deine Freundin auch hier?«, fragte ich stattdessen.

»Nein.«

Meine Anspannung löste sich ein wenig, aber das irritierte mich nur. Was ging mich seine Freundin an? Es war ja nicht so, als wären wir … als wäre da etwas zwischen uns. Das hier war einfach nur … Frustriert und genervt trommelte ich mit den Fingern auf das Lenkrad.

Das hier bedeutete nichts. Nate bedeutete nichts. Ich bedeutete nichts.

Wir waren im Nichts gefangen. Zusammen.

»Komm, lass uns gehen.«

Nate öffnete die Tür und stieg aus dem Auto, bevor ich etwas einwenden konnte, und für den Bruchteil einer Sekunde dachte ich darüber nach, einfach abzuhauen. Ihn einfach hier zurückzulassen und in der Dunkelheit zu verschwinden. Weit weg zu fahren, wo ich nicht über Nathan oder Trevor oder Malcolm nachdenken musste – oder über die Fehler, die wir gemacht hatten und die uns dahin gebracht hatten, wo wir jetzt waren.

»Kommst du?« Er streckte den Kopf in den Wagen. Obwohl immer noch diese Traurigkeit in seinen Augen lag, war da auch etwas anderes. Und dieses andere stand ihm gut. Vielleicht war ich der Grund dafür?

Mein Mund war ganz trocken und ich versuchte zu schlucken. »Warum sind wir hier?«, presste ich hervor.

Er starrte mich so lange wortlos an, dass meine Wangen schon wieder zu glühen begannen. Ich wollte wegsehen, aber ich konnte nicht. Dieser neue Ausdruck in seinen Augen berührte mich tief, und für einen kurzen Moment spürte ich noch etwas anderes in meinem Inneren als nur die Leere, die ich sonst immer empfand.

Er warf die Beifahrertür zu, ging um den Wagen herum und blieb auf meiner Seite stehen. Vorsichtig öffnete er meine Tür und trat zur Seite, damit ich aussteigen konnte.

»Du hast gesagt, du möchtest noch nicht nach Hause.« Er machte eine kurze Pause. »Und ich möchte auch noch nicht nach Hause.« Nate hielt mir seine Hand hin. Bevor ich es mir anders überlegen konnte, griff ich danach. Seine Wärme umhüllte meine kalten Finger und sein Daumen schmiegte sich gegen die Innenseite meines Handgelenks.

Ich hielt den Atem an und sah schnell auf unsere Hände hinab. Seine Finger waren lang und schlank und ich bemerkte ein lässiges Lederarmband an seinem Handgelenk. Es sah alt und abgewetzt aus, als würde er es schon sehr lange tragen. Es musste ihm etwas bedeuten. Vielleicht ein Geschenk von seiner Freundin?

Sein Daumen bewegte sich und fühlte sich ein wenig rau an auf meiner Haut. Die Welt um mich herum geriet kurz aus den Fugen und für einen verrückten Moment schien die Zeit stillzustehen.

»Lass uns zu den anderen rübergehen«, sagte er. Sein

Daumen hob sich, bis er schließlich losließ und in Richtung Lagerfeuer losging. »Wir bleiben nicht lange. Nur bis …«

»Bis?«, fragte ich und schloss zu ihm auf.

Nate blickte mich mit ausdrucksloser Miene an, aber ich sah, wie seine Halsschlagader pulsierte.

Ich sah und ich fühlte es.

»Nate?«

»Vielleicht können wir hier beide für eine Weile alles vergessen.«

Okay.

Das reichte mir aus.

Kapitel 10

Nathan

Ich wusste nicht, ob es eine gute Idee war, Monroe hierherzubringen – verdammt, ich wusste nicht einmal, ob es eine gute Idee war, dass *ich* hergekommen war –, aber es fühlte sich irgendwie richtig an. Obwohl ich vermute, dass meine Eltern und mein Onkel und Mrs Blackwell nicht gerade begeistert wären, wenn sie wüssten, dass ich Monroe zu einer Waldparty geschleppt hatte. Aber die Party war eher harmlos und keiner der Hardcoretypen war hier. Dafür war es noch zu früh. Die meisten ließen sich nicht vor Mitternacht blicken, und ich hatte vor, dann längst wieder verschwunden zu sein.

Ich wollte einfach nur … Shit, ich wusste nicht, was ich wollte. Ich wusste nur, dass ich nicht allein sein wollte, und ein anderer Ort war mir nicht eingefallen.

»Komm schon«, sagte ich noch einmal und als ich diesmal nach ihrer Hand griff, ließ ich sie nicht wieder los.

Wir gingen zum Lagerfeuer. Ich nickte ein paar Jungs zu, die ein Bierfass auf einem alten Baumstumpf anzapften. Sie hoben ihre roten Becher und tranken sie in einem Zug aus. Ich entdeckte auch ein paar Typen aus dem Footballteam, doch obwohl sie sich freuten, mich zu sehen, kam keiner von ihnen herüber. Aber daran war ich längst gewöhnt. Niemand wusste, was er zu mir sagen sollte. Ein paar Blicke landeten auf Monroe. Bill Ferris stieß einen bewundernden Pfiff aus, den Monroe jedoch ignorierte.

Als wir die Feuerstelle erreichten, zog Monroe ihre Hand weg. Das war ganz gut so, denn ein paar Mädchen, die zu Rachels Clique gehörten, durchbohrten sie regelrecht mit Blicken. Trotzdem hatte es sich gut angefühlt, ihre Hand zu halten.

Sie fühlte sich gut an.

Beruhigend. Echt.

Und das machte mich ziemlich fertig, denn sie schien mich nicht besonders zu mögen. Und wie schon gesagt, eigentlich hatte ich ja eine Freundin.

Ich beschloss, nicht weiter darüber nachzudenken. Heute Abend wollte ich den ganzen Mist aus meinem Hirn verbannen und mich vielleicht sogar ein wenig amüsieren. Einen Versuch war es zumindest wert.

Ich hatte mich so lange von den anderen abgeschottet, dass es sich irgendwie seltsam anfühlte, die alten Leute am Lagerfeuer herumhängen zu sehen. Und dazu gehörte auch Brent, der Bassist meiner Band.

Ich dachte, er wäre mit Link, Rachel und den anderen zur Hütte gefahren. Ich war überrascht, ihn hier zu treffen.

Er hatte kein T-Shirt an, und seine beige Cargohose hing so tief, dass ich hoffte, er hatte sich wenigstens die Zeit genommen, eine Boxershorts anzuziehen. Bei ihm brauchte es nämlich nicht viel: ein alter Song der Band Def Leppard, und wenn er dann noch betrunken genug war, ließ er seine Hüllen fallen.

Die Mädchen schien das nicht besonders zu stören und wir Jungs fanden ihn einfach nur völlig crazy. Aber abgesehen davon war Brent ein verdammt guter Passfänger und Musiker. Er hatte geschickte Hände, mit denen er jeden meiner Würfe fing, und er entlockte der Bassgitarre Klänge, die nur wenige Bassisten beherrschten. Bei seinem Anblick musste ich an Dinge denken, die ich eigentlich vergessen wollte, aber es tat trotzdem gut, ihn zu sehen.

»Alter«, sagte er mit einem zurückhaltenden Grinsen, packte mich an den Schultern und schüttelte mich. »Wo hast du dich die ganze Zeit versteckt?«

Seit dem Unfall hatten wir keine Musik mehr zusammen gemacht. Mann, ich hatte meine Gitarre seit unserem letzten Gig nicht mehr angefasst. Es lag nicht daran, dass wir es nicht gekonnt oder gewollt hätten. Es war nur … ohne Trevor war die Band tot. Es war, als würde ihre Seele, ihr Groove, ihr Leben neben ihm im Krankenhaus schlafen.

»Ich habe für meinen Onkel gearbeitet.«

»Jeden verdammten Tag? Das ist echt übel.«

Ein Schatten huschte über seine hellblauen Augen, er trat zurück und fuhr sich mit der Hand über die Stoppeln an seinem Kinn. Eigentlich war es eher ein Bartflaum, womit ich ihn früher oft aufgezogen habe. Aber jetzt war mir nicht danach zumute.

»Warst du bei Trev?«, fragte er vorsichtig.

Ich nickte, ohne weiter auf das Thema einzugehen. Ich

musste ihm nicht erzählen, dass Mike Lewis mir vorhin gedroht hatte, mich in der Luft zu zerfetzen. Wir lebten in einer kleine Stadt. Er würde es noch früh genug erfahren.

»Ich war vor ein paar Wochen mal dort, aber er …« Brent versagte die Stimme.

Eine Sekunde verstrich. Dann noch eine.

»Ja, ich weiß.«

Brent richtete den Blick rasch auf Monroe und zwinkerte ihr zu. »Frisches Blut? Wie heißt du, Schönheit?«

»Monroe«, antwortete sie.

Brents Grinsen wurde breiter und er beugte sich vor. »Freut mich, dich kennenzulernen, Monroe. Du klingst, als kämst du nicht aus der Gegend hier.«

»Stimmt.«

»Und woher kommst du, Süße?« Er musterte sie langsam von Kopf bis Fuß und etwas in mir zog sich zusammen. Ich hätte fast einen Schritt nach vorn gemacht, hielt mich aber noch rechtzeitig zurück. Am liebsten hätte ich ihn von ihr weggeschoben, aber das wäre nicht richtig. Monroe gehörte nicht zu mir. Shit, ich kannte das Mädchen ja kaum.

»Ich bin aus New York City und ich heiße nicht *Süße*.«

Er schnaubte. »Und wenn schon – aber ich wette, du schmeckst so.«

Monroe stieß einen kehligen Laut aus, und ich war überrascht, den Anflug eines Lächelns auf ihrem Gesicht zu sehen. »Der war richtig schlecht.«

»Da hast du Recht.« Brent lachte, sein Blick wanderte wieder zu mir, und ich erkannte sofort die Frage, die darin lag. Brent war ein Aufreißer. Durch und durch. Ich kniff warnend die Augen zusammen. Ich würde ihn auf keinen Fall an dieses Mädchen heranlassen. Mrs Blackwell würde mir die Hölle heiß machen.

Brent hatte nur Sex im Kopf, aber wahrscheinlich dachten die meisten Typen, die ich kannte, jeden Tag an nichts anderes. Seit er zwölf war, warfen sich ihm die Mädchen scharenweise an den Hals. Tja, wenn sie auf seine hohlen Sprüche hereinfielen, verdienten sie es wahrscheinlich auch, von ihm ausgenutzt zu werden.

Aber Monroe war anders. Und sie kannte ihn nicht so wie ich.

»Also, Monroe«, sagte er langsam und reckte den Hals. »Möchtest du was trinken?«

Sie schüttelte den Kopf. »Ich fahre.«

»Richtig.« Brent sah mich an. »Das bedeutet, du fährst nicht.« Er zog eine Dose aus seiner Gesäßtasche und warf sie mir zu. »Komm mit«, sagte er. »Ich habe ein paar Gitarren mitgebracht.«

Ich öffnete die Dose und nahm einen langen Schluck. Das Bier war lauwarm und nicht gerade meine Lieblingssorte, aber es war etwas zu trinken. Etwas, woran ich mich festhalten konnte.

»Bist du sicher, dass das eine gute Idee ist?«, fragte Monroe und legte den Kopf zur Seite, sodass ihr das wellige schwarze Haar ins Gesicht fiel.

Ich trank noch einen großen Schluck und wischte mir den Mund ab. »Im Moment bin ich mir bei gar nichts sicher.«

Für einen Augenblick dachte ich, ein kleines Lächeln in ihrem Gesicht zu sehen, doch nachdem ich einmal geblinzelt hatte, war es fort.

»Spielst du mir etwas vor?«, fragte sie. Ihre Augen glänzten, kleine Funken aus dem Feuer spiegelten sich darin.

»Hey, Nate.«

Wir drehten uns um. Chuck McDaniel kam mit seiner Freundin Gina auf uns zu. Ich hatte sie vorhin schon auf dem Pfirsichfest gesehen und war nicht überrascht, dass sie jetzt hier auftauchten. Es gab nicht viele Alternativen an einem Samstagabend in Twin Oaks.

Ginas verkniffener Blick war auf Monroe gerichtet, ihre glänzenden Lippen verzogen sich zu einem gekünstelten Lächeln. Sie signalisierte Monroe deutlich, was sie von ihr hielt.

»Wo ist Rach?«, fragte sie, ohne Monroe aus den Augen zu lassen.

»Nicht hier«, antwortete ich.

»Das sehe ich.« Sie spielte mit ihrem Kaugummi und lächelte. »Und wer genau bist du?« Diese Frage war an Monroe gerichtet.

»Niemand«, antwortete Monroe, bevor sie an meinem Arm zog. »Spielst du nun etwas für mich?«

»Komm schon, Everets. Was ist eine Party ohne ein paar Songs?«, sagte Brent.

»Keine Ahnung, Mann. Ich habe schon ewig nicht mehr gespielt.« Ich nahm noch einen Schluck Bier, zerdrückte die Dose und schob die Hände in die Hosentaschen. »Meine Finger haben wahrscheinlich gar keine Hornhaut mehr, und da ich weiß, was du inzwischen auf dem Kasten hast, werden meine Hände mich morgen umbringen.«

»Pussy.« Brent lachte. »Schieb deinen Arsch hier rüber.«

Er war schon fast am Lagerfeuer, Monroe war nur zwei Schritte hinter ihm. Mein Blick blieb kurz an ihrem perfekt geformten Hintern hängen. Ich betrachtete ihr Haar, das in weichen Wellen über ihren Rücken fiel, und dachte daran, wie süß ihre Füße mit den grünen Zehennägeln aussahen.

Sie drehte sich um. Ohne die neugierigen Blicke zu beachten, sah sie mich direkt an. Plötzlich hatte ich das Gefühl, sie würde tief in meine Seele blicken und darin erkennen, wie sehr ich spielen wollte.

»Ich möchte dich spielen hören, Nate.« Ihre Stimme klang sanft, und so leise wie ein Flüstern.

»Süße, wenn du mich so fragen würdest, würde ich alles für dich tun«, sagte Brent lachend und beugte sich näher zu ihr. »Alles.« Dann wandte er sich zu mir um und streckte mir eine ramponierte Epiphonegitarre hin. Trevors alte Gitarre.

»Er würde wollen, dass du spielst, Mann.« Das Grinsen war aus Brents Gesicht verschwunden. »Du musst spielen.«

Ich starrte die Gitarre so lange an, bis alles vor meinen Augen verschwamm. Und da wusste ich, dass die Party keine gute Idee gewesen war. Ich hätte nicht herkommen sollen.

»Nein«, sagte ich, schob meine Hände noch tiefer in die Hosentaschen und wandte mich ab. »Vergiss es einfach.«

Ich ging zurück zu Monroes Wagen und ließ mich von der Dunkelheit verschlucken.

Kapitel 11

Monroe

Ich hatte von Malcolm geträumt. Das war seit Monaten nicht mehr geschehen.

Nach dem Krankenhausbesuch hätte ich es natürlich kommen sehen müssen – ich brauchte kein Genie zu sein, um mir denken zu können, dass das all die schrecklichen Erinnerungen wachrufen würde, die ich versucht hatte zu vergessen – aber trotzdem … Ich war nicht darauf vorbereitet gewesen.

Ich war nicht darauf vorbereitet gewesen, sein gewelltes blondes Haar und seine gebräunte Haut zu sehen, oder den langen Pony, der ihm in die Augen fiel.

Ich war nicht darauf vorbereitet gewesen, die Sommersprossen auf seiner Nase zu sehen, so hell, dass sie wie Zimtstreusel wirkten. Oder seine langen Wimpern, die seine Wangen berührten, wenn er die Augen schloss.

Es tat weh, sein Grübchen zu sehen oder das Muttermal direkt unter seinem Schlüsselbein. Und wenn er mich ansah, hatte es sich jedes Mal so angefühlt, als wäre ich seine ganze Welt.

Ich war auf nichts davon vorbereitet gewesen.

Ich erwachte mit einem stummen Schrei in der Kehle,

wischte mir den Schweiß von der Stirn und hatte die Zähne so fest zusammengebissen, dass es wehtat.

Der Schmerz in meinem Herzen zerriss mich innerlich. Für einen Moment lag ich zitternd da und schluchzte leise. Ich drückte mein Gesicht ins Kissen, denn es war spät, oder besser gesagt ganz früh am Morgen, und ich wollte Grandma nicht wecken.

So sollte sie mich nicht sehen. Schwach und am Boden zerstört. Ich wusste, dass sie insgeheim hoffte, dass ich nach diesem Sommer wenigstens halbwegs geheilt wäre.

Ich wusste auch, dass diese Hoffnung umsonst war, aber ich wollte sie ihr nicht nehmen.

Doch die Panik war echt, und ich wusste, dass ich etwas dagegen tun musste, also zählte ich von zwanzig rückwärts. Ich brauchte mehrere Durchgänge. Als ich mich schließlich beruhigt hatte, als meine Brust nicht mehr zugeschnürt war und der Schmerz ein wenig nachgelassen hatte, fielen die ersten Sonnenstrahlen in mein Zimmer.

Trotzdem dauerte es noch Stunden, bevor ich aufstehen konnte.

»Monroe, hast du heute schon mit deinen Eltern telefoniert?«

Ich hatte mich gerade neben Grandma auf die Veranda gesetzt, die Beine hochgezogen und mich auf dem weißen Korbstuhl zusammengekauert. Ich starrte auf meine rosaweiß karierte Pyjamashorts und entdeckte Sirup auf meinem weißen T-Shirt, der von den Frühstückspfannkuchen getropft sein musste. Ich wischte ihn weg, leckte mir die Fingerspitze ab und ließ mir mit der Antwort noch ein paar Sekunden Zeit. Nicht weil es eine rhetorische Frage war, sondern weil ich natürlich noch nicht zu Hause angerufen hatte und es auch nicht vorhatte, obwohl ich wusste, dass es Grandma von mir erwartete.

Ich konzentrierte mich auf die Heckenkirsche, die am Rankgerüst an der Hauswand emporwuchs. Bienen summten zwischen den Blättern.

»Ich habe es vorhin versucht, aber es war nur Moms Mailbox dran, also habe ich eine Nachricht hinterlassen.« Die Notlüge war mir nur so herausgerutscht und ich hielt den Blick weiter auf die Heckenkirsche gerichtet.

Grandmas Augen ruhten eine Weile auf mir, so einfach ließ sie sich nicht täuschen. »Nun, wenn sie sich nicht zurückmeldet, versuchst du es bitte noch einmal. Deine Mutter hört ihre Nachrichten nur selten ab. Und du bist jetzt schon über eine Woche hier. Du solltest mit deinen Eltern reden. Sie machen sich bestimmt Sorgen.«

»Ich habe Mom gestern eine E-Mail geschickt.«

»Pah!« Grandma schnaubte. »E-Mails bedeuten das Ende jeder anständigen Kommunikation. Das ist nicht dasselbe, Monroe.«

»Ich weiß«, murmelte ich. »Ich rufe sie heute Abend an.«

Die Wahrheit war, dass es mir schwerfiel, mit meinen Eltern zu sprechen. Verdammt schwer. Und im Moment wollte ich mich in meiner täglichen Routine mit nichts belasten. Erst hier in Louisiana war mir bewusst geworden, wie schwer mir sogar das *Atmen* in New York gefallen war.

»Ach übrigens«, sagte ich und kaute an meiner Unterlippe. »Nate hat mir von Trevor erzählt.« Dass wir sogar im Krankenhaus waren, wollte ich lieber für mich behalten – ich fand, es stand mir nicht zu, darüber zu reden –, aber ich war neugierig, was Grandma ganz allgemein zu dem Thema sagen würde.

Sie lehnte sich in ihrem Korbstuhl zurück und nippte an ihrem Tee. »Gott, dieser Junge musste auch endlich mit jemandem reden. Es ist ein schrecklicher Jammer, was an diesem Abend passiert ist, aber es ist Vergangenheit.« Sie sah mich eindringlich an. »Und was vergangen ist, lässt sich nicht ungeschehen machen. Wir können nur unser Bestes geben, um nach vorn zu blicken und aus unseren Fehlern zu lernen.«

Bei diesen Worten begannen meine Wangen zu glühen, denn ich wusste, dass sie auch an mich gerichtet waren. Ich schob eine Haarsträhne hinter mein Ohr und versuchte, an etwas anderes zu denken als an die erbärmliche Vergangenheit, die ich in New York zurückgelassen hatte.

»Nathan ist ein guter Junge, der eine falsche Entscheidung getroffen hat, aber er wird es schaffen. Er macht nur eine schwere Zeit durch.«

Wie bitte? Wenn ich an die Szene im Krankenhaus dachte, machte Nathan Everets nicht nur eine schwere Zeit durch.

Wir schwiegen eine Weile und das einzige Geräusch war

das ferne Dröhnen eines Flugzeugs am Himmel über uns. Ich blickte auf und sah die feine weiße Spur, jedoch nicht das Flugzeug selbst. Die Sonne war zu hell. Zu heiß.

Es würde wieder ein schrecklicher Tag werden.

»Nathan wird in den nächsten Wochen oft hier sein. Sein Onkel hat mir erzählt, dass Nathan die meisten Arbeiten erledigen wird, die ich in Auftrag gegeben habe.«

Ich sagte nichts dazu, doch mein Herz begann, schneller zu schlagen. Ich kauerte mich noch tiefer in meinen Stuhl und suchte mit den Augen nach dem Flugzeug, hauptsächlich, um Grandmas Blick auszuweichen.

»Ich bin froh, dass ihr beide euch gut versteht.«

Oh Gott. Jetzt wurde ich richtig rot. Dass wir uns gut verstehen? In was steigerte sich Grandma da bloß hinein?

»Du weißt aber, dass er eine Freundin hat«, sagte ich.

»Wirklich?«

Ich nickte. »Ja, sie heißt Rachel.«

Statt etwas zu erwidern, trank Grandma noch einen Schluck Tee. Sie musste auch gar nichts sagen, denn so wie sie die Mundwinkel verzog, schien sie nicht viel von Rachel zu halten. »Wie war denn das Pfirsichfest?«, fragte sie stattdessen und ich lächelte. Grandma konnte genauso gut vom Thema ablenken wie ich.

»Es war … nett.«

Wieder senkte sich die Stille des Vormittags über uns, bis Grandma einen sehr undamenhaften Fluch ausstieß und aufsprang. Sie war spät dran.

»Kommst du mit zum Gottesdienst, Monroe?«

Mist.

»Nein?« Meine Antwort klang eher wie eine Frage, und ich befürchtete, sie würde darauf bestehen, dass ich sie begleite. Ich zupfte am Saum meines T-Shirts und versuchte, die Panik zurückzuhalten, die tief in meinem Inneren lauerte und nur darauf wartete auszubrechen. Ich hatte seit Malcolms Beerdigung keine Kirche mehr betreten, und bei dem Gedanken daran, mitgehen zu müssen, schnürte sich mir die Kehle zu. Ich konnte das nicht. Nicht jetzt. Vielleicht nie wieder.

»Du gehst hin und ich erledige dafür den Frühstücksabwasch und rufe Mom und Dad an.«

Grandma strich einen nicht vorhandenen Krümel von ihrer Bluse, ihr seidiges, weißes Haar streifte ihre Schultern. Sie nahm ihre Teetasse und wandte sich zur Verandatür. »Früher oder später wirst du dich all dem stellen müssen, Monroe. Das bedeutet auch, dass du dich deinen Eltern gegenüber öffnen und sie wieder an dich heranlassen musst«, sagte sie mit sanfter, leicht brüchiger Stimme, wodurch ich mich noch schlechter fühlte.

»Ich weiß, Grandma«, wisperte ich. »Aber nicht heute … okay?«

Sie beugte sich vor und gab mir einen Kuss, dann verschwand sie im Haus und ließ mich mit den Bienen und der Heckenkirsche allein.

Zwanzig Minuten später fuhr sie in ihrem Matlock davon, und ich wusch das bisschen Geschirr ab, das wir zum Frühstück benutzt hatten. Mein Handy vibrierte auf der Anrichte, aber ich ignorierte es und trocknete stattdessen die Pfanne ab. Als es jedoch zum zweiten Mal vibrierte, warf ich das Geschirrhandtuch zur Seite und starrte auf das Display.

Ich wollte nicht mit meinen Eltern reden – nicht heute. Nicht nach dem Traum von Malcolm, der noch zu frisch in meinem Kopf herumgeisterte, denn ich wusste genau, was dann passieren würde: Dad wäre übertrieben zurückhaltend, aus Angst, etwas Falsches zu sagen und damit einen Rückfall auszulösen, durch den ich wieder in der Dunkelheit versinken würde. So wie damals. Und ich konnte das verstehen. Damals war nicht schön gewesen, es war die Hölle.

Aber er kapierte einfach nicht, dass ich seine Zurückhaltung nicht wollte. Ich wollte den Roboter nicht, zu dem er geworden war, denn wenn ich das akzeptierte, würde ich Dad für immer verlieren.

Und ich hatte schon viel zu viel verloren.

Mom würde sich dagegen in alles einmischen. Sie würde jedes einzelne langweilige Detail wissen wollen, alles, was ich gemacht hatte. Und dann würde sie fragen, wie ich mich fühle – ob ich glücklich sei –, was echt bescheuert wäre. Wir wussten beide, dass ich nie wieder glücklich sein würde. Nicht wirklich. Was sollte also diese Frage?

Und wenn ich log? Wenn ich ihr erzählen würde, dass Grandma und ich die Zeit mit Eistee und »Kumbaya« verbrachten und dass alles bestens war? Sie würde überschwänglich emotional reagieren, so sehr würde sie das glauben wollen, und ich würde dichtmachen, weil alles nur eine Lüge war. Mir war natürlich klar, dass meine Mom sich nur deshalb so sehr an den Glauben klammerte, alles würde wieder in Ordnung kommen, um weiterleben zu können. Dennoch hasste ich es, dass sie die Dinge einfach unter den Teppich kehren und vergessen wollte. Vielleicht beneidete ich sie auch, weil ich das nicht konnte.

Mein Handy leuchtete auf. Na toll. Jetzt schickten sie mir auch noch Nachrichten bis zum Umfallen.

Aber die Nachricht war nicht von meinen Eltern.

Sie war von Nate.

Danke für gestern Abend. Ich schulde dir was.

Wann hatte ich ihm meine Handynummer gegeben? Ich kaute an meiner Unterlippe. Mein Herz begann wie wild zu klopfen, während ich auf den Text starrte. Verdammt.

Was meinte er damit, er schuldete mir etwas? Ich rieb mit der Hand über meinen nackten Oberschenkel und überlegte, was ich ihm antworten sollte. Schließlich entschied ich mich für etwas Zwangloses.

Kein Problem.

Zu viel? Zu wenig? Das Display leuchtete fast augenblicklich wieder auf.

Bis morgen.

Mein Herz hatte vorher schon rasend schnell geschlagen, doch jetzt schaltete es noch einen Gang höher. Es klopfte so heftig, dass mir kurz schwindelig wurde. Mir. Monroe Blackwell. Mir war schwindelig wegen einer dämlichen Nachricht von einem Jungen, der nicht nur eine Freundin hatte, sondern auch noch genauso verkorkst war wie ich.

Ich verpasste mir in Gedanken eine Ohrfeige und trat einen Schritt zurück. Warum dachte ich so viel über ein paar Textnachrichten nach? Sie bedeuteten nichts. Der Typ hatte eine Freundin. Ende der Geschichte.

Ich atmete tief durch und tippte eine Antwort, die ich für angemessen hielt.

Okay.

Dann zuckte ich zusammen. Echt lahm.

Ich legte das Handy auf den Tisch und betrachtete es viel zu lange, aber nichts passierte. Es kamen keine weiteren Nachrichten. Ich hatte nur eine langatmige Mailbox-Nachricht von meinen Eltern, die mir mitteilen wollten, dass sie den ganzen Tag unterwegs sein und sich heute Abend noch einmal melden würden.

Gähnend ging ich die Treppe hoch, um mich anzuziehen, denn Grandma würde es auf keinen Fall dulden, dass ich den ganzen Tag lang im Schlafanzug herumlief, selbst wenn ich darum betteln würde.

Liebesvolles, aber hartes Regime.

Kapitel 12

NATHAN

Ich wusste, dass Monroe hinter mir stand.

Ich hatte gerade die letzte leere Wasserflasche in meine Tasche geworfen, nachdem ich mein Kopftuch nass gemacht und mir um den Kopf gebunden hatte, und ich war mir ganz sicher, wenn ich mich jetzt umdrehte, wäre sie da. Keine Ahnung wieso. Ich war kein Hellseher oder so. Ich wusste es einfach.

Also atmete ich aus und drehte mich um.

Und da war sie.

Ihr langes Haar war offen und ein wenig wirr, als hätte sie es nicht gekämmt. Sie trug eine kurz abgeschnittene Jeans und ein weißes Foo-Fighters-T-Shirt, das ihr passte, wie es einem Mädchen passen sollte: Es lag an allen relevanten Stellen eng an. Sie hatte einen guten Musikgeschmack, das musste ich Monroe lassen. Sie schob sich eine lange Locke hinters Ohr und sah an mir vorbei auf den Eisenzaun.

»Du bist fertig«, stellte sie fest.

Ich nickte. »Ja, ich habe früh angefangen. Ich hielt das für die beste Idee, weil es heute wieder ziemlich heiß werden soll.«

Sie räusperte sich und hielt mir ein großes Glas Limonade

mit Eiswürfeln hin. »Grandma meinte, du würdest dich vielleicht darüber freuen. Die Limonade ist ganz frisch. Ich habe sie selbst gemacht.«

»Danke«, murmelte ich.

Als ich einen Schritt auf sie zu machte und ihr das Glas aus der Hand nahm, errötete sie leicht. Es gefiel mir, dass sie wegen mir rot wurde. Unsere Finger berührten sich flüchtig und der kurze Stromstoß, der mich dabei durchzuckte, gefiel mir auch. Und wie sie sich mit der Zunge über die Lippen fuhr.

Ich folgte der Bewegung mit den Augen – welcher Typ würde das nicht tun? Monroe hatte wirklich einen schönen Mund. Ihre Wangen erröteten noch mehr, als sie meine Blicke bemerkte, und ich grinste.

»Was machst du heute Nachmittag?«, fragte ich und trank einen großen Schluck Limonade, ohne sie aus den Augen zu lassen.

Sie schob die Hände in die Gesäßtaschen ihrer kurzen Jeans und zuckte die Schultern. »Nichts Besonderes. Wahrscheinlich lesen oder so.«

Ich leerte das Glas und wischte mir den Mund ab. »Möchtest du vielleicht lieber schwimmen gehen?« Okay, das klang nicht ganz so, wie ich es gemeint hatte. »Ich schulde dir noch was«, fügte ich schnell hinzu und wartete darauf, dass sie mir eine Abfuhr erteilte.

»Du schuldest mir was?«

»Ja, für das Herumkutschieren am Samstag und für … na ja, alles andere.« Ich erwähnte nicht die Party oder wie blöd ich mich benommen hatte und war froh, dass auch sie kein Wort darüber verlor.

Monroe kniff die Augen zusammen. »Musst du denn nicht arbeiten?«

Ich schüttelte den Kopf. »Nee, ich sollte heute nur den Zaun fertig machen. Morgen fange ich mit der hinteren Veranda des Herrenhauses an.«

»Oh«, sagte sie, biss sich auf die Lippe und senkte den Blick.

Wenigstens ist dein Fehler noch am Leben.

Seit Samstagabend waren mir ihre Worte nicht mehr aus dem Kopf gegangen. Ich wusste jetzt, dass Monroe Blackwell viel mehr ausmachte als eine tolle Figur und unglaubliche Augen. Und vielleicht war es bescheuert, dass ich ein Mädchen kennenlernen wollte, das offensichtlich nicht das geringste Interesse an mir hatte. Aber hey, ich war noch nie der Typ gewesen, der etwas hinschmiss, nur weil er glaubte, nicht ins Endspiel zu kommen.

Ich war nicht einmal sicher, warum ich sie kennenlernen wollte. Wahrscheinlich lag es daran, dass sie genau zu wissen schien, was in mir vorging, wenn sich unsere Blicke trafen. Und wie verrückt war das denn, wenn man bedachte, dass ich sie gerade erst getroffen hatte?

»Ich kenne einen wirklich coolen Ort, gar nicht weit von hier, obwohl …« Meine Worte endeten im Nichts. *Shit.* Dass sie mir den Führerschein weggenommen hatten, brachte mich immer wieder in die Bredouille. Frustriert zog ich das Kopftuch herunter und knüllte es zusammen.

Das weckte ihre Aufmerksamkeit und ihre blassgrünen Augen musterten mich eindringlich. »Was ist los?«

»Mein Auto steht immer noch unter Hausarrest, also kann ich dich eigentlich nirgendwohin einladen.« Wütend auf mich selbst, gab ich ihr das Glas zurück und zuckte die Schultern. »Halb so wild. War sowieso eine blöde Idee.«

»Wäre deine Freundin nicht sauer, wenn sie herausfindet, dass du mit einem anderen Mädchen schwimmen gehen willst? Also nicht, dass da irgendwas zwischen uns laufen würde, denn wir beide wissen, wie abwegig das wäre, aber trotzdem …«

Oh, da läuft sehr wohl etwas zwischen uns. Ich weiß nur noch nicht, was.

»Wenn ich einen Freund hätte, der so etwas macht, wäre ich nicht gerade froh darüber.«

Ein Fünkchen Hoffnung keimte in mir auf. Das war es also. Nur die Sache mit Rachel hielt sie ab, und da Rachel und ich …

»Ich habe gestern mit Rachel Schluss gemacht.«

Der Sonntag war echt zum Kotzen gewesen. Nicht überraschend in Anbetracht des gewaltigen Fehltritts am Samstag, aber neben einer völlig nackten Rachel in meinem Bett aufzuwachen, setzte dem Ganzen die Krone auf.

Ich konnte nun mal nicht lügen. Zuerst hatte es sich echt gut angefühlt, aber wahrscheinlich nur, weil ich noch halb geschlafen hatte und in irgendeiner Ecke meines vermurksten Hirns dachte, Monroe würde neben mir liegen – obwohl ich das niemals zugeben würde.

Während ich noch im Halbschlaf war, wanderte Rachel mit den Lippen über meinen Bauch und zupfte schließlich an meinen Boxershorts. Ich hätte sie weitermachen lassen können, doch als sie den Mund öffnete – nicht auf die Art, die ich erwartet hatte –, traf mich die Realität mit voller Wucht.

»Baby, ich habe gehört, dass du mit irgendeiner heißen Tussi auf dem Pfirsichfest und dann auf der Waldparty warst. Sag mir, dass das nicht wahr ist.«

»Scheiße, Rachel, ich ...« Plötzlich war ich hellwach.

»Du verarschst mich, oder?« Beleidigt und irritiert setzte sie sich auf. »Was zur Hölle ist los mit dir, Nate?«

Ich rollte mich aus dem Bett und fluchte, als ich über ihre Klamotten und Schuhe stolperte. Dann musste ich mir zwanzig Minuten lang ihr Geheule und Gekeife anhören, und als sie Trevor und den Unfall erwähnte, fiel ich ihr ins Wort und schmiss sie raus.

Ich konnte nicht erklären, was in meinem Inneren vorging, wenn ich an die Party und an Rachel und Trevor und seine Freundin Bailey dachte. Es war so toll gewesen und im nächsten Augenblick war alles kaputt. Einfach alles. Ich blieb zurück mit dieser Leere, den miesen Gefühlen, und ich hasste mich selbst noch mehr dafür.

»Du und Rachel ... ihr habt Schluss gemacht?« Monroes leise Stimme holte mich aus meinen Gedanken zurück, und ich brauchte einen Moment, um mich zu sammeln. Ihre hellen Augen musterten mich misstrauisch.

»Ja.«

»Tut mir leid.«

»Das muss es nicht. Es war schon lange absehbar.« Sogar lange vor dem Unfall.

Je mehr ich darüber nachdachte, desto mehr wurde mir bewusst, dass Rachel und ich schon ewig nicht mehr auf einer Wellenlänge gewesen waren.

»Okay«, sagte sie.

Ich warf mir meine Tasche über die Schulter und bückte mich nach den Farbeimern und Pinseln, die ich benutzt hatte.

»Okay was?«

»Okay, ich fahre dich.«

»Du fährst mich?« Ich trat so nah an sie heran, dass ich den frischen Duft ihrer Haut riechen konnte.

»Tja, jemand muss doch Taxifahrer für dich spielen, und da ich nichts Besseres zu tun habe, kann ich das doch übernehmen.«

»Du bietest mir also an, mich aus Langeweile zum Baker's Landing zu fahren.«

Ein Lächeln umspielte ihre Lippen, und ich stellte mir vor, wie unglaublich weich sie sich anfühlen mussten. Wie es wäre herauszufinden, wie weich sie wirklich waren.

»Genau, Nathan. Nur weil mir *langweilig* ist.«

»Nate.«

»Was?«

»Nenn mich Nate.«

»Okay, Nate. Und damit du's weißt, ich werde dich nur fahren. Mehr nicht.«

»Diese Gegend hier ist der reinste Backofen und du willst nicht mit ins Wasser kommen?«

»Ich glaube nicht, dass ich Badesachen dabeihabe«, erwiderte sie und wandte sich zum Gehen.

Ich beeilte mich, ihr zu folgen, und als ich sie eingeholt hatte, zuckte sie leicht zusammen. Oh Mann, wie ich das mochte. Ich beugte mich nah an ihr Ohr und flüsterte: »Wer hat denn was von Badesachen gesagt?«

Sie blieb so abrupt stehen, dass ich sie fast umgerannt hätte. »Ich werde *auf keinen Fall* nackt mit dir baden.«

Ihre Wangen schimmerten rosa und ihre Haarspitzen kringelten sich. Es war total verrückt, aber sie schaffte es immer wieder, dass ich völlig vergaß, wie beschissen ich mich eigentlich fühlte. Wegen Trevor. Wegen des Unfalls. Aber ich ließ es geschehen.

»Könnte lustig werden«, sagte ich lachend.

»Für dich vielleicht.«

»Wie bitte?«, sagte ich und betrachtete sie von hinten, während sie weiterging. »Ich kenne eine Menge Mädchen, die gern nackt mit mir wären.«

»Ich gehöre nicht dazu«, konterte sie.

Ich folgte ihr immer noch grinsend.

Sie sagte nichts weiter, bis wir die Stufen zur Veranda hochstiegen. Hier im Schatten war es etwas kühler, aber die Temperatur betrug trotzdem immer noch weit über dreißig Grad. Ich wette, wenn wir ein paar Eier auf der untersten Stufe aufgeschlagen hätten, hätte die Sonne sie in weniger als einer Minute gebraten.

»Gib mir fünf Minuten. Willst du solange reinkommen?«

»Lieber nicht«, sagte ich. »Ich bin total schmutzig. Ich warte einfach hier auf dich.«

Und schon war sie weg.

Ich zog meine dreckigen Arbeitsschuhe aus und holte ein Paar Flipflops aus meiner Tasche. Mein T-Shirt war völlig durchgeschwitzt, meine Haare waren das reinste Chaos und klebten mir am Nacken. Mist, vielleicht hatte mein Dad Recht, und es war an der Zeit, sie endlich abzuschneiden. Ich zog mein T-Shirt aus und warf mir ein altes Baseball-trikot über, das zwar völlig zerknittert war, aber wenigstens nicht stank.

Ich hatte mir gerade die Haare zurückgestrichen, als die Tür aufging und Monroe mit einer grünen Kühlbox und ein paar Handtüchern erschien.

»Grandma hat uns was zum Mittag gemacht.«

Ich sprang auf und nahm ihr die Kühltasche ab. Da trat Mrs Blackwell hinter ihrer Enkelin auf die Veranda.

»Guten Tag, Nathan.«

»Hallo, Mrs Blackwell. Ich hoffe, Sie haben nichts dagegen, dass ich schon ein wenig eher Feierabend mache, aber es ist heißer als …« Ich hielt mich gerade noch zurück, denn in Mrs Blackwells Anwesenheit sollte ich lieber nicht fluchen.

»Ist schon gut, Nathan. Monroe sagte, du bist mit dem Zaun am Familiengrab fertig?«

»Alles erledigt.«

»Wunderbar. Und wann fängst du am Herrenhaus an?«

»Morgen, denke ich. Mein Onkel musste noch ein paar

Materialien bestellen, bevor wir uns um die morschen Pfosten der Veranda kümmern können.«

»Gut.« Sie hielt kurz inne und fuhr dann fort: »Wohin genau willst du mit meiner Enkelin?« Sie musterte mich eindringlich und konzentriert.

»Ich dachte, wir könnten zum Baker's Landing fahren.«

Baker's Landing war ein See, der zum Besitz meiner Familie gehörte. Er wurde von einer unterirdischen Quelle gespeist und hatte das kühlste und frischeste Wasser in der ganzen Gegend. An einem Tag wie heute gab es keinen besseren Ort, um sich abzukühlen. Mit Trevor und den Jungs war ich oft zum Schwimmen hingefahren, doch diesen Sommer war ich noch nicht ein Mal dort gewesen.

»Es wird aber kein Alkohol getrunken.«

»Nein, Ma'am.«

Mrs Blackwell nickte. »In Ordnung. Aber Monroe, ich erwarte dich zum Abendessen zurück.« Mit einem letzten Lächeln ließ sie uns auf der Veranda allein.

»Wollen wir?«, sagte ich zu Monroe und ging die Treppe hinunter. Erst als ich unten war, bemerkte ich, dass sie mir nicht gefolgt war.

»Stimmt was nicht?«, fragte ich vorsichtig. Ich hatte keinen blassen Schimmer, was ich nun schon wieder falsch gemacht hatte.

Sie spielte mit den rosafarbenen Trägerbändchen, die sie im Nacken zusammengebunden hatte. Erst jetzt wurde mir klar, dass sie sich doch einen Bikini angezogen hatte. »Wird sonst noch jemand da sein?«

»Bestimmt nicht.«

»Und das soll ich dir glauben?«

Ich schwieg einen Moment, doch dann begriff ich, worauf sie hinauswollte. »Rachel wird nicht da sein, falls du dir deshalb Sorgen machst.«

»Wenn sie doch dort ist, drehe ich auf der Stelle um. Ich möchte nicht zwischen euch stehen.«

»Du kannst nicht zwischen uns stehen, Monroe. Rachel und ich sind nicht mehr zusammen. Da ist nichts mehr.«

Sie antwortete nicht, kam aber die Treppe herunter. Wir liefen zu dem alten Ford hinüber, stiegen ein und sie startete den Motor. Zum ersten Mal seit Langem freute ich mich auf etwas und das lag nur an dem Mädchen in diesem Auto.

An dem Mädchen mit den grau-grünen Augen.

An dem Mädchen mit dem Geheimnis und dem in seinem Inneren verborgenen Schmerz. Sie hatte etwas an sich, das sich so vertraut anfühlte. Etwas, das dem nahekam, was tief in mir vergraben war. In meinen Erinnerungen und in meinem Herzen.

Zum ersten Mal seit dem Unfall fühlte ich mich nicht einsam. Und das war zur Abwechslung mal ein schönes Gefühl.

Kapitel 13

MONROE

Am Baker's Landing war keine Menschenseele.

Keine einzige Person, kein Hund, nicht mal ein Vogel ließ sich blicken. Es wehte eine heiße Brise, überall wuchsen wunderschöne Eichen. In der Nähe des Wassers befand sich ein einladender Grashügel, und vor mir lag der malerischste See, den ich jemals gesehen hatte. Baker's Landing hätte der Schauplatz eines Nicholas-Sparks-Films sein können. Ich hätte mich nicht mal gewundert, wenn in der nächsten Minute ein paar Schwäne vorbeigeschwommen wären. Vielleicht ruderte ja auch gleich Ryan Gosling vorbei wie in *The Notebook*, wo er so zum Anbeißen und so sexy verschwitzt aussah …

Wie Nate.

Er war gerade mit Grandmas Kühlbox in der Hand auf dem Weg zum Wasser, und die Sonne ließ ihn erstrahlen, als wäre er von einem Heiligenschein umgeben.

Er ging mit langen, federnden Schritten wie ein Athlet, und ich konnte mir gut vorstellen, wie er auf dem Footballfeld seine Spielzüge lief. Wenn ich hier wohnen würde, würde ich vielleicht sogar zu seinen Spielen gehen. Vorausgesetzt dass ich Football mögen würde. Was nicht der Fall war.

Keine Ahnung, wieso mir dieser Gedanke überhaupt gekommen war.

Er blieb am Ufer stehen, stellte die Kühlbox ab und zog sein Shirt aus. In meinem Magen kribbelte es seltsam, aber kein Wunder: Er hätte für die Cargohose von Abercrombie, die er trug, modeln können. Daran änderte auch die Tatsache nichts, dass ich seine Boxershorts sehen konnte, weil die Hose wieder so tief hing.

Eigentlich war es fast schlimmer, als ihn nackt zu sehen, weil man sich den Rest dann automatisch vorstellte –, aber darüber sollte ich lieber nicht nachdenken.

Das sollte ich wirklich nicht.

Vor allem nicht, weil er weit außerhalb meiner Liga spielte.

Ich war mit keinem Jungen mehr ausgegangen, seit Malcolm gestorben war, und ich wusste, dass es keine gute Idee war, Nathan Everets näherzukommen. Also wieso hatte ich überhaupt solche Gedanken? Weil ich wusste, dass er unerreichbar für mich war? Weil ich wusste, dass jemand wie Nate sich niemals für ein Mädchen wie mich interessieren würde? Für ein Mädchen, das noch kaputter war als er? Für ein Mädchen, das so viel Ballast mit sich herumschleppte, dass es ein extra Kofferset brauchte, um es von Tag zu Tag zu schaffen?

Aber wenn das wirklich stimmte, wieso hatte er mich dann hierher eingeladen? Oder war er an jemandem interessiert, der anders war? An jemand Neuem?

Was kümmerte mich das überhaupt?

Gott, seufzte ich, *ich bin so blöd.*

Ich ging zu ihm hinüber und sah aufs Wasser. Als ich eine Gruppe Schwäne am anderen Ufer entdeckte, schüttelte ich unwillkürlich den Kopf. Unglaublich. Nicholas Sparks pur.

»Gefällt es dir hier?«

Er grinste mich an, und ich nickte, während ich mir gleichzeitig wünschte, er würde sein Shirt wieder anziehen. Ich hockte mich hin, durchstöberte die Kühlbox und reichte ihm ein Schinkensandwich. Er setzte sich neben mich, wir nahmen uns jeder eine Dose Cola und begannen schweigend zu essen – unter der größten Eiche, die ich jemals gesehen hatte.

Die unbehagliche Stille zwischen uns machte es mir nicht gerade leicht, Bissen für Bissen hinunterzuschlucken. Mir fiel aber auch nichts ein, was ich hätte sagen können, und meine Schultern waren so angespannt, dass sie wehtaten. Er hielt mich bestimmt für eine Idiotin.

Ich *war* eine Idiotin.

Ich hätte einfach zu Hause bleiben sollen. Wem wollte ich etwas vormachen? Ich war schon lange nicht mehr mit einem Jungen allein gewesen, schon gar nicht mit einem Jungen, der Gefühle in mir auslöste, die ich überhaupt nicht kannte. Ich schüttelte fast unmerklich den Kopf. Mein Therapeut würde ausflippen.

»Wie lange bist du noch hier, Monroe?«

Gott sei Dank. Eine Frage, die ich beantworten konnte.

Ich wischte einen Krümel von meinem Schoß. »Bis zum Labor-Day-Wochenende. Meine Eltern kommen dann aus New York und anschließend fahren wir zusammen zurück.«

»Richtig. New York. Ich war noch nie dort, aber es steht auf meiner Liste.«

»Deiner Liste?«

»Ja, die Liste mit Reisezielen. LA steht ganz oben und New York kommt gleich an zweiter Stelle.«

Alles klar.

»Glaub mir, die Stadt wird überbewertet«, antwortete ich. Ich wünschte, ich müsste nicht zurück. Eigentlich tat ich das nur für Kate und meine Eltern.

»Und gehst du in Big Apple auf eine schicke Schule?«

Ich wollte seinen Blick nicht erwidern, also starrte ich weiter auf den See und beobachtete die Schwäne, die langsam ihre Kreise zogen.

»Ja«, sagte ich schließlich. »Glen Hill Academy.«

Ich hasse es dort.

»Warum hasst du die Schule?«

Überrascht wandte ich mich zu Nate um – eindeutig die falsche Entscheidung. Er sah mich mit einem Ausdruck an, als könnte er direkt in mich hineinblicken. Ich schluckte schwer und krächzte: »Wie bitte?«

Er ließ mich nicht aus den Augen. Sein Blick hielt mich gefangen, als hätte er irgendein verrücktes magnetisches Aufspürgerät wie in diesen alten Star-Trek-Filmen, die ich mir immer mit Dad angeschaut hatte. Diese Teile, die Objekte anzogen und nicht mehr losließen.

»Du hast gesagt, du hasst es dort, und ich habe mich gefragt, warum.«

Mist. Hatte ich das wirklich laut ausgesprochen?

»Die Schule erinnert mich zu sehr an jemanden«, platzte es aus mir heraus, mein Herz nahm Fahrt auf und hämmerte gegen meinen Brustkorb wie ein wahnsinnig gewordener Schlagzeuger. Über welche verdammten Kräfte verfügte dieser Typ?

Ein seltsamer Ausdruck huschte über sein Gesicht, dann sagte er leise: »Tut mir leid.«

»Das muss es nicht.« Ich zuckte die Schultern. »Ist keine große Sache.«

Natürlich war es das. Es war eine riesengroße Sache. Und sie würde niemals vorbei sein, egal wie sehr ich es mir einredete. Diese Sache hatte mein Leben zerstört.

»Lass uns schwimmen gehen«, sagte Nate abrupt. Er sprang auf und hielt mir seine Hand hin.

Ich sah wieder auf den See und dann zu ihm.

»Du hast doch keine Angst vor Schwänen, oder?«, fragte er herausfordernd.

»Nein«, antwortete ich und stand auf, ohne seine Hand zu nehmen. Ein kalter Schauer überlief mich, was merkwürdig war, denn es war verflucht heiß. »Ist das Wasser sauber?«

Er schlüpfte aus den Flipflops, während seine Hände zu seinem Hosenbund wanderten. Mein Mund wurde trocken, und ein dämlicher Kloß beschloss, meine Kehle zu verstopfen, während ich dabei zusah, wie er sich die Hose auszog.

»Was machst du da?«, stieß ich hervor. Ich dachte an seine Stichelei von vorhin und meine Alarmglocken schrillten ohrenbetäubend los. Auf keinen Fall würde ich mit Nathan Everets nackt baden gehen. Auf gar keinen Fall!

Sein Grinsen verärgerte mich erneut.

»Ich habe keine Badesachen dabei, also gehe ich in Boxershorts schwimmen.« Er machte eine Pause und seine Hand fuhr *in* seine Shorts. »Es sei denn, du möchtest, dass ich …«

»Nein, nein, ist schon okay.«

Er stieg aus seiner Hose und ich versuchte, ihn nicht anzustarren, was gar nicht so einfach war. Dieser Typ war unglaublich gut gebaut. Er war muskulös und sehr sexy – und er stand nur einen Schritt von mir entfernt in sportlich geschnittenen schwarzen Boxershorts, unter denen sich nichts verstecken ließ. Und heilige Scheiße, Nathan Everets hatte eine Menge zu verstecken.

Ich schluckte und drehte mich weg. Kurz darauf hörte ich Wasser aufspritzen.

»Das tut echt gut. Los, beweg deinen Hintern hier rein, Blackwell!«

Ich wandte mich wieder um und entdeckte ihn etwa in der Mitte des Sees. Er schwamm eine Weile auf dem Rücken, dann stieß er einen Juchzer aus und tauchte unter.

Das Wasser schimmerte wie ein Teppich aus Diamanten im Sonnenlicht, und als sein Kopf wieder auftauchte, war er viel näher am Ufer als zuvor – näher bei mir. Er grinste, und ich musste zurückgrinsen, ich konnte einfach nicht anders. Er verhielt sich wie ein kleines Kind, was ich irgendwie süß fand.

»Komm schon. Zieh dich aus oder ich komme dich holen.«

Alarmiert wich ich einen Schritt zurück. »Ich habe dir doch gesagt, dass ich nicht sicher bin, ob ich mit reinkomme.« Normalerweise war ich nicht so schüchtern, aber der Gedanke, dass Nate mich im Bikini sah, machte mich nervös. Oder aufgedreht. Oder beides.

Und der Gedanke, ihm so nah zu sein, während wir praktisch nackt waren, war noch viel schlimmer. Das löste Gefühle in mir aus, die ich nicht mehr gehabt hatte, seit …

Warum sollte ich es nicht zugeben? Ich hatte so etwas noch nie zuvor gefühlt. Nicht einmal damals. Und es war lange her, dass ich überhaupt in irgendeiner Form Spaß gehabt hatte. Dass ich so etwas wie Spaß *gefühlt* hatte. Ich war mir nicht mal sicher, was ich da eigentlich fühlte.

Vorfreude?

»Okay, dann hol ich dich jetzt.«

Mein Kopf schnellte hoch, und ich kreischte, während ich hastig meine Hose aufknöpfte. »Nein, ich mach ja schon.«

Aber er hörte gar nicht hin. Ich hatte kaum meine Klamotten ausgezogen, da war er schon bei mir, nur wenige Zentimeter entfernt. Groß und nass und umwerfend.

Ich senkte den Blick.

Seine nassen Boxershorts waren … Mir stockte der Atem, während ich den Blick langsam über seine Haut wandern ließ. Über die hauchdünne Linie aus Haaren, die unter seinen Shorts verschwand. Über den muskulösen Waschbrettbauch. Über das Tattoo an seinem Oberarm, das Gefahr signalisierte. Und Sex. Und Gefahr.

Sex.

Über seine Brustmuskeln und die breiten Schultern.

Bis ich bei seinen Augen angekommen war, die etwas in

mir wachriefen, was mir völlig unbekannt war. Ein heißes und fremdes und beängstigendes Gefühl.

Ein unglaublich lebendiges Gefühl, das mich ganz schwach machte. Ich war so lange innerlich tot gewesen, dass mich diese Empfindung völlig überwältigte. Ich biss mir auf die Unterlippe, als mir die ersten Tränen in die Augen stiegen.

Schnell schaute ich weg. Meine Reaktion und meine Gefühle waren mir peinlich. Ich kam mir wie ein Volltrottel vor. Ich konnte dieses Spiel nicht mit Nate spielen, weil ich die Regeln nicht kannte. Ich war so lange in einem Kokon aus Schmerz gefangen gewesen, dass ich nicht einmal wusste, wie ich mich mit einem ganz normalen Jungen unterhalten oder mich in so einer Situation verhalten sollte, geschweige denn mit jemandem wie Nathan Everets – der so weit über mir stand, dass ich nicht sicher war, ob ich ihn überhaupt jemals erreichen konnte.

Aber die Art, wie er mich ansah …

Plötzlich wurde mir bewusst, wie freizügig mein rosa Bikini war. Ich verschränkte die Arme vor der Brust und schauderte. Dann kniff ich die Augen zusammen und wünschte, ich wäre zu Hause bei Grandma, würde gemütlich mit einem Buch auf der Veranda sitzen, während sie durch ihr Gartenmagazin blätterte.

»Hey«, sagte Nate mit leicht bebender Stimme. »Alles in Ordnung?«

Ich nickte nur, weil ich Angst hatte, etwas komplett Dämliches zu sagen.

»Gut.«

Und schon lagen zwei starke Arme um meine Taille. Ich kreischte auf – meine Mutter wäre stolz auf mich gewesen –, während Nate mich über seine Schulter warf und zum Ufer trug.

Ich brachte kein Wort heraus, so sehr war ich davon abgelenkt, wie gut er sich anfühlte. Es gab keine weiche Stelle – da war überhaupt nichts weich. Er war überall durchtrainiert und muskulös und seine Haut brannte auf meiner.

Oh Gott, und wie gut er roch.

Ich schüttelte den Kopf, denn plötzlich wurde mir bewusst, wie nah sein Gesicht an meinem Hintern war und dass seine Hand auf meinem Rücken lag, damit ich nicht herunterfiel. Als ich mich schließlich wieder halbwegs unter Kontrolle hatte und den Mund öffnete, um etwas zu sagen, war es zu spät. Ich spürte den Wind in meinen Haaren. Die Sonne auf meiner nackten Haut. Und dann den Schock des kalten Wassers.

Ich tauchte tief unter und begann, mit den Beinen zu strampeln. Gleichzeitig war ich dankbar für die Stille, die mich umgab, und die Dunkelheit, in der ich mich verstecken konnte, wenn auch nur kurz. Meine Beine strampelten und strampelten, meine Arme ruderten. Als ich schließlich auftauchte und mir das Wasser aus den Augen gewischt hatte, war ich überrascht, dass ich fast durch den halben Teich geschwommen war.

Ich blickte an mir herunter. Der Bikini saß zum Glück noch an der richtigen Stelle, es war nichts zu sehen, was nicht zu sehen sein sollte.

Die Schwäne flatterten auf, ihre großen, anmutigen Körper glitten durch die Luft, bevor sie auf einem Grashügel landeten und ihrem Ärger lautstark Luft machten.

Ich drehte mich im Wasser um und hätte beinahe aufgeschrien, weil Nate plötzlich ganz nah vor mir war. Er hielt nur den Kopf über Wasser und musterte mich aufmerksam.

Ich wünschte, er würde mich nicht so nervös machen. Ich war nicht gern nervös. Ich hatte mich dann nicht unter Kontrolle, und seit diesem schrecklichen Tag – der Tag, über den ich nicht reden und an den ich mich nicht erinnern wollte – war es mir sehr wichtig, mich immer unter Kontrolle zu haben.

»Fühlt sich gut an«, sagte er und es war keine Frage.

Ich nickte, und wir ließen uns nicht aus den Augen, während er noch näher schwamm. Das Haar klebte nass an seinem Nacken, seine Lippen verzogen sich zu einem leichten Grinsen.

Ich begann, mich rückwärts zu bewegen, denn an dieser Stelle war es zu tief, als dass ich hätte stehen können, und ich wusste nicht, wie lange ich mich im Wasser halten konnte, bevor ich schlappmachen würde. Er folgte mir langsam, ohne den Blick von mir abzuwenden, und das machte mich noch nervöser.

»Was hast du vor?«, fragte ich grob und linste zum Ufer. Die Schwäne wären bestimmt nicht erfreut, wenn ich in ihr Territorium eindrang. Griffen Schwäne Menschen an? Sollte ich es darauf ankommen lassen?

»Was glaubst du denn?«, fragte er.

Ich streckte das Kinn vor und verzog das Gesicht. »Keine Ahnung. Deshalb frage ich ja.«

Ich weigerte mich, dieses Spiel noch länger mitzumachen, also kämpfte ich mich weiter durch das Wasser. Selbst als er so nah herangekommen war, dass ich die Wassertröpfchen an seinen Wimpern sehen konnte, ließ ich mich nicht umstimmen. Ich kannte mich mit solchen Spielchen nicht aus.

»Was sollte ich denn tun?«, wollte er wissen.

Ich antwortete nicht, weil ich keine Ahnung hatte, was ich sagen sollte, und zuckte nur die Schultern, was im Wasser gar nicht so einfach war.

»Ich habe seit gestern darüber nachgedacht, wie es wäre, dich zu küssen.«

Heilige. Scheiße.

»Wirklich?«, presste ich hervor und war froh, den sarkastischen Ton getroffen zu haben, auf den ich es angelegt hatte.

»Ja.« Seine Finger strichen über meinen Oberschenkel und ich schwöre, dass mein Herz kurz davor stand, mir aus der Brust zu springen. »Wirklich.«

Er erhob sich ein Stück aus dem Wasser und ich erkannte, dass ich zwar noch keinen Boden unter den Füßen hatte, er jedoch groß genug war, um stehen zu können.

»Und, worauf wartest du dann noch?«

Oh mein Gott. Hatte ich das gerade gesagt? War ich völlig verrückt geworden?

Blöde Frage. Ich ging seit über einem Jahr zum Psychologen und hatte mir die Pulsader aufgeschnitten. Es war zwar nur ein schwacher, halbherziger Versuch gewesen, aber trotzdem … Ich war ziemlich sicher, dass ich damit offiziell als verrückt galt.

Ich spürte einen Herzschlag.

Und dann noch einen.

Seine dunklen Augen glänzten, seine Hände legten sich um meine Schultern. Er zog mich so nah zu sich heran, dass ich die Wärme seiner Haut spüren konnte. Sie drang durch das kühle Wasser, und ich fühlte sie überall, während seine Finger an meinem Oberschenkel nach unten wanderten, meine Beine nach oben hoben und um seine Taille legten. Sofort überkam mich wieder dieses heiße Verlangen.

Ich konnte nicht atmen. Ich konnte nicht denken.

Ich wurde von meinen Gefühlen überwältigt und zum ersten Mal wehrte ich mich nicht dagegen. Ich ließ sie einfach zu. Ich ließ mich von ihnen ausfüllen. Und es fühlte sich so verdammt gut an. Ich fühlte mich endlich wieder lebendig.

Ich wollte die Empfindungen zulassen. Ich wollte wieder etwas spüren. Was war so falsch daran?

Als sein Mund fast mein Ohr berührte, wanderten meine Hände langsam nach oben, bis ich an seinen Schultern hing wie ein Kind, das Angst hatte herunterzufallen.

»Darauf habe ich gewartet«, sagte er.

Ich schloss die Augen und genoss das Gefühl seines straffen Körpers an meinem. Er war echt. *Lebendig.*

Ich holte tief Luft und hätte beinahe gestöhnt oder ein ähnlich peinliches Geräusch von mir gegeben. Heiße Feuer loderten überall in mir, während seine Hand zu meinem Po wanderte und er mich noch fester an sich drückte. Es war lange her, dass mich jemand berühren durfte, geschweige denn, dass mich jemand so gehalten hätte. Es kam mir vor, als hätten wir schon immer zusammengehört.

»Hast du genug gewartet?«

»Ja«, sagte er mit belegter Stimme. »Das habe ich.«

Kapitel 14

Nathan

Ich wollte noch nie ein Mädchen so sehr küssen wie Monroe Blackwell. Noch nie.

Nicht mal, als ich Rachel zum ersten Mal eng umschlungen hatte, und sie ihre Bluse öffnete, damit ich ihre Brüste sehen konnte. Ich hatte gewusst, dass ich von Rachel weit mehr als nur einen Kuss bekommen würde, aber selbst in diesem Moment habe ich mich nicht so gefühlt wie jetzt.

Als würde ich mich auflösen. Als würde ich explodieren, wenn ich Monroe nicht so fest wie möglich an mich drückte.

Mir war heiß und alles an mir verhärtete sich. Wenn Monroe sich nur ein kleines Stück nach unten bewegen würde, wüsste sie, wie hart ich war. Ich hätte es nicht verbergen können.

Sie stieß einen Seufzer aus, der fast schmerzhaft klang, und ich hielt sie krampfhaft fest, weil ich fürchtete, mich sonst zu vergessen. Ich war in weniger als einer Minute von null auf hundert geschossen, und es fiel mir unglaublich schwer, mich unter Kontrolle zu halten.

Plötzlich hatte ich solche Angst, sie zu erschrecken, dass ich sie fast wieder losgelassen hätte, damit sie von mir wegschwimmen konnte. Denn obwohl ich spürte, wie mitgerissen sie war, wusste ich, dass ich es langsam mit ihr angehen lassen musste. Ich dachte an ihre Augen. An die Geheimnisse, die sie verbargen. Ich dachte an den Schmerz, den ich darin entdeckt hatte, und etwas in mir veränderte sich. Ich war nicht gut für sie. Oh Mann, mit dem ganzen Scheiß in meinem Leben war ich für niemanden gut.

»Hast du genug gewartet?«, sagte sie.

Ich blinzelte und mein Körper straffte sich noch mehr, wenn das überhaupt möglich war.

Nein.

Dann bewegte sie sich leicht – Haut an Haut. Sie stieß wieder diesen Seufzer aus und es war um mich geschehen.

»Ja«, sagte ich, kaum fähig zu sprechen. »Das habe ich.«

Ich würde sie küssen. Und vielleicht wäre das ein Fehler. Vielleicht würde alles andere nichts mehr bedeuten, wenn es wirklich zu einem Kuss kam.

Ihre Pupillen waren geweitet, ihr langes Haar hing glatt über ihren Schultern und ihre glänzenden Lippen waren leicht geöffnet. Sie zitterte, als ich mich vorbeugte und sie noch näher heranzog.

Ich spürte, wie sich ihre Beine fester um meine Taille schlangen, und ich hielt den Atem an, bis mein Mund über ihre Lippen strich. Zuerst zögerte sie, ihre Lippen bebten leicht, doch dann bohrten sich ihre Finger in meine Schultern, ihr Mund öffnete sich und ihre Zunge glitt in meinen. Ich wurde fast wahnsinnig. Sie war so warm und zart und weich und ihre Lippen fühlten sich unglaublich an, genau wie ich es mir vorgestellt hatte.

Nein, das stimmte nicht. Es war noch viel besser, als ich es mir vorgestellt hatte. Wie sie sich anfühlte. Wie sie schmeckte. Dieses leise Stöhnen, das sie von sich gab.

Wir küssten uns lange. So lange, dass ich mich gleich in eine ziemlich peinliche Lage bringen würde – eine, in die ein Junge im Beisein eines Mädchens, das er mochte, niemals geraten sollte –, wenn wir nicht gleich aufhörten.

Vorsichtig ließ ich von ihr ab, doch ihre Beine waren immer noch um meine Taille geschlungen, als würden sie dorthin gehören. Wir atmeten beide schwer, und ich starrte lange in die erstaunlichsten Augen, die ich jemals gesehen hatte. Das Erstaunlichste daran war jedoch, dass kein Schatten mehr darin lag. Kein Schmerz. Keine Traurigkeit.

Das war nur Monroe.

»Hey«, presste ich mit Mühe und Not hervor.

Sie schaute weg, aber ich erkannte trotzdem den Anflug eines Lächelns. »Willst du mich mit diesem lahmen Versuch etwa dazu bringen, mich auszuziehen?«

»Hat es funktioniert?«, antwortete ich und ließ sie los.

Sie spritze mich nass. »Bin ich nackt?«

»Noch nicht.«

Sie spritzte weiter und diesmal lachte sie dabei. »Ich verstehe nicht, warum du es überhaupt versuchst, Nate. Ich tue so etwas nicht. Jedenfalls nicht mit Jungs wie dir.«

»He«, sagte ich grinsend. »Das hatten wir doch schon. Sollte ich wieder beleidigt sein oder was meinst du damit?«

»Du weißt schon«, sagte sie leise. »Jungs, die Mädchen dazu bringen, alles zu vergessen.«

»Was möchtest du denn vergessen?« Ich hielt den Atem an, während ich auf eine Antwort wartete.

Sie durchbohrte mich förmlich mit ihrem Blick und etwas blitzte in ihren Augen auf. »Darüber rede ich mit niemandem.«

Sie schwamm ein Stück von mir weg, sodass ich mich ein wenig beruhigen konnte. Dann folgte ich ihr, kam ihr aber nicht zu nah, denn ich hatte das Gefühl, dass sie etwas Abstand brauchte. Und vielleicht traf das auch auf mich zu.

Eine Weile trieben wir so im Wasser und schwiegen. Als sie schließlich zum Ufer schwamm, wartete ich ab, bis sie aus dem Wasser raus war, bevor ich ihr hinterherwatete und mich neben sie auf die große blau-weiß karierte Decke fallen ließ, die ihre Grandma uns mitgegeben hatte.

Es dauerte nicht lange, bis wir in der Sonne getrocknet waren. Als sie begann, sich mit Sonnencreme einzureiben, musste ich wegsehen. Ich meine, was hätte ich sonst tun sollen? Schließlich verbarg ihr knapper Bikini nicht die Tatsache, dass alles an ihr unglaublich attraktiv war.

»Möchtest du auch?«, fragte sie.

»Nein.« Ich schüttelte den Kopf. Meine Haut war gut gebräunt, sodass ich nicht so schnell einen Sonnenbrand bekam.

Sie setzte eine Sonnenbrille auf und bot mir eine Dose Cola an. Das kalte Getränk tat gut.

»Wieso willst du eigentlich nicht mehr Gitarre spielen?«, fragte sie plötzlich, ohne mich anzusehen.

Ich folgte ihrem Blick auf den See, antwortete aber nicht

sofort. Das musste man Monroe lassen, sie wusste verdammt gut, wie man die Stimmung zerstören konnte.

»Warum interessiert dich das?«

Sie zuckte die Schultern. »Es interessiert mich nicht wirklich. Ich bin nur neugierig. Musik ist doch ein wichtiger Teil deines Lebens und jetzt scheint sie für dich gestorben zu sein.«

Ich zog eine finstere Miene. Gegen diese Logik konnte ich nichts einwenden.

»Tut mir leid«, sagte sie. »Ich wollte nicht, dass du sauer wirst.«

»Ich bin nicht sauer.«

Sie drehte den Kopf, zog die Sonnenbrille ein Stück herunter und sah mich über den Brillenrand hinweg an. »Oh doch, das bist du, Nate.«

Irgendwo über uns brummte ein Flugzeug und in der Ferne hörte ich das Echo einer Kettensäge. Ich ließ mich nach hinten fallen und legte den Arm über die Augen.

»Gitarre zu spielen erinnert mich an Trevor. Es erinnert mich an all die Dinge, die er nicht mehr tun kann. Die Dinge, die er vielleicht nie wieder tun wird, und das nur wegen mir.« Ich hielt inne, denn die Schuldgefühle waren wieder da. Sie wühlten mich auf und ich wollte nicht die Fassung verlieren. Nicht hier. Nicht vor Monroe.

»An diesem Abend ging alles den Bach runter. Und Trevors Dad hat Recht, es ist allein meine Schuld.«

»Aber ihr wart doch zu viert, stimmt's?«

Ich antwortete nicht.

»Also warum gibt sein Vater nur dir die Schuld? Trevor ist doch ein großer Junge, der seine eigenen Entscheidungen treffen kann.«

»Das verstehst du nicht.« Ich richtete mich auf und legte die Arme um die Knie. »Ich habe die Entscheidung getroffen und bin an diesem Abend gefahren. Ich habe etwas Dummes und Verantwortungsloses getan und jetzt liegt Trevor im Koma.«

Monroe drehte sich auf den Bauch und legte den Kopf auf die Arme. »Aber jeder von euch hätte doch am Steuer sitzen können, oder?«

Ich schüttelte den Kopf. »Nicht an diesem Abend. Ich war dran.«

Es brodelte in meinem Bauch und meine Stimme zitterte leicht, aber ich konnte nichts dagegen tun. »Wenn wir auf Partys gingen, haben wir uns immer mit dem Fahren abgewechselt. An diesem Abend war ich an der Reihe. Und ich habe es total vermasselt. Nichts wird je wieder so sein wie vorher. Am liebsten würde ich die Zeit zurückdrehen und alles anders machen, aber das kann ich nicht und deshalb gibt es keine Musik mehr für mich. Ich … fühle die Musik einfach nicht mehr.«

»Ich denke …«

Ich ließ sie nicht ausreden. »Denk nicht so viel, Monroe.« Stattdessen drehte ich mich um und griff nach der Sonnencreme. »Ich will nicht darüber reden.«

»Was hast du vor?« Sie wandte den Kopf zu mir und ihre hellen Augen musterten mich skeptisch.

»Willst du etwa einen Sonnenbrand bekommen?«, fragte ich grinsend.

Sie antwortete nicht gleich. Das nutzte ich aus und spritzte die nach Kokos duftende Lotion auf ihren Rücken. Langsam verrieb ich sie, genoss den Anblick und war froh, dass sie schwieg. Gott, ihre Haut war weich und so hell wie die Alabasterschnitzereien, die mein Großvater so liebte.

Meine Hände wirkten auf ihrer Haut noch dunkler und ich wurde schon wieder schwach. Ich war dabei, die Kontrolle über mich zu verlieren, während meine Finger langsam über ihren Rücken nach unten wanderten.

Das war keine gute Idee.

Als ich fertig war, warf ich die Lotion zur Seite und legte mich wieder neben sie.

Ich habe keine Ahnung, wie lange wir so dagelegen hatten, ganz nah, als gehörten wir zusammen, aber die Stille hing so schwer zwischen uns, dass es sich anfühlte, als wäre Monroe auf der anderen Seite des Sees.

»Willst du immer noch, dass ich mich ausziehe?«, fragte sie plötzlich und ich grinste. Ich war froh, dass sie sich die Mühe gab, die Situation zwischen uns etwas aufzulockern. Was auch immer das zwischen uns war, es nicht zu ernst zu nehmen, war gut. Es machte die Dinge erträglicher.

»Nö.«

»Haha.«

Ihre hellen Augen waren direkt auf mich gerichtet, und für einen Moment vergaß ich, was ich sagen wollte. Ihr Lächeln wurde breiter und sie stieß mich mit dem Ellbogen an.

»Du klingst, als würdest du mir nicht glauben«, sagte ich.

Sie schüttelte den Kopf. »Ich glaube dir auch nicht. Ich weiß doch, wie ihr Jungs seid.«

»Ihr Jungs?«

»Ja«, sagte sie leise. »Musiker. Ihr wollt doch allen Mädchen immer nur an die Wäsche.«

Ich richtete mich langsam auf, bis ich neben ihr kniete. Dann beugte ich mich vor, schob eine Haarsträhne zur Seite und flüsterte ihr ins Ohr: »Du bist nicht wie alle Mädchen. Außerdem würde mir Mrs Blackwell die Hölle heiß machen, wenn ich irgendeinen Mist mit dir abziehe.«

»Das stimmt«, sagte sie mit einem leichten Zittern in der Stimme. »Daran solltest du immer denken. Grandma kann echt ungemütlich werden.«

»Das soll aber nicht heißen, dass ich dich nicht noch einmal küssen werde.« Ich lächelte und strich mit den Fingern über ihre Schulter. Es gefiel mir, wie sie unter der Berührung erschauerte.

Wir schwiegen für einen Moment.

»Vielleicht erlaube ich dir, mich noch einmal zu küssen.« Sie zuckte die Schultern, richtete sich auf und hockte sich ebenfalls auf die Knie. Ihre Haut war gerötet, was aber nicht von der Sonne kam. Ich war ziemlich sicher, dass es an dem Knistern zwischen uns lag.

»Du erlaubst es mir?« Damit wollte ich sie nicht necken, vor allem nicht beim Anblick dieser Lippen und der rosa Zunge, die zwischen ihren Zähnen lag. Ihr Brustkorb hob und senkte sich schnell, während mein Herz heftiger zu schlagen begann. Als ihre Augen ebenfalls zu meinem Mund wanderten, hätte ich am liebsten einen tiefen Seufzer ausgestoßen. Ich war kein Weichei, aber Mann, sie wusste wirklich, welche Knöpfe sie bei mir drücken musste.

»Wenn du wieder Gitarre spielst.« Sie hielt inne und holte tief Luft. »Wenn du nur für mich spielst, Nate, darfst du mich noch einmal küssen.«

Wie ein Blitz aus rosa Bikini, blasser Haut und dunklem Haar war sie auf den Beinen. Als ich zu ihr aufsah, blendete mich die Sonne, sodass ich nur einen von goldenem Licht umrandeten Schatten sah.

Und dann war sie fort.

Kapitel 15

MONROE

Obwohl Nate jeden Tag auf Grandmas Plantage war, sah ich ihn den ganzen Rest der Woche nicht. Am Dienstag hatte er mit seinem Onkel mit der Arbeit an der hinteren Veranda des Herrenhauses begonnen.

Es war ein ziemlich großes Projekt und die beiden arbeiteten vom frühen Morgen bis zum Mittagessen. Er schrieb mir ein paar Nachrichten, aber nach zwei Tagen hörte er damit auf.

Wahrscheinlich war er nicht gerade begeistert von meinen einsilbigen Antworten.

Nate: **Was machst du gerade?**
Ich: **Nichts.**
Nate: **Wollen wir uns später treffen?**
Ich: **Nein.**
Nate: **Stimmt etwas nicht?**
Ich: **Nein.**

Das war alles. Nathan Everets verwirrte mich. Die Gefühle, die er in mir auslöste, verwirrten mich. Und jedes Mal, wenn ich darüber nachdachte, mit ihm zusammen zu sein, wurde ich total nervös. Ich fühlte mich verunsichert und damit konnte ich nicht umgehen.

Vielleicht war es kindisch von mir, aber nach unserem Nachmittag am See wollte ich mich von ihm fernhalten, obwohl ich den Grund dafür nicht mal richtig verstand. Und natürlich hatte ich nicht genug Erfahrung mit Jungs, um zu wissen, wie ich mich sonst hätte verhalten sollen.

Also ging ich ihm aus dem Weg.

Ich hielt mich nicht in der Nähe des Herrenhauses auf, und wenn Grandma vorschlug, ich könnte Nate doch etwas Limonade bringen, redete ich mich damit heraus, dass er bestimmt genug zu trinken dabeihatte.

Grandma warf mir dann jedes Mal ihren unverkennbaren Blick zu – den Blick, bei dem die meisten klein beigaben und alles taten, was sie wollte. Aber ich gab nicht nach.

Ich war dabei, mich wieder zurückzuziehen, und Grandma wusste das. Aber im Moment ließ sie es dabei bewenden, denn sie wusste auch, dass ich ganz verschwinden würde, wenn sie mich zu sehr bedrängte. Ich würde in das Loch zurückkehren, bevor ich überhaupt ganz herausgekommen war.

Natürlich wollte Grandma mir nur helfen, und ich war ziemlich sicher, dass sie auch Nathan helfen wollte. Aber er machte mich nervös. Er löste Gefühle in mir aus, für die ich Zeit brauchte.

Leider liefen die Dinge nicht immer so, wie man sich das vorstellte.

Der Freitag begann mit drückender Hitze, der Aussicht

auf Regen – und ohne Nate. Etwas war dazwischengekommen, er und sein Onkel mussten zu einer anderen Baustelle. Ich hörte Grandma telefonieren, während ich in einer Schale mit Marshmallow-Cornflakes herumstocherte. Ich hatte schon alle grünen Marshmallows gegessen und pickte mir nun die rosafarbenen heraus.

Grandma legte den Hörer auf und drehte sich zu mir um. Ihr weiches weißes Haar war hübsch frisiert, die Locken saßen perfekt – aber in dieser Hitze würde das wohl nicht lange so bleiben.

»Kommst du mit mir einkaufen, Monroe?«

Ich schob die Schale weg und spürte, wie die Unruhe in mir wuchs. »Wo denn?«

»Nur in der Stadt. Ich will zum Markt, bevor das Wetter umschlägt.«

Ich zuckte die Schultern. »Warum nicht.« Es war ja nicht so, als hätte ich etwas Besseres vor.

Nach einer kurzen Dusche schlüpfte ich in eine ausgewaschene kurze Jeans, ein weißes Tanktop und ein paar alte Flipflops, bevor ich mein noch feuchtes Haar zu einem lockeren Pferdeschwanz zusammenband. Ich nahm sogar etwas Lipgloss aus meinem Kosmetikbeutel und tuschte mir die Wimpern, obwohl ich mir nicht einmal sicher war, was mich dazu trieb. Einen Moment lang starrte ich in den Spiegel. Ich wusste, dass ich nie so braun werden würde wie die Mädchen hier, aber meine Wangen waren nicht mehr ganz so blass und meine Augen …

Ich schaute weg und rieb mir über die Augenränder. Ich

sah *nicht* traurig aus. Ich sah fast normal aus. Beinahe hübsch.

»Was soll's«, murmelte ich, bevor ich nach draußen zu Grandma rannte.

Eine halbe Stunde später hielten wir am alten Marktplatz. Einige kleinere Gebäude standen auf einer Fläche verstreut, die etwa so groß wie ein Footballfeld war. In der größten Halle boten die Farmer aus der Gegend jeden Freitag frisches Obst und Gemüse und noch einiges mehr an. Überall wimmelte es von Händlern und Kauflustigen, die laut durcheinander redeten. Das war typisch für die Leute aus den Südstaaten. Sie kauften und verkauften gern und sie liebten es zu tratschen.

Ich folgte Grandma in das Gebäude. Die Luft hier war etwas kühler, und meine Augen brauchten ein paar Sekunden, um sich an das dunklere Licht zu gewöhnen.

»Ich seh mir mal das Gemüse an, Monroe. Könntest du bitte ein paar Pfirsiche besorgen und was du sonst noch an Obst möchtest?« Grandma deutete zu einem Gang auf der gegenüberliegenden Seite und gab mir einen Beutel und etwas Bargeld.

Ich lief den Gang entlang und musste immer wieder Leuten ausweichen, die keine Notiz von mir nahmen. Eine Frau rempelte mich sogar an, ihr Ellbogen traf mich an der Brust, und sie wirbelte herum, als wäre es meine Schuld gewesen. »Pass doch auf, wo du hinläufst!«, schimpfte sie.

Ich verdrehte die Augen, ging an ihr vorbei und hielt nach einem Stand Ausschau, an dem Pfirsiche verkauft wurden.

Je schneller ich Grandmas Auftrag erfüllte, desto eher könnten wir zur Plantage zurückfahren, wo mich ein weiterer spannender Nachmittag voller Nichtstun erwartete.

Gerade hatte ich die Pfirsiche entdeckt, als mich jemand am Arm griff. »Hey, Monroe, richtig?«

Es war Brent. Nates Kumpel.

Seine Stimme und sein Blick waren herzlich und ich nickte lächelnd. »Hallo.«

Er winkte jemandem hinter mir zu, sein Lächeln blieb unverändert. »Hast du Nate kürzlich gesehen?«

»Nein, ich habe ihn seit Montag nicht mehr gesehen.«

Er runzelte die Stirn. »Ich dachte, er arbeitet draußen auf dem Anwesen deiner Großmutter.«

»Das stimmt, aber … wir sind nur …« Gott, ich klang wie eine Vollidiotin und je mehr ich herumstotterte, desto breiter wurde Brents Grinsen.

»Ihr zwei habt euch gestritten?«

»Was? Nein.« Ich brauchte einen Moment, um meine Gedanken zu sammeln. »Wir sind nicht mal wirklich befreundet, also …«

Brent schnaubte und beugte sich vor. »Alles klar, okay.«

»Was machst du hier?«, fragte ich, um vom Thema abzulenken, wie ich es immer tat.

Er hob ein paar Tüten in die Höhe. »Besorgungen für meine Mom. Und du?«

»Ich will ein paar Pfirsiche für meine Grandma kaufen.« Ich ging weiter auf den Obststand zu.

Brent folgte mir, und nachdem ich die Pfirsiche erhalten

und bezahlt hatte, griff er nach meinem Beutel. »Komm, ich nehm dir das ab.«

»Das musst du nicht.«

»Ich weiß, dass ich das nicht muss, Süße, aber wir guten alten Südstaatenjungs helfen, wo wir können.«

Ich wusste nicht, was ich sagen sollte. Ich hatte nicht genug Übung im Small Talk mit Jungs. Eigentlich hatte ich gar keine Übung.

»Was willst du?«, fragte ich abrupt und blieb stehen. Beim Klang meiner eigenen Stimme zuckte ich unwillkürlich zusammen. Ich hörte mich schon wieder wie eine Zicke an. »Tut mir leid. Das habe ich nicht so gemeint … ich meinte nur …« Ich seufzte. »Ich weiß nicht, was ich meinte.« Und ich wusste es wirklich nicht. Was war nur los mit mir?

»Mach dir bloß keinen Kopf.« Er lachte. »Ich wollte dich nur testen. Du bist anders als die meisten Mädchen hier.«

»Da gibt es nicht viel zu testen«, konterte ich.

Anders? Was sollte das nun wieder heißen?

Wir erreichten den Ausgang, und ich spürte die Hitze, die von draußen hereindrang, auf meiner Haut. Ich entdeckte Grandma, die schwer mit Gemüse bepackt war und sich mit ein paar anderen Frauen unterhielt.

»Hör zu«, sagte Brent. »Nate ist einer meiner besten Kumpels und im Moment geht er echt durch die Hölle. Durch die Hölle aller Höllen.«

»Ich weiß.« Ich trat zur Seite, um die unfreundliche Frau, die mich vorhin fast umgerannt hatte vorbeizulassen.

»Er hat dir erzählt, was passiert ist?«

»Ja.«

»Mist.«

»Ja.«

»Sieh mal, das Ding ist, dass keiner weiß, was mit ihm los ist. Er hat mit Rachel Schluss gemacht. Er redet mit keinem von uns, er will nicht mal Gitarre spielen. Aber das ist falsch. Und zwar in jeder Hinsicht. Ich habe davon gehört, dass im Krankenhaus etwas vorgefallen ist. Mr Lewis hat ihn sich vorgeknöpft.«

»Das war wirklich nicht schön.«

»Du warst dort?« Er schien überrascht.

»Ja.«

»Na ja, vielleicht kannst du …« Brent wirkte plötzlich verlegen, er ließ die Schultern hängen und scharrte mit dem Fuß am Boden.

»Ich kann was?«

»Vielleicht kannst du ihm helfen. Er braucht jemanden, verstehst du? Jemanden, der ihm guttut, denn solange Trevor im Krankenhaus liegt, versinkt Nate in all der Scheiße, die an diesem Abend passiert ist. Und mal ehrlich, es hätte jeder von uns am Steuer sitzen können. Fehler passieren.«

»Warst du auch auf der Party?«, fragte ich neugierig.

Brent gab mir meinen Beutel, hielt den Blick jedoch auf den Boden gerichtet. »Ja, ich war an dem Abend dort. Ich bin erst spät aufgekreuzt. Ich hatte Streit mit meiner damaligen Freundin und war stocknüchtern. Ich habe ihnen angeboten, sie nach Hause zu fahren, aber …«

»Aber was?«

Er blickte auf, seine Augen glänzten feucht. Dann zuckte er die Schultern und wischte sich über die Augen. »Trevor hat nein gesagt. Er sagte, Nate könne noch fahren, und ich habe ihm geglaubt. Nathan ist nicht der Einzige, der an diesem Abend Mist gebaut hat. Ich hätte es kontrollieren sollen, aber das habe ich nicht. Ich wusste, dass die vier gern ausgelassen feierten, aber die Sache mit dem Fahren hatten sie eigentlich immer gut im Griff. Sie wechselten sich ab. Das machten wir alle so.« Er seufzte. »Ich war angepisst wegen des Streits. Ich wollte nur noch eine Flasche Jack köpfen und irgendeine Tussi flachlegen.« Brent fluchte leise und rieb sich das Kinn. »Ich wünschte, wir könnten einfach die Zeit zurückdrehen. Zurück zu dem Moment, als alles noch gut war, denn seitdem ist nichts mehr, wie es war, und das ist echt beschissen.«

Was du nichts sagst.

»Hi, Mrs Blackwell.« Er winkte Grandma zu. Ich wandte mich zum Gehen, doch er hielt mich zurück. »Was machst du heute Abend?«

Ich musterte ihn misstrauisch. Worauf wollte er hinaus? »Nichts, wieso?«

»Ein paar von uns spielen wie jeden zweiten Freitag im Kaffeehaus, einer kleinen Bar in der Stadt. Nur so ein bisschen Akustikkram. Viel Gesang. Ist wirklich gut. Du solltest kommen.«

Was sollte das?

Wollte Brent mit mir ausgehen?

»Es sei denn, du möchtest lieber zu Hause bleiben und dir

mit deiner Grandma eine Quizshow im Fernsehen angucken«, fuhr er fort. »Das macht bestimmt auch Spaß.«

Womit er den Nagel auf den Kopf getroffen hatte: Ich war gern mit Grandma zusammen, aber diese Quizshows konnte ich nicht mehr ertragen.

Überraschenderweise hätte ich gern zugesagt, aber … »Ich kenne doch dort niemanden.«

Er hob eine Augenbraue. »Du kennst Nathan. Sag ihm, er soll auch kommen, und wenn du schon dabei bist, erinnere ihn daran, seine Gitarre mitzubringen.«

Ich wollte protestieren, doch Brent ließ mich nicht zu Wort kommen. »Er braucht das, Monroe. Und es kann nicht schaden, wenigstens zu fragen.« Er lächelte mich unglaublich einnehmend an, und ich konnte mir gut vorstellen, dass er das schon hundertmal gemacht hatte. »Bitte.«

Grandma war inzwischen bereits am Auto und stellte die Einkäufe in den Kofferraum.

»Wann?«

»So gegen neun.« Brent grinste erleichtert, aber eine Sache musste ich noch richtigstellen. Ich verstand ein wenig von dem Heilungsprozess, den Nate gerade durchmachte – oder noch nicht durchmachte –, und nichts daran war einfach.

»Er wird wahrscheinlich Nein sagen.«

»Wahrscheinlich. Aber es wird ihm schwerfallen, zu dir Nein zu sagen.«

»Tatsächlich«, erwiderte ich trocken.

»Also *mir* ginge es so.« Er grinste. »*Süße*.«

Der Typ hatte ausreichend Charme, um einen ganzen Häuserblock in New York aufleuchten zu lassen, und ich musste wider Willen lächeln. »Ich kann nichts versprechen, aber ich werde es versuchen.«

»Cool«, sagte er. »Ich halte euch Plätze frei.«

Kapitel 16

Nathan

Als mein Handy vibrierte, reagierte ich kaum noch darauf.

Rachel schrieb mir nun schon seit Tagen irgendwelche Nachrichten. Sie war richtig penetrant, und ich wusste, dass sie nicht aufhören würde, weil sie unglaublich stur war. Das war schon immer so gewesen. Ich hatte mich daran gewöhnt.

Sie kam einfach nicht damit klar, dass ich mit ihr Schluss gemacht hatte. Sie dachte, es hätte etwas mit dem Unfall zu tun, aber da lag sie falsch. Die Ereignisse dieser Nacht waren zwar wie ein Krebsgeschwür, das sich immer weiter ausbreitete. Aber der Krebs hatte schon zuvor zu wachsen begonnen und sie war ein Teil von ihm. Die endlosen Partys waren mir zu viel geworden – mir und Trevor. Musik war uns viel wichtiger, und es war schwer, wirklich gute Songs zu schreiben, wenn wir betrunken waren. Und Rachel war in letzter Zeit ständig betrunken.

Das war nicht immer so gewesen. Rachel hatte mich auch zum Lachen gebracht. Sie konnte alles leicht und unkompliziert machen. Wir hingen oft bei Trevor rum, spielten Gitarre und schrieben Songs, während sie uns mit einem breiten Grinsen im Gesicht zuhörte – obwohl sie nicht wirklich nachvollziehen konnte, was wir da eigentlich machten.

Gott, wenn sie einen Raum betrat, drehte sich so ziemlich jeder Kerl nach ihr um, und ich war stolz, dass sie meine Freundin war. Doch dann veränderte sich etwas, ohne dass ich genau wusste, was es war. Vielleicht wurde mir unsere Beziehung einfach zu viel. Vielleicht lag es auch an Rachel.

Im Endeffekt liebte ich Rachel schon seit Langem nicht mehr. Zumindest nicht auf die Art, wie man seine Freundin lieben sollte. Es drehte sich alles nur noch um die Band – die Musik hatte irgendwie Besitz von mir ergriffen. Und das ging auch Trevor so. Musik war unser Leben.

Er wusste, was ich für Rachel empfand, dass ich mich von ihr trennen wollte. An jenem Abend wollte ich Schluss machen, doch dann lief alles aus dem Ruder. Also ließ ich es noch drei Monate weiterlaufen, und obwohl ich die Beziehung schließlich beendet hatte, breitete sich der Krebs weiter aus. Ich wusste nicht, wie ich ihn aufhalten sollte. Der Krebs hatte mich und Trevor fest im Griff, und wenn er mir meinen besten Freund ganz nahm, würde ich mit ihm untergehen.

Mein Handy vibrierte erneut, und ich starrte es an, ohne einen Finger zu rühren. Wir waren gerade mit dem Abendessen fertig, Mom spülte die Teller ab. Ich hörte, wie sie in der Küche leise mit Dad redete. Sie machten sich Sorgen. Sorgen um mich. Doch ich verdiente ihre Sorge nicht. Ich verdiente die traurigen Blicke meiner Mutter nicht oder wie sie sich bemühte, trotz ihres Kummers zu lächeln.

»Willst du gar nicht antworten?«, holte mich Dad aus meinen Gedanken.

Ich zuckte die Schultern. »Eher nicht. Ist wahrscheinlich wieder nur Rachel.«

Ich war ins Wohnzimmer gegangen und er setzte sich in den Ledersessel mir gegenüber. Der Fernseher lief, die Texas Ranger verpassten den Dodgers gerade einen gewaltigen Arschtritt, aber der Ton war aus. Da war nur die Scheiße in meinem Kopf.

Dad lehnte sich vor. »Ihr habt Schluss gemacht?«

»Ja.«

»Hattet ihr Streit?«

Ich sah ihn an, als hätte er den Verstand verloren, und er hob die Hände. »War ja nur eine Frage.«

Ich schüttelte langsam den Kopf. »Wir haben uns nicht gestritten. Wir haben nur ... wir passen einfach nicht mehr zusammen.«

»Das kommt vor.«

»Ja.«

Er räusperte sich. »Ich bin heute Mike Lewis über den Weg gelaufen.«

Sofort setzte ich mich auf. »Wie geht es Trevor?«

»Keine Veränderung.« Dad atmete tief aus. »Mike hat mir erzählt, dass du letzten Samstag im Krankenhaus warst.«

Ich schaute weg. »Ich musste ihn sehen, Dad.«

»Ich weiß.« Er stand auf und kam zu mir herüber, bis sein Knie meins berührte. Er beugte sich vor und klopfte mir auf die Schulter, während der Schmerz in meinem Inneren aufbrach, direkt unter meiner Haut wie eine unsichtbare Narbe.

»Sie hassen mich für das, was ich getan habe.«

Er strich mit der Hand über meinen Kopf, genau wie er es oft gemacht hatte, als ich noch klein war, und mir schnürte sich die Kehle zu.

»Sie hassen dich nicht«, sagte er. »Es ist … du musst verstehen, dass Mike und Brenda in ein Loch gefallen sind. Mike lässt alles an dir aus, weil es sonst niemanden gibt, dem er die Schuld zuschieben kann. Wenn er im Schmerz versinkt, sieht er nur dein Gesicht vor sich, aber er wird schon wieder zur Besinnung kommen.«

»Ich sollte im Krankenhaus liegen und nicht Trevor.«

»Nein.« Sein Ton klang scharf. Scharf und rau. »Sag das nie wieder.«

»Aber es ist die Wahrheit.«

Dad verlor die Beherrschung. Mit einem seltsamen Blick und zusammengepressten Lippen starrte er mich an.

»Ich werde dir jetzt mal was sagen«, begann er. »So einen Mist will ich nicht noch einmal von dir hören. Verstanden? Was passiert ist, ist Vergangenheit. Du kannst nichts daran ändern. Was du an diesem Abend getan hast, ist geschehen. Vorbei! Hast du mich verstanden?«

Aber damit lag er falsch. Ich war nicht der Meinung, dass seine Ansichten stimmten.

»Es ist nicht vorbei. Verstehst du das denn nicht? Egal, wie sehr ihr das auch wollt. Es wird niemals vorbei sein.« Ich war laut geworden und rutschte von ihm weg. »Ich kann an nichts anderes mehr denken. Es ist in meinem Kopf, jeden einzelnen Tag. Wenn Trevor …« Ich musste kurz innehalten. »Wenn Trevor es nicht schafft …«, versuchte ich es erneut, aber ich hatte nicht die Kraft, meine Gedanken zu Ende zu bringen. Ich konnte die Worte nicht laut aussprechen, also ließ ich sie ungesagt in der Luft hängen.

»Ich weiß, wie schwer es ist, Nathan. Aber dich abzuschotten und völlig aus dem Leben zurückzuziehen, ist auch keine Lösung. Jeder macht mal einen Fehler.«

»Du verstehst das nicht«, wiederholte ich. »Es ist nicht nur ein Fehler. Wenn du statt Milch Saft in deinen Kaffee schüttest oder in einem Spiel den falschen Spielzug machst, dann kannst du von einem Fehler reden.«

»Ich will das auch gar nicht verharmlosen, Nathan. Das würde ich niemals tun. Du *hast* einen Fehler gemacht. Du ganz allein und es war ein Fehler mit tragischen Konsequenzen. Aber du wirst damit leben müssen. Du wirst damit zurechtkommen müssen ...« Seine Stimme brach und mir stiegen Tränen in die Augen. »Niemand ist perfekt. Vergiss das nicht.«

Das war ich ganz bestimmt nicht. Ich war verdammt weit davon entfernt, perfekt zu sein.

»Tja, meine falsche Entscheidung hätte fast meinen besten Freund getötet und wird wahrscheinlich bleibende Schäden bei ihm hinterlassen. Er wird mich für immer hassen.«

»Vielleicht.« Mein Dad trat zurück. »Vielleicht auch nicht. Aber was auch passiert, wir werden das gemeinsam durchstehen. Deine Mom und ich sind immer für dich da. Ich hoffe, du weißt das.«

»Ihr müsst euch so schämen.« Wir hatten bisher noch nie offen über dieses Thema gesprochen. Nachdem sie mich aus dem Krankenhaus abgeholt hatten, hatte Mom über alles Mögliche geredet, nur nicht über das, was passiert war. Und mein Vater? Er war schweigsam gewesen. Geschockt.

»Ich schäme mich nicht für dich, Nathan. Das darfst du niemals denken.« Er schob die Hände in die Hosentaschen. »Ich wünschte, du müsstest nicht damit fertig werden. Ich wünschte, Trevor wäre gesund und ihr zwei wärt heute Abend irgendwo mit der Band unterwegs.«

»Das wird es nie mehr geben«, murmelte ich.

»Nein, wohl nicht. Und es tut mir leid, dass es nicht anders ausgegangen ist. Aber ich glaube, dass der Unfall auch viele Dinge in Bewegung gesetzt hat, die dich prägen werden. Dinge, die dich zu dem Mann machen werden, der du sein kannst. Da bin ich mir ganz sicher.«

Mein Handy vibrierte, doch diesmal war es ein Anruf.

»Du solltest rangehen«, sagte er leise.

Er verließ das Wohnzimmer, und ich zuckte zusammen, als ich auf dem Display sah, von wem der Anruf kam.

Monroe.

Eine Welle der Wut schäumte in mir auf und ich biss die Zähne zusammen. Nach Montag hatte ich gedacht … Mist, ich wusste nicht, was ich gedacht hatte. Aber sicher nicht, dass sie so tun würde, als würde ich nicht existieren. Vielleicht hatte sie herausgefunden, was alle anderen bereits wussten. Dass ich kein guter Umgang war.

Das Handy hörte auf zu vibrieren. Ich wartete ein paar Minuten und hörte dann meine Mailbox ab, aber sie hatte keine Nachricht hinterlassen.

Ich warf das Handy zur Seite, ließ mich ins Sofa sinken, lehnte den Kopf zurück und starrte an die Decke. Immer wieder ballte ich meine Hände zu Fäusten.

Ich spürte wieder diese Leere, die wie eine schwere Last auf meinen Schultern lag. Aber ich hatte keine Ahnung, wie ich sie loswerden sollte – und ungeachtet dessen, was mein Vater gesagt hatte, war ich nicht mal sicher, ob ich das überhaupt verdient hätte.

Ich wusste nicht genau, wie lange ich dort gesessen hatte, allein mit all der Leere. Es hätten nur ein paar Minuten sein können, aber draußen dämmerte es bereits, also musste mindestens eine Stunde vergangen sein, als meine Mutter den Kopf hereinstreckte. Ein Lächeln lag auf ihren Lippen.

»Da ist ein Mädchen für dich, Nathan.«

»Ach ja?« Ich hob den Kopf. »Sag mir, dass es nicht Rachel ist.«

Mom konnte Rachel nicht besonders gut leiden. Als ich in der Zehnten war, war sie einmal früher von der Arbeit nach Hause gekommen und hatte Rachel und mich im Bett erwischt. Nackt und mittendrin. Trotzdem hätte ich wetten können, dass Mom uns unter den gegebenen Umständen völlig freie Hand lassen, wenn es mich glücklich machen würde. Sie wollte mich einfach wieder lächeln sehen.

»Es ist nicht Rachel. Es ist ein wirklich hübsches Mädchen mit langen dunklen Haaren. Sie sagt, ihr Name ist Monroe und dass du sie erwartest.« Sie hielt inne und runzelte die Stirn. »Wer ist sie?«

»Mrs Blackwells Enkelin.« Ich kannte den Blick in den

Augen meiner Mom. »Hey, versprich dir nicht zu viel. Erstens ist sie nur den Sommer über hier und zweitens sind wir nicht befreundet.« Meine Miene verfinsterte sich. Monroe hatte mehr als deutlich gemacht, dass ich ihr nichts bedeutete. »Sag ihr, dass ich nicht zu Hause bin«, fügte ich hinzu.

»Das kann ich nicht.« Mom schob ihr langes blondes Haar zurück und kam zu mir herüber. Sie wippte auf den Fußballen und stieß mich am Knie an. »Sie weiß, dass du hier bist. Wenn du sie abwimmeln willst, musst du das schon selbst übernehmen.«

»Na toll«, sagte ich und sprang auf.

Meine Mom war eher klein, etwa vergleichbar mit Monroe. Sie musste sich strecken, um mir einen Kuss auf die Wange zu geben. Dann flüsterte sie: »Gern geschehen.«

Ich sah ihr nach, wie sie durch die Terrassentür in den Garten ging. Mein Dad war auch draußen, und sie wollte mir wahrscheinlich etwas Privatssphäre geben, damit ich mich um das »hübsche Mädchen« kümmern konnte, das vor der Tür stand und mich sehen wollte.

Wollte ich denn Monroe auch sehen?

Hatte ich eine andere Wahl?

»Scheiß drauf«, murmelte ich und ging zur Haustür.

Ich roch ihren Sommerduft schon von Weitem und für einen Moment ging ich ganz darin auf.

»Weichei«, murmelte ich leise vor mich hin.

Aber sie roch so gut.

Trotzdem war sie immer noch das dickköpfigste und komplizierteste Mädchen, das ich jemals kennengelernt hatte, und während unser Kuss der Höhepunkt meines erbärmlichen Sommers gewesen war, hatte er ihr überhaupt nichts bedeutet. Sie hatte mich abserviert.

Aber irgendwie war ich auch neugierig, warum sie hier war, und diese Neugier trieb mich an. Vielleicht wollte ich sie aber doch einfach nur sehen.

Sie lehnte an der Wand neben der Haustür. Ihr Haar hing offen über ihre Schultern – so wie ich es mochte. Sie trug ein Kleid, das ihre Schultern und Beine entblößte, und ich musterte sie von oben bis unten, bevor ich ihr in die Augen sah.

Keiner von uns sagte ein Wort. Ich konnte nicht mal mehr richtig atmen.

Die unbekannte Macht, die in den Tiefen dieser hellen Augen lag, hatte sofort wieder Besitz von mir ergriffen.

»Na, zufällig vorbeigekommen?«, sagte ich langsam, als wäre mir scheißegal, warum sie hier war.

Monroe trat näher, blieb dann aber stehen und ließ die Arme hängen. Ihr Kleid war ziemlich kurz. Mann, sie sah atemberaubend aus. Ich versuchte, die starke Anziehungskraft zu ignorieren, aber das fiel mir verdammt schwer. Erst recht, als sie die Haare über die Schulter zurückstrich und seufzte.

»Könnte man so sagen.«

»Du siehst aus, als wolltest du zu einer Party oder so.«

»Oh«, sie zögerte. »Ich … hatte nichts anderes und …«

So eine Unterhaltung wollte ich nicht. Nicht mit ihr. Ich wollte nur die Wahrheit hören.

»Was ist los, Monroe?«

Sie trat noch einen Schritt vor. Ich schob die Hände in die Hosentaschen, zog die Schultern hoch und machte ein finsteres Gesicht.

»Entschuldige«, sagte sie leise.

»Wofür?« Ein Stück der auf mir lastenden Leere löste sich. Es brach ab wie ein schwerer Felsbrocken, der von einer Klippe stürzt, und plötzlich fühlte ich mich leichter. Lag es am Klang ihrer Stimme? Besaß sie diese Kraft? Oder lag es an der Tatsache, dass ich schon nach weniger als fünf Minuten in ihrer Nähe das Verlangen verspürte, sie in die Arme zu nehmen und einfach nur diesen sommerlich zarten Duft einzuatmen?

Die Scheißwoche, die hinter mir lag, schmolz dahin – genau wie meine Entschlossenheit, ihr die kalte Schulter zu zeigen –, aber ich wollte sie noch ein wenig zappeln lassen.

»Es tut mir leid, dass ich dich diese Woche so habe abblitzen lassen. Ich ...« Sie leckte sich über die leicht glänzenden, weichen Lippen und ich war kurz abgelenkt. Ich konnte nur noch an unseren Kuss denken und wie unglaublich sie sich dabei angefühlt hatte.

»Wenn etwas zu intensiv wird, ziehe ich mich zurück.« Sie zuckte die Schultern. »Das ist bei mir immer so. Anders komme ich damit nicht klar.«

Okay. Das konnte ich verstehen. Ich fühlte mich dadurch nicht besser, aber zumindest konnte ich es nachvollziehen.

»Also warum bist du hier?«

Eine leichte Röte überzog ihre Wangen und sie drehte eine Haarsträhne zwischen den Fingern. »Na ja, ich hatte gehofft, dass du vielleicht Lust hättest auszugehen …« Als sich unsere Blicke trafen, brach sie ab. »Oder etwas in der Art«, fügte sie leise hinzu.

Die Standuhr am Ende des Flurs schlug achtmal und Monroe zuckte bei jedem Schlag zusammen.

»Ist das ein Date?«, fragte ich und beobachtete sie genau. Es gefiel mir, wie schnell sie meinetwegen rot wurde.

Sie schüttelte den Kopf. »Nicht wirklich. Ich meine, keine Ahnung.«

»Und was ist es dann?«

»Muss es denn etwas sein? Kann es nicht einfach nur um Freunde gehen, die Zeit zusammen verbringen?«

»Also sind wir jetzt Freunde?« Mir stockte der Atem und ich bekam kaum noch Luft. Vielleicht hatte meine Lunge aber auch einfach aufgehört zu arbeiten, weil Monroe mich auf keinen Fall so ansah, als wäre ich »nur ein Freund«.

Ich fragte mich, was sie in meinen Augen sah. Mir war plötzlich viel zu heiß, ich war angespannt und versuchte krampfhaft, normal zu atmen.

»Wir sind Freunde«, sagte sie leise. »Freunde, die kein Date haben.« Sie wandte den Blick ab und zupfte nervös an einer Haarsträhne.

»Gib mir fünf Minuten und ich bin für unser zweites ›Nicht-Date‹ fertig. Ich gehe nur kurz duschen.«

»Okay«, sagte sie zögernd, als wäre sie nicht ganz sicher, was gerade passiert war.

»Und Monroe?«

»Ja?«

Ein Grinsen breitete sich auf meinem Gesicht aus. Ich konnte einfach nicht anders, weil mir mit einem Mal alles viel heller und leichter vorkam. Ein Gefühl, dass zurzeit nur Monroe in mir auslösen konnte. »Ich bin froh, dass du vorbeigekommen bist.«

Kapitel 17

MONROE

»Zwei Wochenenden hintereinander«, sagte Nate, während er in Grandmas Wagen stieg und sich anschnallte. Er war in weniger als zehn Minuten wieder aufgetaucht und hatte damit die schnellste Duschsession aller Zeiten hingelegt. Er trug jetzt eine ausgewaschene Jeans, ausgetretene Stiefel und ein stahlblaues langärmeliges Henley-Shirt.

Er sah verboten gut aus und mein Herz begann, schneller zu schlagen. Ich hatte Angst, er würde es merken, weshalb ich mich abwandte und einfach losfuhr, ohne etwas zu sagen. Ich schaffte es gerade noch, seiner Mom und seinem Dad zuzuwinken, aber sie hielten mich wahrscheinlich sowieso für total durchgeknallt.

»Monroe?«

»Was?« Ich schaute kurz zu ihm hinüber und brachte kein weiteres Wort heraus.

Das feuchte Haar hing ihm in verstrubbelten Wellen bis auf die Schultern, also hatte er sich nicht mal die Zeit genommen, sich zu kämmen. Lächelnd drehte er den Kopf zu mir und mein Herz machte wieder einen Sprung.

Ich umklammerte das Lenkrad, als wäre es ein Rettungsring, aber ich malte mir trotzdem aus, wie meine Hände über die Stoppeln an seinem Kinn wanderten. Unwillkürlich kam mir unser Kuss in den Sinn, obwohl ich mir fest vorgenommen hatte, nicht mehr daran zu denken. Ich schwöre, ich hätte nur die Augen schließen müssen, um seine Lippen wieder auf meinen zu spüren.

»Alles in Ordnung?«

Ich brauchte einen Moment, bevor ich wieder in der Lage war zu sprechen. »Ja.« Ich nickte und wendete den Wagen. »Perfekt. Alles bestens.«

Oh Gott. Was faselte ich da? Das war kein gutes Zeichen.

Ich bog auf die Straße ab und fuhr in Richtung Stadt. Die Sonne ging gerade unter und der Horizont färbte sich rot. Ich hatte die Scheiben heruntergelassen und roch den ersten Anflug von Regen. Obwohl es immer noch schwül war, fröstelte ich.

Und ich war nervös.

So. Verdammt. Nervös.

»Und, wohin fahren wir?«

Mist.

»In die Stadt.«

»Um was zu tun?«

»Abhängen.«

»Und wo?«

Ich klammerte mich noch fester an das Lenkrad. »Warum so neugierig?«

Ich spürte seine Blicke auf mir, weigerte mich aber, ihn anzusehen. Stattdessen konzentrierte ich mich nur auf die Straße. Ich protestierte nicht einmal, als er einen anderen

Radiosender einschaltete. Ich war die Fahrerin, die Musikauswahl war also eigentlich meine Sache, aber hey, ich hatte wirklich andere Dinge im Kopf.

Was hatte ich mir nur dabei gedacht? Ich wusste, dass er das Kaffeehaus hassen würde. Ich wusste, dass es keine gute Idee war. Und dennoch …

Ich wollte ihn sehen.

Unbehagen machte sich in meiner Magengegend breit, und ich spürte, wie meine Wangen wieder zu glühen begannen. Das müsste inzwischen Rekord sein.

Ich wollte Nate sehen, das war meine einzige Entschuldigung. Es war meine Art, die Tatsache unter den Tisch zu kehren, dass ich mich wie ein Arschloch aufgeführt und ihn seit Montag ignoriert hatte. Nach diesem Kuss.

Nach dem Kuss, bei dem mir ganz schwindelig geworden war und meine Beine sich wie Spaghetti angefühlt hatten. Nach dem Kuss, der Hitzewallungen und Angst und Verlangen in mir ausgelöst hatte. Der mich wieder etwas *fühlen* ließ. Und das Eigenartige daran? Es hatte mir sehr gefallen. In was hatte ich mich da nur hineingeritten?

Wir fuhren durch die Stadt, und ich folgte der Wegbeschreibung, wie Brent sie mir vorhin am Telefon durchgegeben hatte. Ich fuhr bis zum Ende der Hauptstraße. Als ich links in die Fossil Street abbog, setzte sich Nate plötzlich aufrecht hin und sah mich an.

Ich biss mir auf die Lippe.

»Wohin fahren wir, Monroe?« Seine Stimme klang gar nicht mehr freundlich, sondern geradezu schroff. Ich biss mir noch fester auf die Unterlippe, bis ich Blut schmeckte, während ich den Fuß vom Gaspedal nahm und immer langsamer fuhr.

Ich räusperte mich so übertrieben, dass ich selbst zusammenzuckte, und bog auf den Parkplatz ein. Was sollte ich ihm sagen?

Mach schon, Monroe. Denk nach.

Ich hielt an, zog den Schlüssel aus dem Zündschloss und drehte mich zu ihm. Scheiße. Er sah wütend aus.

»Sei nicht sauer.«

Wow. Das war ein toller Anfang.

Sein Blick war ausdruckslos, sein Mund nervös zusammengepresst. »Wir sind bestimmt nicht hier, weil du ins Chuck E. Cheese gehen willst.«

»Nein.«

Nate fuhr sich mit der Hand durch die Haare und sah aus dem Fenster über die Straße zum Kaffeehaus. Die Terrasse davor war voller Leute. Die meisten waren in unserem Alter, ein paar erkannte ich von der Waldparty wieder.

»Ich habe heute Brent getroffen.«

Er sagte nichts, während sein Blick immer noch auf das Kaffeehaus gerichtet war. Meine Haut war klamm von der hohen Luftfeuchtigkeit und ich zitterte. Wie sollte ich das wieder geradebiegen?

»Wir können woanders hinfahren, wenn du willst«, bot ich an.

»Wo hast du Brent gesehen?«

»Oh, auf dem, äh, Markt. Er hat für seine Mom eingekauft

und ich war mit Grandma dort. Er hat mir erzählt, wie toll es hier ist und dass er und die anderen Jungs, mit denen du immer Gitarre gespielt hast, hier sein würden. Ich dachte …«

»Offensichtlich hast du nicht gedacht.«

Nein. Offensichtlich nicht.

Ich seufzte und trommelte mit den Fingern auf das Lenkrad.

»Ich kann dich auch nach Hause fahren«, sagte ich.

»Ich will nicht nach Hause.«

Okay.

»Und wohin soll ich dich dann bringen?«

»Du sollst mich nirgendwohin bringen.«

Nate war richtig angepisst.

Und ich konnte ihm das nicht mal übel nehmen, aber sein abfälliger Tonfall verletzte mich trotzdem.

»Was soll ich dann tun?«

»Ist mir völlig egal«, blaffte er mich an.

»Entschuldige, ich wollte dich nicht wütend machen.«

Seine Miene war immer noch ausdruckslos. »Ich will mit dieser Scheiße nichts zu tun haben.«

»Es tut mir leid …«

»Hör auf, dich dauernd zu entschuldigen. Es tut dir nicht leid. Du verstehst es einfach nicht.«

Er hatte mich getroffen und ich brachte kein Wort mehr heraus. Als ich endlich wieder sprechen konnte, klang meine Stimme zittrig und schwach. »Du bist nicht der Einzige, der Scheiße durchmachen muss.«

Er fuhr sich erneut durch die Haare, seine Augen funkelten wütend. »Hör zu, du hast mich hergebracht, ohne dass ich dich darum gebeten habe. Gott, Monroe, dachtest du wirklich, das sei eine gute Idee? Ich weiß, dass ich nicht der Einzige bin, der durch die Hölle geht. Ich habe gehört, was du neulich gesagt hast. Dein Fehler ist gestorben? Geht es darum? Macht das deine Hölle schlimmer als meine?«

Der Schmerz traf mich mit solcher Wucht, dass ich für einen Moment kaum atmen konnte. Ich sah weg und hoffte, dass ich nicht völlig durchdrehte, während ich mich krampfhaft darum bemühte, das Zittern in meinen Fingern unter Kontrolle zu bringen.

»Ich kann nicht glauben, was du da gerade gesagt hast.« Meine Worte waren kaum mehr als ein Flüstern. Wieso war alles so schiefgelaufen?

Ich starrte lange auf die Straße, ohne zu wissen, was ich tun oder sagen sollte. Nate hatte Recht. Es war meine Schuld. Ich hatte ihn hergebracht. Ich hätte wissen müssen, dass das nicht gut gehen würde, also warum hatte ich es getan? Was war nur los mit mir?

Ich wollte doch nichts mehr fühlen und jetzt war ich so von meinen Emotionen überwältigt, dass ich fast daran erstickte. Es tat so weh.

Ich hatte vergessen, wie weh es tun konnte.

Brent streckte den Kopf aus der Tür zur Terrasse, sah sich um und schaute dann über die Straße direkt zu uns. Er hob eine Hand und winkte, dass wir rüberkommen sollten. Dann verschwand er wieder in der Bar und die meisten Leute auf der Terrasse folgten ihm.

Es war kurz nach neun, also würden sie gleich anfangen.

Ich beobachtete ein Pärchen, das auf dem Fußweg vorbeilief. Er hatte den Arm über ihre Schulter gelegt, lachte, redete, küsste ihren Nacken, während die beiden auf das Kaffeehaus zugingen.

Sie wirkten glücklich. Sorglos.

In diesem Moment erwachte ein neues Gefühl in mir, doch ich brauchte ein paar Sekunden, um zu begreifen, was es war: Eifersucht.

Ich musste wegsehen.

»Ich gehe rein«, sagte ich leise. »Du kannst mitkommen oder im Auto warten. Oder du haust einfach ab. Ist mir egal.«

Aber das stimmte nicht. Es war mir überhaupt nicht egal.

Ich stieg aus, schlug die Tür zu und überquerte die Straße, ohne mich noch einmal umzusehen. Warum auch?

Ich war allein.

Kapitel 18

NATHAN

Ich hockte etwa zwanzig Minuten in Monroes Wagen, wütend auf alles und jeden. Monroe. Brent. Mich. Trevor. Das Kaffeehaus.

Ich sah, wie die Jungs mit ihren Gitarren hineingingen, und es fiel mir schwer, nicht auszusteigen und in die andere Richtung davonzurennen. Ohne Trevor konnte ich keine Musik hören oder fühlen.

Ich konnte es einfach nicht ertragen.

Doch ein anderer Teil von mir hatte es satt, gegen alles anzukämpfen, und dieser Teil trieb mich jetzt an. Ich stieg aus dem Auto und überquerte die Straße.

Als ich an der Terrasse ankam, konnte ich Brent singen hören – oder besser gesagt, wie er zu singen versuchte. Brent war ein guter Backgroundsänger, aber allein konnte er die Stimme nicht gut halten. Er probierte eine besonders schwierige Note – ein hohes C – und ich zuckte zusammen.

»Bitte sag mir, dass du reingehst.« Janelle, eine der Kellnerinnen, wischte den letzten Tisch ab und nickte in Richtung Tür. Seit drin die Musik spielte, war die Terrasse leer.

Ich antwortete ihr nicht, denn ich wusste nicht, ob ich reingehen sollte.

»Mach schon, Süßer«, sagte sie und ging zur Tür. »Trevor würde dich bestimmt auf der Bühne sehen wollen.«

Da war ich mir nicht so sicher. Wenn Trevor jetzt hier wäre, würde er mir wahrscheinlich eher in den Arsch treten. Und ich würde mich nicht wehren.

Janelle verschwand in der Bar, und ich starrte ihr nach, bis alles vor meinen Augen verschwamm. Ich ging einen Schritt auf die Tür zu, mehr schaffte ich nicht. Noch nicht.

Ich ließ mich auf einen Stuhl sinken, legte die Hände auf die Knie und sah auf den Steinboden. Meine Schultern fühlten sich schwer an. Genau wie meine Beine, als steckten meine Stiefel in Zement. Die Luft war feucht, und ich schauderte, als Gelächter aus dem Kaffeehaus drang.

Jemand sagte etwas, vielleicht Brent, aber die Worte waren gedämpft, als würde er unter Wasser reden.

Mit geschlossenen Augen wanderte ich für einen Moment in der Zeit zurück. Zum letzten Sommer als Trevor, Brent und ich jeden zweiten Freitag in diesem Schuppen gewesen waren und Gitarre gespielt hatten, bis uns fast die Finger abfielen. Trevor konnte jeden Song, den wir spielen wollten, auf die Bühne bringen. Und diese Stimme, Mann, wir klangen so gut zusammen. Wenn wir drei uns ganz der Musik hingaben, das Adrenalin durch unsere Venen schoss, die Leute johlten und klatschten, weil sie mehr wollten, dann waren wir im Himmel. Es gab nichts Vergleichbares.

Ich fragte mich, ob Trevor noch irgendetwas hören konnte. Wenn er allein war, unfähig zu sprechen oder zu kommunizieren … hörte er dann etwas? Dachte er an die Vergangenheit? Wunderte er sich, dass er im Krankenhaus lag, gefangen in der Zeit? Gebrochen. Verletzt.

»Oh Gott«, murmelte ich und fuhr mir durch die Haare. Sie waren immer noch feucht vom Duschen. Als ich mich zurücklehnte und in den sternenlosen Himmel hinaufschaute, hörte ich, wie Brent und sein Kumpel einen alten Song von Skynyrd anstimmten.

Meine Finger begannen sich zu bewegen, während Brent den Text laut mitsang. Es klang zwar ein bisschen falsch, aber es hatte etwas, und die Leute stimmten mit ein.

Bevor ich wusste, was ich tat, stand ich auf, überquerte die Terrasse und drückte die Tür auf. Warme Luft stieß mir wie eine Wand entgegen. Das Kaffeehaus war gerammelt voll – es gab nur noch Stehplätze – und obwohl Kerzen auf den Tischen standen, war es dunkel. Dunkel und intim. Genau wie ich es in Erinnerung hatte.

Es war eine tolle Bar. Man fand immer ein verborgenes Plätzchen, wohin man sich mit einem Mädchen zurückziehen und gleichzeitig die Musik genießen konnte.

Ich schloss kurz die Augen. Ich wusste, dass die Kaffeebar zu meiner Linken lag. Ich wusste, dass über der Tür, die zur Küche führte, ein künstlicher sprechender Papagei hing, der immer irgendeine fiese Antwort gab, wenn man ihn etwas fragte. Ich wusste, dass Mr J in der Küche war, dass seine Frau Macy die Getränke servierte und ihre Tochter Kristy ihnen aushalf.

Jedes Mal, wenn ich zur Kaffeebar hinüberging, versuchte Kristy, mir ihre Telefonnummer zuzustecken, und ihre Mutter runzelte die Stirn, tat aber dabei so, als hätte sie nichts gesehen.

Alles hier drin war mir vertraut. Die Geräusche. Die Gerüche. Zimt. Schokolade. Die gedämpften Stimmen, die Musik. Wie der Boden vibrierte.

Nichts hatte sich verändert. Doch als Brent mit leicht kratzender Stimme einen Song von den Foo Fighters zu spielen begann, hatte ich das Gefühl, vom Gewicht meiner eigenen Welt erdrückt zu werden. Das Gewicht meiner Existenz wog zu schwer. Das Gewicht meiner *Veränderung.*

Jemand rempelte mich an, aber ich ging weiter, drängte mich am Rand entlang durch die Menge. Ein paar Mädchen winkten, und ich nickte ihnen zu, blieb aber nicht stehen, um mich mit ihnen zu unterhalten. Ich sah mich suchend nach Monroe um und entdeckte sie schließlich in der Nähe der Bühne.

Sie saß an einem Tisch genau vor Brent. Und sie war allein.

Brent grinste, als er mich sah, und das Gewicht auf meinen Schultern ließ ein wenig nach, doch als Monroe seinem Blick folgte, erstarrte ich innerlich.

Ihre großen, ausdrucksvollen Augen zuckten mit keiner Wimper, als ich weiter auf sie zuging. Plötzlich griff jemand nach meinem Arm und ich blickte irritiert zur Seite. Es war Rachel.

»Hey, Nate«, sagte sie mit glasigem Blick und schiefem Lächeln. »Komm, setz dich zu mir.«

Sie war eindeutig high.

»Auf keinen Fall, Rachel.«

Sie verengte die Augen und sah an mir vorbei zu Monroe. »Also das ist sie? Die Kleine, die du zum Fest mitgenommen hast?« Ihre Stimme zitterte ein wenig und ich fühlte mich schlecht. Einige Leute sahen in unsere Richtung und stießen sich mit den Ellbogen an, als warteten sie darauf, was als Nächstes passierte. Rachel hatte es noch nie gestört, mir in aller Öffentlichkeit eine Szene zu machen. Sie mochte es, wenn alle zusahen.

»Rachel«, stöhnte ich, denn ich war überhaupt nicht in der Stimmung, mich zu streiten.

»Sie ist hübsch«, sagte Rachel. »Echt hübsch.«

Überrascht sah ich sie an. Ihr wirrer Blick deutete darauf hin, dass sie mehr als high war. »Geht es dir gut?« Es spielte keine Rolle, dass wir nicht mehr zusammen waren, sie würde immer meine erste Freundin bleiben, und ich machte mir Sorgen um sie.

»Nein, aber sobald Brad Lawson mich hier rausholt, werde ich fliegen.«

Brad Lawson. Diesmal war ich nicht überrascht. Es gab eine Zeit, da hätte es mich wahnsinnig gemacht, sie mir mit diesem Warmduscher vorzustellen, aber jetzt ... jetzt wollte ich sie nur in guten Händen wissen und sie sollte mich nicht hassen.

»Tut mir leid, Rachel. Ich wollte dich nicht verletzen, ich wollte nur ...«

»Und das war's dann?«, fragte sie. »Es ist wirklich aus zwischen uns?«

»Es lief schon lange nicht mehr gut«, erwiderte ich.

»Ich weiß«, sagte sie. »Ich weiß. Aber ich fühle mich nicht gerade besser, wenn ich dich hier mit ihr sehe.«

Wir starrten uns lange an, dann umarmte sie mich und flüsterte mir ins Ohr: »Ich vermisse dich. Bitte versprich mir, dass wir wenigstens Freunde bleiben.« Sie ließ mich los und sah zu mir auf. »Niemand kennt mich so wie du, Nathan. Und ich ... ich möchte nicht, dass wir uns in Zukunft wie Fremde begegnen. Das wäre einfach falsch.« Sie seufzte. »Es wäre absolut falsch. Nach allem. Nach Trevor.«

»Ich weiß.«

Dann zerrte ihre Freundin Gia sie am Arm von mir weg.

Ich drehte mich um und drängte mich weiter durch die Menge bis zu Monroe.

»Tut mir leid«, sagte ich, doch sie wandte den Blick von mir ab. Wie ich das hasste. Und wieder einmal dachte ich, ich hätte alles vermasselt. Dass mein Bedürfnis, andere zu verletzen, alles ruiniert hätte, was auch immer zwischen uns gewesen war.

Brent und sein Kumpel begannen, irgendeinen Hillbilly-Mist zu spielen, auf den Trevor total abgefahren wäre. Ich entspannte mich ein wenig und schaffte es sogar, mich hinzusetzen und ihnen zuzusehen.

Link, der Schlagzeuger unserer Band, saß einen Tisch weiter mit einer Rothaarigen im Arm und grinste. Ich nickte ihm zu, richtete meine Aufmerksamkeit aber gleich wieder auf die Bühne.

Monroe und ich wechselten weder ein Wort noch einen

Blick, aber als ich ihre Hand in meine nahm, zog sie sie nicht weg. Ihre Finger waren kühl, und es gefiel mir, wie sie in meine Hand passten. Ich fühlte mich, als hätte ich gerade einen Krieg gewonnen – oder etwas in der Art.

Brent spielte noch etwa zwanzig Minuten mit strahlenden Augen weiter, während die Mädchen ganz vorn alles mitsangen, was aus seinem Mund kam. Der zweite Sänger, ein Kumpel von Brent, der aus einem Nachbarort kam und den ich nur flüchtig kannte, war ziemlich gut. Am Ende ihres Auftritts hatte ich mich völlig entspannt. Lag es an der Musik? Vielleicht. Wahrscheinlich hatte es aber eher etwas damit zu tun, dass ich immer noch Monroes Hand hielt und ihr nackter Oberschenkel mein Bein berührte.

Brent schlug einen letzten Akkord an, dann beugte er sich zu seinem Kumpel und flüsterte ihm etwas zu. Der Typ rutschte von seinem Stuhl, sprang von der Bühne und hielt mir seine Gitarre hin.

»Hey, Leute, macht doch mal ordentlich Lärm, damit Everets seinen Hintern hier raufbewegt und für uns spielt.« Brent war aufgestanden, klatschte in die Hände und gab der Menge hinter mir Zeichen.

Sein Kumpel grinste. »Alter, du solltest da raufgehen.«

Monroe stieß mich mit dem Bein an. »Ich würde dich gern spielen hören«, flüsterte sie.

Mein Blick wanderte von ihren hellen Augen zu ihren schimmernden Lippen, die so verdammt zum Küssen einluden, dass es schon fast verboten war. Ich dachte an die letzte Woche. Ich dachte an unseren Kuss.

Und ich dachte daran, was sie gesagt hatte.

Ich sprang auf und schnappte mir die Gitarre, aber bevor ich zu Brent auf die Bühne ging, beugte ich mich noch einmal zu Monroe hinunter. »Ich werde für dich spielen, Monroe. Aber denk dran, was meine Belohnung dafür ist.«

Sie zitterte leicht, ich schob eine Haarsträhne hinter ihr Ohr und richtete mich wieder auf. Das Gewicht auf meinen Schultern war fast verschwunden. Und sie war der Grund dafür. Ich wusste, dass alle Erinnerungen zurückkommen würden, mit aller Kraft. Aber heute Abend war ich bereit, mich darauf einzulassen.

Ich war bereit herauszufinden, wohin es mich bringen würde.

»Wie?«, sagte sie. »Welche Belohnung?«

Ich grinste breit und lachte, während jemand einen bewundernden Pfiff ausstieß.

»Ich spiele für dich und als Gegenleistung bekomme ich einen Kuss von dir.«

»Einen Kuss?«

»Ja, den, den du mir versprochen hast. Heute Abend hole ich ihn mir.«

Kapitel 19

Monroe

Ich hätte Nathan die ganze Nacht beim Gitarrespielen und Singen zusehen können. Er war so gut. Nein. Er war besser als gut. Er war charismatisch und sexy und talentiert und …

Ich schauderte allein bei dem Gedanken daran, wie er sich beim Singen ganz nah zum Mikrofon gebeugt und die Gitarre sanft in den Händen gewiegt hatte, während er den Blick nicht von mir abwandte. Nicht ein Mal.

Ich war völlig gefesselt gewesen, und mir schwirrte immer noch der Kopf von dem Rausch, in den ich beim Zuhören gefallen war, und von den Worten, die er vorher zu mir gesagt hatte.

Es war kurz nach elf, als wir wieder bei Nate ankamen. Die Nacht war ziemlich dunkel, weder Mond noch Sterne waren am Himmel zu sehen. Ich hielt hinter dem Wagen seines Vaters und versuchte, den Kloß in meinem Hals hinunterzuschlucken, der so groß wie ein Golfball war. Dabei wollte ich doch so tun, als sei alles cool. Obwohl das natürlich nicht stimmte.

Diese Situation war das absolute Gegenteil von cool. Sie war beängstigend. Und aufregend.

Ich atmete aus und wischte meine feuchten Hände so unauffällig wie möglich an meinem Kleid ab.

Nate hatte noch keine Anstalten gemacht, sich seine *Belohnung* abzuholen, und ich war ziemlich sicher, dass es jetzt so weit war.

Ich drehte mich zur Seite und sah zu seinem Haus hinüber. Alles war dunkel. Seine Eltern waren entweder ausgegangen oder schon im Bett. So oder so, es fühlte sich an, als wären wir ganz allein und meilenweit niemand in der Nähe.

»Willst du das Ding irgendwann mal ausmachen?«

»Was?« Beim Klang seiner Stimme zuckte ich zusammen. Das schwache Licht des Armaturenbretts beleuchtete sein Gesicht – sein markantes Kinn, die hohen Wangenknochen und die Lippen, die sofort wieder Erinnerungen in mir wachriefen.

Ich dachte an den Kuss. Und wie sich sein Körper angefühlt hatte, als wir uns im Wasser ganz nah waren. Mit seinen langen Haaren und dem Dreitagebart wirkte er verrucht. Er war so unglaublich.

Doch obwohl er mir perfekt vorkam, wusste ich, dass er genauso wenig perfekt war wie ich.

Wir waren auf eine Art verletzt, die nicht viele Leute verstehen konnten.

Und zum ersten Mal, seit mir all die schrecklichen Dinge passiert waren, fühlte ich mich nicht mehr so allein. Ich fühlte mich nicht wie eine Außenseiterin, der es nur noch dreckig ging und die mit niemandem reden konnte. Die an sich zweifelte und sich versteckte.

Ich fühlte mich beinahe … normal.

Ich fühlte mich wie ein Mädchen, das mit einem Jungen in einem Auto saß. Mit einem Jungen, den es mochte.

Ich stellte den Motor ab und lehnte mich in meinem Sitz zurück. Ich wusste wieder einmal nicht, was ich tun oder sagen sollte. Zum ersten Mal traf mich meine gewaltige Unerfahrenheit mitten ins Gesicht.

Ich wette, Rachel wüsste, was der nächste Schritt wäre.

Ich hatte gesehen, wie sie sich Nate im Kaffeehaus geschnappt hatte. Er hatte sie mir gar nicht erst vorstellen müssen. Ich wusste sofort, dass sie seine Exfreundin war. Sie betrachtete Nate, als sei er ein leckeres Stück Schokolade – von der sie bereits genascht hatte. Und als sie in meine Richtung geschaut hatte, hätte ich schwören können, dass sie ihn immer noch wollte.

Sie sah genauso aus, wie ich sie mir immer vorgestellt hatte. Sonnengebräunt. Blond. Und umwerfend. Sie erfüllte alle Männerfantasien und trotzdem war Nate hier bei mir.

»Danke«, sagte Nate plötzlich.

»Wofür?«

»Ich war heute ein totales Arschloch. Danke, dass du nicht abgehauen bist.«

Im Radio lief leise ein alter Song von The Fray und für eine Weile hörten wir einfach zu. Nate klopfte im Takt mit den Fingern auf seinen Knien, während er die Melodie mitsummte.

»Wenn es um Musik geht, ist Trevor ein Weichei.«

Ich ließ den Kopf an den Sitz gelehnt und wandte mich Nate langsam zu. »Was meinst du damit?«

»The Fray. Eine gute Band. Solide Texte und viel Melodie, aber kaum Gitarren und Schlagzeug. Ich mag starke Gitarrensounds und laute, aggressive Drums. Five Finger Death Punch ist eher mein Ding.« Nate schüttelte den Kopf. Er schien mit den Gedanken ganz woanders zu sein, denn sein Blick ging ins Leere. »Aber Trevor steht total auf The Fray. Er war ein Ass, was Melodien angeht. Deshalb konnten wir auch so gut zusammenarbeiten. Es hat einfach alles gepasst. Mir waren vor allem die Techniken, Akkorde und schnelle Riffs wichtig, aber er behielt das große Ganze im Blick, bügelte Ecken und Kanten aus, ließ alles stimmiger klingen. Mann, wir haben echt ein paar gute Songs geschrieben.«

Das überraschte mich. Ich richtete mich auf. »Ihr habt eigene Stücke geschrieben?«

Vorhin im Kaffeehaus hatte Nate ein paar bekannte Songs mit Brent gespielt und dabei beeindruckend unter Beweis gestellt, wie gut er Gitarre spielen und singen konnte. Die Mädchen im Zuschauerraum waren völlig ausgerastet. Er hatte etwas ganz Besonderes. Als er sich nach ein paar Songs ganz der Musik hingab, war ich wie gebannt gewesen. Er hatte mir das Gefühl gegeben, ich sei das einzige Mädchen in der Bar – und ich war mir ziemlich sicher, dass jedes andere Mädchen dasselbe empfunden hatte. Wenn er mich so ansah, kam es mir vor, als würde er etwas in meinem Inneren berühren, etwas zum Leben erwecken.

Und ich wollte berührt werden. Ich wollte fühlen. Und vielleicht auch vergessen.

»Ja«, sagte er leise und holte mich aus meinen Gedanken zurück. »Wir haben viele Songs geschrieben. Manche waren großer Mist, aber andere waren richtig gut. Diesen Sommer wollten wir ein paar Tracks aufnehmen, sie vielleicht auf YouTube hochladen oder so …«

Nate seufzte und ich spürte seinen Schmerz. Es versetzte mir einen Stich, denn ich kannte dieses Gefühl nur zu gut.

»Wir hatten große Pläne. Wir hatten sogar überlegt, nach dem Abschluss zusammen nach LA oder New York zu ziehen. Und jetzt …«

Er schauderte und fuhr sich mit den Händen über die Oberschenkel. Vor und zurück. Immer wieder. »Scheiße«, murmelte er. »Wie bin ich nur hier gelandet?«

Für einen Moment geriet ich in Panik. »Hier mit mir?«

»Nein«, sagte er. »Einfach hier … auf einem Weg, den ich nicht wiedererkenne. Einen Weg, den ich nie hätte einschlagen dürfen. Trevor müsste bei mir sein. Es waren immer wir gegen den Rest der Welt. Wir und unsere Musik.«

»Nate, du darfst deine Träume nicht aufgeben. Du weißt nicht, was passieren wird. Niemand weiß das. Trevor könnte morgen aufwachen.« Aber ich wusste, dass die Wahrscheinlichkeit nicht sehr hoch war. Ich hatte Grandma gestern mit einer Freundin sprechen hören und dabei Worte wie *Sepsis, Hirnschaden, Infektionsgefahr* aufgeschnappt.

»Es spielt keine Rolle, was ich sage oder denke, Monroe. Es gibt nur die Realität. Und die Realität ist, dass Trevor meinetwegen im Krankenhaus liegt. Vielleicht wacht er niemals auf und das nur *wegen mir*. Oder er wacht irgendwann auf und behält so schwere Schäden zurück, dass er sich vielleicht wünscht, er wäre gestorben. Das ist so scheiße, und ich kann nichts daran ändern, egal wie sehr ich es mir wünsche.« Er wischte sich wütend über die Augen und strich sich das Haar aus dem Gesicht. »Es ist nicht fair. Es ist nicht fair, weil ich – ganz im Gegensatz zu ihm – in einer heißen Sommernacht mit einem wunderschönen Mädchen in einem Auto sitzen kann. Ich rieche ihr Shampoo und stelle mir vor, wie es sich anfühlen würde, sie im Arm zu halten. Ich fühle Dinge, die ich nicht fühlen sollte, weil ich es nicht verdient habe.« Er fluchte wieder. »Und was das Ganze noch schlimmer macht … ich *möchte* hier mit dir sein. Aber dadurch fühle ich mich noch schlechter. Ich fühle mich schuldig. Und ich fühle …«

Er sah mich mit feuchten Augen an und mein Herz schmolz noch mehr dahin. Ich löste den Sicherheitsgurt und rutschte näher zu ihm heran, ohne den Blick abzuwenden. Ich hatte das Gefühl, mein Herz würde gleich aus meiner Brust springen. Es dröhnte in meinen Ohren, schlug schnell und kräftig und …

Lebendig.

Ich streckte den Arm nach ihm aus und legte die Hand auf seine Wange. Mein Herzschlag setzte kurz aus, als er sich zu mir beugte. Er schloss die Augen, und ich wischte sanft die Träne weg, die einsam über seine Wange lief.

»Was fühlst du?«, fragte ich so leise, dass ich mich selbst

kaum hören konnte und zuerst dachte, die Worte würden nur in meinem Kopf widerhallen.

Seine Hände wanderten in meine Haare. Ich konnte mich nicht rühren, selbst wenn ich es gewollt hätte. Alles um mich herum verschwamm …

Als ich wieder scharf sehen konnte, blickte ich direkt in seine Augen. Ich sah den Schmerz, der darin lag. Den Kummer und die Sorgen. Aber ich sah auch etwas anderes.

»Weißt du das nicht?«, sagte er mit heiserer Stimme.

Ich starrte so lange in seine Augen, bis mir schummrig wurde. Seine Hände hielten meinen Kopf, spielten mit meinem Haar und zogen mich noch näher. Ich roch Minzkaugummi und einen anderen, dezenten und angenehmen Duft. Die Luft im Auto war stickig und seine Körperwärme ließ die Temperatur noch steigen. Mein Kleid klebte an meiner Haut, meine Wangen glühten.

Er legte seine Stirn an meine und atmete so tief ein, dass ich es spüren konnte. Jeder Zentimeter meines Körpers fühlte sich an, als würde er brennen. Ich bebte vor Verlangen und Schmerz.

Ich war völlig wehrlos, meine Arme und Beine waren unter seinen Berührungen wie zu Gummi geworden, und ich befürchtete, nach vorn zu kippen, wenn er mich loslassen würde.

Meine Hände glitten über seine Brust. Ich spürte seinen Herzschlag und die Hitze seines Körpers durch das T-Shirt, und er stöhnte leicht, als ich sie weiter nach oben wandern ließ, bis meine Arme um seinen Hals lagen. Ich konnte an nichts anderes denken, als ihm so nah wie möglich zu sein. Ich schob die Hüfte vor, und er rutschte zu mir, bis ich auf seinem Schoß saß.

»Gott, Monroe. Das ist so falsch.«

Das war überhaupt nicht falsch. Es war absolut richtig.

Ich musste schon wieder diesen verdammten Kloß im Hals hinunterschlucken, bevor ich mit rauer Stimme fragte: »Warum?«

»Weil es falsch ist, solche Gefühle für dich zu empfinden, während Trevor …«

»Hör auf«, sagte ich laut und verpasste ihm einen leichten Stoß gegen die Brust, dann noch einen, bis er gezwungen war, mir wieder in die Augen zu sehen. »Was passiert ist, ist passiert. Du kannst es nicht ändern, Nate. Irgendwann musst du dir selbst vergeben und einfach … weiterleben.«

Heilige Scheiße. Wenn mein Therapeut mich jetzt hören könnte, würde er vor Begeisterung bis zum Mond springen.

»Und was ist mit dir, Monroe? Hast du dir vergeben?«

Für einen Moment herrschte Stille, nur das Rauschen unter der Kühlerhaube und unsere schnellen Atemzüge waren zu hören. Bilder, an die ich nie wieder denken wollte, blitzten vor meinem inneren Auge auf, und ich schüttelte heftig den Kopf.

»Ich möchte nicht über Malcom reden.«

Er sagte nichts, atmete nur aus, und ich spürte, wie er sich mir entzog, aber ich brauchte mehr. *Er* brauchte mehr.

»Ich habe mir nicht vergeben. Ich glaube auch nicht, dass ich das jemals kann, aber …« Ich hielt inne, denn die enorme

Tragweite dieser Worte überwältigte mich. Sie engten mich ein, und es fiel mir schwer, zu atmen oder zu sprechen. Als ich wieder reden konnte, war es kaum ein Flüstern. »Aber nun habe ich gelernt weiterzuleben und das ist ein Anfang.«

»Es ist so schwer«, sagte er mit verschleiertem Blick, der auf meinen Lippen ruhte.

Ich umfasste seinen Nacken und spürte seine Finger in meinem Haar, als ich mich vorbeugte. »Ich weiß«, hauchte ich, mein Mund ganz nah an seinem.

Unsere Nasen berührten sich, mir stockte erneut der Atem. Ich seufzte oder schluchzte. Ich weiß es nicht. Ich konnte es nicht hören. Außer ihm nahm ich nichts mehr wahr.

Als er schließlich seine Lippen sanft auf meine drückte, blieb die Welt um uns herum stehen.

Es gab nichts mehr außer Nathan und diese schwüle Nacht in Louisiana. Ich spürte nur noch den Wunsch, mit jemandem so eng verbunden zu sein, dass sich das Bedürfnis in jede Faser meines Körpers ausbreitete.

Sein Mund war warm, seine Lippen fest. Nates Geruch, seine Haare zwischen meinen Fingern, seine starke Brust und seine Beine an meinem Körper – das alles rauschte durch mich hindurch.

Und, mein Gott, wie er küssen konnte.

Ich öffnete die Lippen, und er seufzte in mich hinein, bewegte sich wieder, bis ich breitbeinig auf ihm saß. Ich ließ seine Küsse zu, mit all dem heftigen Verlangen und dem Kummer in seinem Inneren. Ich wusste nicht, wie lange wir so dasaßen – auf jeder Ebene verbunden, einander berührend, einander schmeckend –, und als er sich losriss, seufzte ich wieder leise.

»Nicht aufhören«, presste ich mit erstickter Stimme hervor und strich mit der Hand über sein Kinn.

»Monroe, wenn ich nicht aufhöre …«, sagte er heiser. »Wenn wir nicht …« Ein gequälter Ausdruck überzog sein Gesicht und plötzlich wurden mir ein paar Dinge bewusst: Mein Kleid war bis zur Hüfte hochgerutscht, sodass meine rosa Unterwäsche zu sehen war. Seine Hand lag tief in meinem Rücken und hielt mich fest.

Hielt mich an sich gepresst.

An ihn.

»Mist«, sagte ich und versuchte, mich wie verrückt aus seiner Umarmung zu winden. Doch als ich sein Gesicht sah, wusste ich, dass ich alles nur noch schlimmer gemacht hatte. »Entschuldige.«

Ich kniete mich auf den Sitz neben ihn und biss mir auf die Unterlippe. Er legte die Arme um mich und zog mich wieder an seinen warmen Körper.

»Ich brauche nur eine Minute.«

»Okay.«

Ich auch.

Heilige Scheiße, ich auch.

Natürlich dauerte es länger als eine Minute, bis wir uns etwas beruhigt hatten. Erst dann realisierte ich, dass es fast Mitternacht war und Grandma bestimmt schon auf mich wartete.

»Ich muss los.«

»Ich weiß.« Er küsste mich auf die Stirn und lächelte. »Nur noch eine Minute.«

»Wirklich nur eine?«, stichelte ich.

»Ich würde mir mehr Zeit nehmen, aber ich möchte es mir nicht mit deiner Grandma verscherzen.«

Ich kicherte und kuschelte mich an ihn. »Sie mag dich. Ich glaube nicht, dass du dir Sorgen machen musst.«

»Gut zu wissen.«

Ich lächelte bei seinem unbekümmerten Tonfall.

»Und Monroe?«

Ich hob den Kopf. »Ja?«

»Eigentlich war das noch nicht der Kuss, den ich einfordern wollte.«

Mein Lächeln wurde breiter. »War es nicht?«

Er schüttelte den Kopf. »Nein. Die Regeln besagen, dass man seinen Anspruch erst geltend machen muss, bevor man sich die Belohnung abholt. Und ich habe meinen Anspruch noch nicht geltend gemacht.«

Ich mochte diese Seite an ihm. Die freche Seite. Die neckende Seite. Und ich mochte die Gefühle, die er damit bei mir auslöste. Ich grinste. »Also schulde ich dir mindestens einen weiteren Kuss.«

Es entstand eine Pause. Mein Herzschlag beschleunigte sich.

»Mindestens.«

Kapitel 20

Nathan

»Also, wie es die Regeln verlangen, möchte ich heute meinen Anspruch geltend machen.«

Es war Sonntagabend und schon etwas spät, aber ich konnte einfach nicht anders. Ich musste ihre Stimme hören und ich musste sie unbedingt sehen.

Ich hatte den ganzen Tag bei meiner Tante und meinem Onkel verbracht. Familientreffen: ein Haufen Cousins und Cousinen um mich herum, die mir entweder zu jung und zu nervig oder zu alt und zu nervig waren. Also war ich die meiste Zeit allein geblieben.

Meine Familie dachte, ich würde grübeln – wäre niedergeschlagen wegen meiner Situation –, und ich hatte nichts dagegen. Solange ich sie in dem Glauben ließ, versuchten sie wenigstens nicht, mit mir zu reden, und ich konnte mit meinen Gedanken für mich bleiben. Gedanken und Gefühle, die von nicht ganz jugendfrei über Wut bis hin zu Verwirrung reichten.

Und alles nur wegen Monroe.

Ich dachte daran, wie herrlich es sich angefühlt hatte, sie im Arm zu halten, und dass ich mehr wollte, als sie nur zu küssen. Ich dachte an ihr Lachen und dass dadurch alles leichter wurde, insbesondere die Leere, die immer noch schwer auf mir lastete.

Und ich dachte an Malcolm.

Wer war er? Ein Kumpel? Ihr Freund?

Ich wollte, dass sie ihr Geheimnis mit mir teilt. Ich wollte, dass sie mir genug vertraut, um es mir zu erzählen. Aber Monroe würde erst damit herausrücken, wenn sie bereit dazu war. Und vielleicht wäre sie nie dazu bereit.

»Und wann genau möchtest du dir deine Belohnung abholen?«

Monroes Stimme riss mich aus meinen Gedanken und ich grinste. »Heute Abend.«

»Heute Abend? Aber es ist fast Mitternacht und ich bin schon im Bett.«

»Wirklich?«, sagte ich und mein Grinsen wurde noch breiter. Gut, dass sie es nicht sehen konnte. »Und was hat Monroe Blackwell im Bett so an?«

Sie kicherte, ein leiser, mädchenhafter Laut, der meinen Magen vor Erwartung kribbeln ließ.

»Das wirst du wohl nie erfahren.«

Ich nahm meinen Rucksack vom Bett. »Wette lieber nicht darauf. Wir sehen uns gleich.«

»Was meinst du damit?«

»Lass dich überraschen«, antwortete ich und legte einfach auf. Ich steckte das Handy ein und verließ mein Zimmer.

Das Haus war dunkel – meine Eltern waren, nachdem wir von meinem Onkel und meiner Tante zurückgekommen waren, gleich schlafen gegangen – und ich schlich zur Tür.

Mom und Dad waren nie sehr streng mit mir gewesen. Sie hatten noch nie eine Ausgangssperre verhängt, aber in Anbetracht der Ereignisse der vergangenen Monate war ich ziemlich sicher, dass sie es nicht gutgeheißen hätten, dass ich mich um Mitternacht aus dem Haus stahl.

Ich durfte immer noch nicht Auto fahren – mein Führerschein war bis zum Herbst eingezogen worden –, aber das hieß natürlich nicht, dass ich kein Fahrrad benutzen durfte. Ich setzte den Rucksack auf, stieg auf Dads Rad und fuhr in Richtung Oak-Run-Plantage.

Der Himmel war klar, und meine Augen gewöhnten sich schnell an die Dunkelheit, sodass ich der Straße problemlos folgen konnte.

Würde ihr gefallen, was ich vorhatte? Oder würde sie es für eine dumme Idee halten? Es kitschig finden? Ich dachte daran, wie eng verbunden wir uns vorgestern Abend gefühlt hatten, also musste ich einfach darauf vertrauen, dass sie einwilligte. Ich musste darauf vertrauen, dass sie es verstehen würde, denn wenn nicht, stand ich wie ein totaler Loser da. Ich war bereit, mich zum absoluten Trottel zu machen, und das bedeutete *wirklich* etwas. Aber noch versuchte ich, den Gedanken zu verdrängen.

Kurz darauf fuhr ich die stille Zufahrt hinauf. Ein schwaches Licht fiel aus dem Herrenhaus, doch Mrs Blackwells Häuschen war dunkel.

Die Nacht war spannungsgeladen. Ich hörte die Grillen zirpen, den traurigen Ruf einer Eule ganz in der Nähe, und in der schwülen, feuchten Luft hing der Duft der Heckenkirsche vermischt mit dem vieler anderer Pflanzen, die in Mrs Blackwells Garten wuchsen.

Ich sprang vom Rad und lehnte es gegen die Veranda. Als ich die erste Stufe hinaufstieg, erstarrte ich.

Mein Herz begann wie eine Basstrommel zu schlagen – schnell und kräftig. Wie schaffte es dieses Mädchen nur, mich jedes Mal aus der Fassung zu bringen?

Sie lehnte am Geländer, ihr Gesicht war im Schatten verborgen und ihre Haare fielen wie lange Finger aus schwarzer Tinte über ihr weißes T-Shirt. Dazu trug sie eine abgeschnittene Jeans und Turnschuhe.

»Hey«, sagte sie mit diesem rauen Ton in der Stimme, den ich so mochte.

Ich nahm zwei weitere Stufen, bis mein Kopf auf ihrer Höhe war. Aus der Nähe konnte ich endlich ihre Gesichtszüge erkennen, die Sterne spiegelten sich in ihren Augen, ihre Lippen glänzten, als hätte sie gerade darüber geleckt.

Ich konnte mich nicht zurückhalten, beugte mich vor und küsste sie sanft auf den Mund. Aber nur kurz, denn wir mussten uns beeilen.

»Bist du bereit?« Ich griff nach ihrer Hand und zog sie hinter mir her die Treppe hinunter.

»Wofür?«, fragte sie atemlos.

Ich antwortete nicht. Ich führte sie um das Haus herum und auf das Heckenlabyrinth zu. Die Hecken waren frisch geschnitten – das hatte ich letzte Woche erledigt – und ich kannte den Weg hindurch.

Erst als wir in der Mitte des Labyrinths angekommen

waren, blieb ich stehen, sah zum Himmel hinauf und nickte. Dann ließ ich Monroes Hand los und setzte den Rucksack auf dem Boden ab.

»Nate, was …«

»Warte einen Moment«, sagte ich. Ich musste sie einfach in den Arm nehmen und küssen. Es dauerte nur ein paar Sekunden, und es kostete mich große Überwindung, mich wieder von ihr zu lösen.

Ich zog eine abgenutzte Decke aus dem Rucksack und breitete sie im Gras aus. Dann bedeutete ich Monroe, sich hinzulegen.

Sie hob eine ihrer schmalen Augenbrauen, lächelte aber, zog die Schuhe aus und setzte sich auf die Knie. Als ich mich auch hinsetzte, rutschte sie ein Stück zur Seite.

»Wird das ein Mitternachtspicknick?«, fragte sie und stieß mich mit dem Ellbogen an.

Ich schüttelte den Kopf.

»Nein?« Sie grinste. »Grandma hätte aber bestimmt etwas dagegen, wenn wir beide hier draußen übernachten.«

»Ich entführe dich nur für ein paar Stunden.«

»Ein paar Stunden?«, wiederholte sie.

Verdammt, wie gern ich sie lächeln sah. Ich fühlte mich wie ein König dabei. Ich legte mich hin, und sie starrte mit unlesbarer Miene auf mich herunter, aber ich hätte schwören können, dass sie nervös war.

»Ich werde dich schon nicht beißen.«

»Ich weiß«, sagte sie schnell. »Du wirst mich küssen.«

»Yap, das werde ich.« Ich streckte die Hände aus, griff

nach ihren Armen und zog sie zu mir herunter, bis sie über meine Brust gebeugt war. Ihr Haar fiel offen herab, verdeckte halb ihr Gesicht und kitzelte mich an der Nase. Ihr Geruch hüllte mich ein, kroch in mich hinein, als wäre er lebendig. Als würde er mich lebendig machen.

Sie war so warm, so weich, und mit einem Seufzer drückte ich sie nach hinten, bis sie in meinem Arm neben mir lag.

Sie atmete schnell, kleine Dunstwölkchen hingen in der Luft und verschwanden dann wie Glühwürmchen über den Hecken.

»Was machen wir hier draußen, Nate?«

»Wart's ab. Du wirst schon sehen.«

»Was sehen?«

Ich zeigte zum Himmel und drehte den Kopf zur Seite, damit ich sehen konnte, wie ihr Blick meinem Finger folgte. Ich hatte den Beginn des Meteoritenschwarms schon ausgemacht, während ich wie ein Verrückter hierher geradelt war, doch den Online-Berichten zufolge, würde die richtige Show erst jetzt beginnen.

Etwa zehn Minuten lagen wir einfach nur da. Ihr Körper nah an meinem. Ihr Atem ließ mich fast schweben. Die leisen Töne aus ihrem Mund faszinierten mich. Dieses Mädchen hatte seinen eigenen Rhythmus, seinen eigenen Daseinszustand, und das machte süchtig. Ich hätte die ganze Nacht damit verbringen können, sie nur anzusehen.

Als sich Monroes Augen schließlich weiteten und ihr Lächeln immer breiter wurde, wusste ich, dass die ersten Sternschnuppen fielen.

Erst jetzt wandte ich den Blick von ihr ab und sah auch zum Himmel hinauf.

»Heilige Scheiße«, stieß sie hervor. »Was ist das?«

»Ein Meteoritenschauer«, antwortete ich, während die Sternschnuppen über den Himmel jagten. Es war schon ein paar Jahre her, dass ich dieses Spektakel das letzte Mal beobachtet hatte. Trevor, einige Jungs aus dem Footballteam und ich waren mit ein paar Sixpack Bier nach Baker's Landing gefahren und die Nacht über dort geblieben. Wir hatten uns die Kante gegeben und in den Himmel gestarrt.

Es war ziemlich cool gewesen, aber überhaupt nicht vergleichbar mit heute Nacht. Hier draußen unter dem endlosen Himmel mit Monroe in meinen Armen zu liegen, als würde sie zu mir gehören, war mit nichts vergleichbar.

Es kam mir vor, als hätten wir Stunden dort verbracht und der Lichterschau zugesehen. Als der Tau fiel und Monroe zu zittern begann, zog ich die Decke um uns wie einen Kokon. Ich fühlte mich … befreit und am liebsten wäre ich für immer dort geblieben.

»Es ist wunderschön«, murmelte sie. »Aber ich bin keine große Wissenschaftsleuchte, ich hab keine Ahnung, warum das passiert oder was ich da eigentlich sehe.«

»Es ist das Schwanzende eines Kometen, der nah an der Sonne vorbeikommt. Er verliert Gesteinsbrocken, die in unsere Atmosphäre eintreten und …«, ich nickte zum Himmel hinauf, »das ist das Ergebnis.«

»Unglaublich«, flüsterte sie.

»Ja.«

Ich starrte weiter in den Himmel und kam mir plötzlich ganz klein vor. Ich fühlte mich so klein unter seiner Weite und ich fragte mich … »Glaubst du, dass dort draußen etwas ist?«

»Was meinst du?«, fragte Monroe.

Bescheuert. Warum zum Teufel ritt ich mich immer wieder in die Scheiße?

»Nichts. Vergiss es.«

Sie drehte sich ein wenig und lockerte die Decke so weit, dass sie mich ansehen konnte. »Meinst du Gott?«

Ich zuckte die Schultern, ohne zu antworteten. Die Leichtigkeit war plötzlich verschwunden, und ich ärgerte mich, weil das allein meine Schuld war.

»Also, ich glaube schon, dass dort etwas ist«, sagte Monroe und nickte. Ihre hellen Augen schimmerten, als wären sie voller Sterne. Sie seufzte tief und versuchte zu lächeln, aber das gelang ihr nicht wirklich. Sie sah so traurig aus, so … zerbrochen.

»Ich dachte immer, da sei nichts. Es gäbe niemanden da draußen. Keinen Gott.« Sie kniff die Augen zu. »Einfach nichts. Aber irgendwann wurde mir etwas bewusst: Wenn man an nichts mehr glaubt, was macht das Leben dann noch für einen Sinn? Was macht es dann für einen Sinn, zu atmen, Wasserschlachten oder Sommerpicknicks zu veranstalten? Was macht es dann für einen Sinn … zu lieben?«

Ich wusste nicht, was ich dazu sagen sollte, also schwieg ich lieber. Ich strich ihr über das Haar und sie entspannte sich wieder.

»Es muss etwas dort draußen geben, irgendeine höhere Macht, denkst du nicht?«

»Doch, das denke ich auch«, antwortete ich. Meine Familie war nicht besonders religiös, und ich konnte mich nicht daran erinnern, wann wir das letzte Mal in der Kirche gewesen waren. Über diesen Kram dachte ich nicht gerade viel nach, also warum hatte ich das ganze Thema überhaupt angesprochen?

»Es muss dort etwas geben«, flüsterte sie. »Ich brauche den Glauben daran. Ich brauche den Glauben, dass Malcolm irgendwo da draußen ist. Dass es ihn immer noch gibt, obwohl er gestorben ist.«

Ich wollte wissen, wer Malcolm war. Was war passiert? Wie war er gestorben? Und warum gab Monroe sich die Schuld daran? Ich hatte so viele Fragen, aber ich sprach sie nicht aus, denn ich hatte das Gefühl, kein Recht dazu zu haben. Ich strich ihr einfach weiter über das Haar und zog sie ganz fest an mich.

»Es tut mir leid«, sagte ich. Nur diese paar Worte, mehr hatte ich nicht.

Eine kurze Stille trat ein.

»Ich weiß.« Und einen Herzschlag später flüsterte sie: »Es tut mir auch leid.«

Dann begann sie zu weinen.

Kapitel 21

Monroe

Ich weiß nicht, wie lange ich geweint hatte. Ich weiß nur, dass ich mich leer fühlte und mein Herz unendlich wehtat, als die Tränen allmählich versiegt waren.

Nates Arme, seine Wärme und seine Kraft waren die ganze Zeit bei mir, und dafür war ich dankbar. Seit jenem schrecklichen Tag hatte ich keine Emotionen wie diese mehr zugelassen. Ich glaube, ich hatte seitdem auch nicht mehr geweint.

Nicht mal bei Malcolms Beerdigung.

Mein Therapeut hatte in vielen Sitzungen versucht, mich an diesen Punkt zu bringen – einen Punkt, an dem es kein Leugnen mehr gab, an dem ich bereit wäre zu akzeptieren, was geschehen war, an dem ich mir vielleicht nicht mehr die Schuld geben würde. Ich war nicht sicher, ob ich diesen Punkt jemals erreichen würde, aber ich hatte den ersten Schritt in die richtige Richtung getan. Das war mehr, als ich in all den letzten Monaten geschafft hatte. Wer hätte gedacht, dass dazu lediglich ein Südstaatenjunge und ein Meteoritenschwarm nötig gewesen waren.

Ich beruhigte mich ein wenig und war froh, dass es dunkel war, denn ich sah bestimmt schrecklich aus. Meine Augen waren verquollen, meine Zunge belegt und meine blasse Haut wurde immer ganz fleckig, wenn ich so aufgelöst war.

Ich spürte Nates warmen Atem in meinen Haaren, legte den Kopf auf seine Brust und schloss die Augen. Ich wollte hier nie wieder weg. Ich hätte für immer in seinen Armen liegen können, so sehr fühlte ich mich bei ihm geborgen.

Lange Minuten verstrichen. Mein Brustkorb zog sich zusammen und weitete sich wieder, als mich eine Welle aus Erinnerungen und Bildern mit sich riss.

Ich hatte erst ein Mal über diesen Tag gesprochen, und selbst dann hatte ich alle Kleinigkeiten – die wichtigen Details – für mich behalten.

Aber das wollte ich jetzt ändern.

»Malcolm war ein richtiges Sommerkind, weißt du? Er sah aus wie mein Dad, hatte welliges blondes Haar und große blaue Augen, die ziemlich oft dafür sorgten, dass man ihm fast alles durchgehen ließ. Er hatte Grübchen, Sommersprossen auf der Nase und manchmal biss er sich innen auf die Wangen, was meine Mom fast wahnsinnig machte.«

Und das war noch eine Untertreibung. Mom hatte wirklich alles versucht, um ihm das abzugewöhnen, aber nichts hatte funktioniert.

»Es war ein heißer Tag.«

Nate versteifte sich, atmete tief ein und wieder aus, strich mir aber weiter über die Haare und hielt mich fest.

Meine Augen waren immer noch geschlossen, und obwohl ich hier mit Nathan in Louisiana war, wanderte ich in Gedanken zurück nach New York City. Ich sah die gleißende

Sonne und ich spürte die anhaltende Hitze auf meinen Wangen, während ich so schnell den Bürgersteig entlanglief, dass Malcolm kaum mit mir Schritt halten konnte. Er trug ein Batman-T-Shirt und eine kurze, ausgewaschene Cargohose. Ich roch die Abgase der vielen Autos, Busse und Taxis. Den Dunst der Würstchenbuden. Abfall häufte sich in den Straßen und wartete auf die Müllabfuhr.

An diesem Nachmittag war ich so genervt und gereizt gewesen. Es brachte mich fast um, mich daran zu erinnern. Aber ich musste es tun. Ich musste alles rauslassen. Nate musste es verstehen, auch wenn ich es selbst nicht konnte. Denn Nates Schmerz war so echt wie meiner, und vielleicht konnte er noch gerettet werden. Vielleicht würde er dann nie an den Punkt kommen, an dem ich gewesen war.

»Es war verdammt heiß in der Stadt, eine Rekordhitze, aber Malcolm wollte unbedingt in den Park. Er bettelte mich den ganzen Vormittag an, bis ich schließlich nachgab. Ich dachte, er tat das mit voller Absicht, weil er wusste, dass ich lieber zu Hause bleiben wollte. Gott, im Fernsehen lief ein *Walking-Dead*-Marathon und ich kannte viele Folgen noch nicht. Ich wollte einfach nichts tun und mir die Serie mit meiner besten Freundin Kate anschauen, die gerade von einem Familienurlaub in den Hamptons zurückgekommen war.«

Ich dachte an Kate. An früher. Wenn wir mal nicht zusammen rumhängen konnten, hatten wir uns stundenlang Nachrichten geschrieben. Über Jungs. Songs. Klatsch und Tratsch. Aber dieser Tag sollte sich nur um Zombies drehen. Ich hatte Kate schon seit einer Woche nicht gesehen, also hatte ich mich besonders darauf gefreut, mir die Fußnägel zu lackieren, während die Zombies im Fernsehen liefen, und das alles mit ihr zu teilen.

»Malcolm wusste, dass ich nicht rausgehen wollte, aber das war ihm egal. Ich denke, die meisten Siebenjährigen sind so egoistisch.«

Ich hätte Nein sagen können. Ich hätte Malcolm erklären können, dass der Smog und die Luftfeuchtigkeit nicht gut für sein Asthma waren. Aber das tat ich nicht. Zu diesem Zeitpunkt dachte ich einfach: *Okay, du kleine Nervensäge. Wir werden ja sehen, wie gut es dir draußen gefällt, wenn du Atemprobleme bekommst.*

Es war Mitte Juli und es lagen noch einige Babysitter-Wochen vor uns. Mom und Dad mussten bis zu unserem Urlaub im August arbeiten und bis dahin musste ich auf ihn aufpassen. Und jetzt wollte ich ihm eine Lektion erteilen. Ich konnte ja nicht ahnen, dass alles so schrecklich schiefgehen würde.

»Ich erinnere mich, dass Mick, der an der Ecke in der Nähe des Parks Würstchen verkaufte, uns für verrückt erklärte, ins Freie zu gehen.« Ich hielt inne. »Er hatte Recht.«

Ich war einfach vorbeimarschiert, hatte auf Malcolms golden schimmernden Hinterkopf gestarrt und gedacht: *Du kleiner Scheißer. Warte nur, Kumpel. Du hättest auf mich hören sollen.*

»Das Komische war, dass viele Kinder im Park waren, als wir dort ankamen. Und als hätte jemand irgendeinen Schalter umgelegt, umarmte mich Malcolm plötzlich fest. Seine

Arme waren dünn – Gott, sie sahen aus wie Spaghetti –, aber er war stark. ›Ich hab dich lieb, Roe‹, flüsterte er mir ins Ohr. Ich kam mir sofort wie eine total miese Schwester vor, weil ich nicht mit ihm hatte herkommen wollen. Ich strubbelte ihm durchs Haar und sagte, dass er eine Stunde hätte, höchstens.«

Von meinen Gefühlen überwältigt, brach ich wieder ab.

Dann flüsterte ich: »Er war damit zufrieden. Nach all dem Betteln reichte ihm eine Stunde im Park völlig aus.«

Malcolm rannte zu den Schaukeln, während ich mich unter einen Baum ins Gras setzte. Im Schatten war es vielleicht ein paar Grad kühler, aber trotzdem noch brütend heiß. Ich hatte mir ein Buch mitgenommen und legte mich auf den Bauch, um zu lesen. Ich wollte nicht einschlafen, es passierte einfach. Ich las ein paar Seiten, schrieb mir mit Kate und schloss dann die Augen.

»Ich würde alles dafür geben«, sagte ich mit erstickter Stimme, »alles, dass ich nicht eingeschlafen wäre. Als ich aufwachte, wusste ich zuerst nicht, wo ich war. Ich spürte eine leichte Brise, roch das Gras und hörte die Kinder auf dem Wasserspielplatz auf der anderen Seite der Schaukeln kreischen und lachen. Ich weiß nicht, wann mir bewusst wurde, dass etwas nicht stimmte.«

Ich zuckte die Schultern und vergrub mich noch tiefer in Nates Arme. »Vielleicht bin ich deshalb aufgewacht. Wegen des seltsamen Gefühls, dass etwas nicht stimmte.«

Ich stockte erneut, während ich mich daran erinnerte, wie mein Herz ins Bodenlose fiel und mich mit sich riss.

»Ich suchte überall nach Malcolm … aber er war weg. Verzweifelt rief ich seinen Namen, brüllte die Kinder an, als sei ich durchgedreht. Eine Mutter kam zu mir und fragte, was los sei. Als ich ihr sagte, dass mein kleiner Bruder verschwunden sei, sah sie sich um und zuckte die Schultern. Sie fragte mich, wann ich ihn zuletzt gesehen hatte, und ich erzählte ihr … ich erzählte ihr, dass ich eingeschlafen war. Dann brachte ich kein Wort mehr heraus. Dieser Ausdruck in ihren Augen … das werde ich nie vergessen. Sie wusste, dass ich es vermasselt hatte.«

Ich dachte, ich könnte nicht mehr weinen, aber jetzt brannten wieder heiße Tränen auf meiner juckenden, fleckigen Haut.

»Ich schrie die Frau an. ›Es ist nicht meine Schuld‹, kreischte ich, aber es war meine Schuld. Und als ich dann auch noch Malcolms Asthmaspray in meiner Tasche fand, wusste ich, dass etwas Schlimmes passiert war. Es war zu heiß. Er brauchte sein Spray. Zu diesem Zeitpunkt war der Park schon voller Polizisten. Ich weiß nicht, wer sie gerufen hat. Ich jedenfalls nicht. Aber sie waren da und sie befragten mich. Und bei jeder Frage sah ich das Gesicht dieser Frau vor mir. Ich sah den Vorwurf in ihrem Blick.«

Meine Stimme brach.

»Ich sah die Wahrheit.«

»Oh Gott, Monroe. Du musst mir das nicht erzählen«, hauchte Nate mir zu.

Seine Nase war ganz nah an meiner, seine dunklen Augen glänzten.

Aber ich fuhr fort: »Sie fanden ihn zwischen den Bäumen im Park. Wahrscheinlich hatte er versucht, zu mir zurückzufinden, während ihm das Atmen immer schwerer gefallen war, aber ich habe geschlafen und es nicht mitbekommen. Ich wette, er hat nach mir gerufen. Er muss nach mir gerufen haben, denn manchmal höre ich ihn, weißt du? Ich höre ihn weinen und schreien: ›Roe, wo bist du? Komm und hol mich!‹ Er war schon tot, als sie ihn fanden. Inzwischen war auch meine Mutter im Park angekommen.«

Bei dieser Erinnerung schüttelte es mich heftig. Ich hörte, wie meine Mutter wimmerte. Ich sah, wie sie mit den Fäusten auf die Brust eines Polizisten einhämmerte. Ihre Nägel waren rot. Blutrot und spitz.

Merkwürdig, welche winzigen Details sich einem ins Gedächtnis brannten.

»Der Gerichtsmediziner erklärte meinen Eltern später, dass er an einem schweren Asthmaanfall gestorben war. Meine Mutter fragte nach seinem Asthmaspray. ›Wo war sein Spray?‹, wollte sie wissen, immer und immer wieder. Ich konnte ihr nicht antworten, aber ich glaube, dass sie es wusste. Ich habe ihr oder Dad nie gesagt, dass ich Malcolms Spray hatte. Dass ich es immer noch habe. Ich habe ihnen nie erzählt, dass …«

Ich klammerte mich an Nate, versuchte, Malcolms Schreie und den Anblick seines Gesichts zu verdrängen. Meine Brust war so zugeschnürt, dass ich kaum atmen konnte. Schließlich ließ das Gefühl nach, bis ich nur noch eine schlaffe, leere Hülle war.

»Gott, Monroe. Es tut mir so unendlich leid.«

Ich war völlig leer.

Ausgebrannt.

»Ja«, sagte ich langsam. »Mir auch.«

Kapitel 22

NATHAN

Ich wachte auf, weil mir die Sonne ins Gesicht schien. Das Licht flackerte ein wenig, dann verschwand es wieder.

Shit! Es war Morgen und wir waren immer noch im Heckenlabyrinth. Mein Haar war feucht vom Tau, aber mit Monroe in den Armen und unter der Decke, die ich mitgebracht hatte, war es warm und trocken. Es fühlte sich irgendwie richtig an, hier mit ihr zu liegen, und mir wurde bewusst, dass ich zum ersten Mal seit langer Zeit genau da war, wo ich sein wollte.

Ich hatte nicht viel geschlafen, aber das war auch kein Wunder. Ich war immer noch wütend wegen dem, was Monroe zugestoßen war. Ich hätte am liebsten auf irgendetwas eingedroschen. Ich wollte die Wut zerschlagen und loswerden, die in mir brodelte und an mir zerrte, genau wie in der Nacht nach dem Unfall, als ich im Krankenhaus das Bewusstsein wiedererlangt hatte – und Trevor nicht. Aber ich hatte mich nicht gerührt, sondern Monroe im Arm gehalten, bis sie eingeschlafen war. Und dann hatte ich, mit niemandem außer einer einsamen Eule als Zuhörer, geweint wie ein Baby.

Ich hatte um einen kleinen Jungen geweint, den ich nie kennengelernt hatte, und um seine Schwester, die nach nur wenigen Tagen alles für mich bedeutete. Ich weinte um Trevor. Um seine Mom und seinen Dad. Ich weinte wie seit der vierten Klasse nicht mehr, als mein Collie Abraham gestorben war. Damals war ich im Garten gewesen, als plötzlich ein Bus vor unserer Auffahrt bremste. Er musste bremsen, weil dort, mitten auf der Straße, Abraham lag, überfahren von irgendeinem Auto oder Truck. Ich musste ihn für den Busfahrer aus dem Weg ziehen und ich erinnere mich daran, wie ich seinen großen Körper den ganzen Weg bis zur Veranda geschleppt hatte, wo ich mich hinsetzte und weinte, bis mein Dad nach Hause kam.

Wir hatten danach nie wieder einen Hund, weil meine Eltern und ich nicht mit der Endlichkeit unseres Seins umgehen konnten. Bis heute nicht. Ich war fast achtzehn Jahre alt und hatte immer noch Schwierigkeiten damit.

Alle Gefühle entluden sich und niemand war Zeuge, bis auf die Eule und *ihn* – wer auch immer dort oben war –, der auf uns herabblickte. Ich war nicht sicher, ob ich ihn mochte oder nicht, denn welcher Gott ließ zu, dass einem kleinen Jungen so etwas passierte? Welcher Gott ließ jemanden wie mich hinters Steuer, um das Leben seines besten Freundes zu zerstören?

»Scheiße«, murmelte ich und zuckte vor den Sonnenstrahlen zurück, die mir grell ins Gesicht schienen, als würde uns jemand dort oben verspotten. Vielleicht war es seine Art zu sagen, dass er nicht für unser Handeln verantwortlich war. Wenn wir versagten, hatten wir uns das selbst zuzuschreiben. Es lag nur an uns. Wir konnten denken. Wir konnten nach freiem Willen handeln. Wir mussten unsere eigenen Entscheidungen treffen, aber vielleicht half er uns manchmal dabei, mit den Konsequenzen zurechtzukommen.

Vielleicht hatte er mir Monroe geschickt.

Vielleicht war es nur Schicksal.

Vielleicht traf auch nichts davon zu, weil es gar keine Rolle spielte. Vielleicht war ich so müde, dass ich nicht mehr klar denken konnte.

Meine Muskeln hatten sich verkrampft und ich versuchte, meine Beine zu bewegen. Doch damit erreichte ich nur, dass stechende Schmerzen durch meine Oberschenkel schossen und Monroe aufwachte.

Sie drehte den Kopf, ihre Haare fielen zerwühlt über meine Brust. Sie brauchte einen Moment, um sich die Strähnen aus dem Gesicht zu streichen. Als sie es endlich geschafft hatte, schauten ihre Augen – diese hellen, kristallklaren Augen – zu mir auf und mein Herz machte einen Sprung.

»Hey«, sagte sie mit belegter Stimme.

Ich antwortete nicht, denn ich fand nicht die richtigen Worte. Nichts hätte ausdrücken können, was ich fühlte. Stattdessen beugte ich mich vor und küsste sie auf die Stirn, meine Hand suchte nach ihrem Kinn, mein Mund berührte ihre weichen Lippen.

»Danke«, sagte sie leise.

Ich nickte und hielt sie einfach fest. Sie sagte nichts mehr, aber das war okay für mich. Es war einfacher, sich etwas einzugestehen und jemandem anzuvertrauen, wenn es dunkel war. Hier in der Morgendämmerung war es schwer.

Für jetzt reichte es aus, dass ich sie im Arm hielt. Zumindest hoffte ich das, denn ich hätte alles getan, um ihr den Schmerz zu nehmen. Wirklich alles.

»Oh mein Gott!« Sie wand sich aus der Umarmung und setzte sich auf. »Wir waren die ganze Nacht hier draußen!« Monroe rollte sich zur Seite und stand auf, bevor ich etwas tun oder sagen konnte.

»Grandma wird ... Keine Ahnung, was Grandma sagen wird, aber ich muss sofort zurück. Vielleicht hat sie gar nicht bemerkt, dass ich weg war. Vielleicht schläft sie noch.«

Ich nickte. »Okay, lass uns gehen.«

Es war Montag und vermutlich so gegen sechs Uhr. Ich musste sowieso in etwa einer Stunde hier auf der Plantage sein. Ich würde genug Zeit haben, nach Hause zu radeln, zu frühstücken, zu duschen und dann mit meiner täglichen Arbeit zu beginnen. Aber bevor ich das tun konnte, musste ich sicherstellen, dass Monroe keinen Ärger mit ihrer Grandma bekam.

Es war meine Idee gewesen, die Sternschnuppen zu beobachten, und obwohl ich nicht geplant hatte, im Heckenlabyrinth zu übernachten, war ich froh, mit Monroe im Arm aufgewacht zu sein. Was auch immer gleich passierte, das war es wert gewesen.

Ich griff nach meinem Rucksack, stopfte die ungeöffneten Chipstüten und die Coladosen hinein und legte die Decke zusammen. Als ich aufschaute, starrte Monroe mich an. Ich wurde nicht schlau aus ihrem Gesichtsausdruck und mir wurde flau im Magen.

»Was ist los? Alles in Ordnung mit dir?«, fragte ich und versuchte, mir die Panik nicht anmerken zu lassen, obwohl es mich innerlich fast zerriss.

Sie nickte mit einem schwachen, zittrigen Lächeln im Gesicht. »Denke schon«, sagte sie zögernd, als wäre sie nicht sicher, ob sie überhaupt etwas sagen sollte. »Ich meine, ich fühle mich ... leichter.« Sie befeuchtete die Lippen.

Langsam stand ich ebenfalls auf. »Letzte Nacht ...« Mist, ich durfte das jetzt nicht vermasseln. »Ich wollte nur, dass du dich besser fühlst, Monroe. Ich wollte dich nicht noch mehr verletzen.«

Sie trat vor, legte die Arme um meine Taille und ihren Kopf an meine Brust. Sofort beschleunigte sich mein Herzschlag, ich vergrub die Nase in ihrem Haar und genoss ihren Duft. Genoss, wie sie sich anfühlte.

»Ich habe noch nie mit jemandem über Malcolm geredet. Nicht mal mit meinem Therapeuten.«

Ihr Atem ging stoßweise und ich hielt sie noch fester.

»Nachdem es passiert war, wollte ich alles vergessen, was mit ihm zu tun hatte. Ich wollte vergessen, dass sein Haar in der Sonne wie fließendes Gold aussah oder dass seine Grübchen zu kleinen Kratern wurden, wenn er lächelte, und ich sie dann am liebsten geküsst hätte. Ich wollte vergessen, wie wütend er mich machen konnte und wie leid es mir tat. Wie schuldig ich war.«

»Das ist okay.«

Sie schüttelte den Kopf. »Du verstehst das nicht, Nate. Ich konnte nicht mal mit meinen Eltern reden. Ich konnte ihnen nicht sagen, was sie hören wollten. Nachdem er gestorben war, warteten sie darauf, dass ich anfing, darüber zu sprechen … anfing, mich zu bewegen. Erst jetzt habe ich erkannt, dass sie sich in einem Zustand der völligen Erstarrung befanden. Sie kamen nicht voran. Sie konnten nicht zurück. Sie waren an diesem schrecklichen Ort gefangen und sie brauchten mich, damit ich sie herausführte, aber ich konnte es nicht. Ich war nicht stark genug. Stattdessen habe ich mir die Pulsader aufgeschnitten. Es war nicht wirklich ein Selbstmordversuch, ich wollte mich nur endlich wieder selbst spüren.«

»Scheiße, Monroe.« Ich hob ihr Kinn. »Ich bin froh, dass du nicht …«

Sie schniefte. »Es war der Beweis, dass ich nichts fühlte. Meine Eltern schickten mich zur Therapie, während sie selbst versuchten, allein aus der Starre herauszufinden. Mein Dad begann, so zu tun, als sei alles wie immer, obwohl alles so schrecklich war, und das machte mich wütend. Meine Mutter … sie wusste einfach nicht, was sie tun oder sagen sollte, also begann sie, mir aus dem Weg zu gehen.« Monroe schloss die Augen. »Mir ist jetzt erst klar geworden, dass sie auf mich warten. Sie warten darauf, dass ich zu ihnen zurückkomme. Sie brauchen mich, damit ihr Schmerz heilen kann.«

Ihre Augen glänzten. Sie streckte sich und küsste mich zaghaft auf den Mund. Ich schmeckte das Salz ihrer Tränen und den Schmerz in ihrem Herzen.

Es war ein langsamer, inniger Kuss, der gern noch länger hätte dauern können – ich hätte dieses Mädchen den ganzen

Tag küssen können –, aber sie löste sich von mir und ließ ihre Hand in meine gleiten. »Wir sollten besser gehen.«

Die Vögel zwitscherten, während wir durch das feuchte Gras liefen. Wir bogen gerade um die Ecke des Hauses ihrer Grandma, und ich zupfte einen Zweig aus Monroes Haar, als die Haustür aufgerissen wurde. Wir erstarrten.

»Es ist noch ein bisschen früh für einen Spaziergang, oder?« Mrs Blackwell lehnte in einem blau-weißen Morgenmantel, der ihr fast bis zu den Knöcheln reichte, am Geländer der Veranda. Mit den dazu passenden Pantoffeln klopfte sie auf die Holzdielen, und in ihrem Blick lag ein Ausdruck, den ich im Moment noch nicht richtig deuten konnte. Zumindest schien sie nicht sehr verärgert zu sein.

Als weder Monroe noch ich gleich antworteten, hob sie eine Augenbraue und presste die Lippen aufeinander.

Ja, okay, vielleicht war sie doch verärgert.

»Mrs Blackwell, ich kann Ihnen das erklären. Letzte Nacht gab es einen Meteoritenschauer, den ich Monroe zeigen wollte.«

Ihre Augenbraue wanderte ein wenig höher.

»Ich hatte spät noch angerufen und, äh, ich dachte, Sie wären schon im Bett und …«

Verdammt, ihre Augenbraue rutschte noch weiter nach oben.

»Na ja, und dann sind wir irgendwie im Heckenlabyrinth eingeschlafen«, beendete ich meine Erklärung mit einem unbeirrten Lächeln im Gesicht. Normalerweise reichte das aus, um jedes weibliche Geschöpf wenigstens ein bisschen zum

Schmelzen zu bringen. Aber Mrs Blackwell schien immun dagegen. Nur ihre Augenbraue entspannte sich ein wenig. Immerhin.

»Es ist nicht Monroes Schuld, wenn Sie also auf jemanden sauer sein wollen, dann auf mich.«

»Verstehe.« Sie musterte meinen Rucksack und unsere zerknitterten Klamotten. »Dann kommt mal rein. Ich mache euch Frühstück.«

Frühstück.

»Ist schon in Ordnung, Ma'am. Ich werde einfach nach Hause …«

»Nein, Nathan Everets, das wirst du nicht. Wenn ich mich schon über dich ärgern muss, dann lieber bei einer Tasse Kaffee, etwas Schinken und Eiern.«

Sie warf Monroe und mir einen langen Blick zu, dann drehte sie sich langsam um und verschwand im Haus.

»Na komm.« Monroe zog an meiner Hand. »Ich an deiner Stelle würde nicht mit Grandma diskutieren. Sie ist ein Schatz, kann aber auch ziemlich ungemütlich werden.«

»Ist sie sauer?«

»Zumindest ein bisschen.«

»Sollte ich mir Sorgen machen?«

»Wahrscheinlich.« Sie versuchte, sich ein Lächeln zu verkneifen. »Man kann nie wissen.«

Kapitel 23

Monroe

Es gab Dinge auf dieser Welt, die einen nie überraschen würden. Dinge, die sich nie änderten. Die Sonne ging jeden Morgen auf und am Abend wieder unter. Keine Überraschung. Die vier Jahreszeiten folgten immer aufeinander. Auch keine Überraschung.

Aber in meinen sechzehneinhalb Lebensjahren habe ich gelernt, dass es sehr wohl Dinge gab, die einen überraschten, weil man sie nicht kommen sah. Es konnten schlimme, schmerzhafte Ereignisse sein, die einen ein Leben lang begleiteten und sich Schicht für Schicht um die Seele legten, jedes Jahr ein paar mehr. Hoffentlich würden diese Schichten den Schmerz irgendwann überdecken.

Es gab aber auch überwältigende Überraschungen, die man ebenfalls nicht kommen sah, aber wenn sie einen trafen, fragte man sich, wie man je ohne sie hatte leben können.

Und manchmal überraschte dich jemand auf eine Art, die dich völlig aus der Bahn warf. Nathan hatte genau das geschafft – aber an diesem Tag gebührte Grandma die Ehre. Nach einem unglaublichen Frühstück, bei dem Nathan alles in seiner Macht Stehende unternommen hatte, um Grandma zu verzaubern, war er zum Duschen nach Hause gefahren, und Grandma eröffnete mir, dass ich mit ihr nach New Orleans fahren würde.

Sie wollte einen Mädelstag mit mir verbringen und Möbel für ihre Terrasse und die restaurierte Veranda des Herrenhauses aussuchen.

Überraschung Nummer eins: Ich freute mich darauf.

Wir aßen in einem hübschen kleinen Bistro zu Mittag, und als wir wieder in ihrem alten Matlock saßen, folgte Überraschung Nummer zwei: Grandma startete den Motor, drehte das Radio leiser und sagte: »Also, Monroe. Nun erzähl mal.«

Ich schnallte mich an, strich den Saum meines gelben Sommerkleids glatt und sah auf. »Ja?«

»Nimmst du die Pille?«

Moment. Wie bitte?

»Die Pille?«, wiederholte ich. »Du meinst diese …« Oh Mann, ich konnte es nicht mal aussprechen. Wie alt war ich? Zwölf?

»Ja.« Sie nickte. »Die Antibabypille.«

Mist. Stand mir jetzt wirklich ein Aufklärungsgespräch mit meiner Großmutter bevor? Erstens hatten wir das Thema schon in der fünften Klasse behandelt und zweitens, *war das ihr Ernst*?

Ich öffnete den Mund, um etwas zu sagen, aber weil das eine dieser unerwarteten Momente war, die alle normalen Denkprozesse durcheinanderbrachten, bekam ich kein Wort heraus. Ich hatte nur … glühende Wangen, Schweiß auf der Stirn und plötzlich einen trockenen Mund.

Grandma blinkte und fuhr aus der Parklücke, trat präzise und wohlüberlegt auf das Gaspedal und tat so, als sei alles wie immer, als hätte sie mich nicht gerade gefragt, ob …

»Ich mache mir nur Gedanken, das ist alles. Du warst schließlich die ganze Nacht mit einem Jungen allein.«

Wenn ich jetzt zurückdachte, war die erste Überraschung eigentlich schon das Frühstück gewesen. Grandma hatte kein Wort darüber verloren, dass Nathan und ich die Nacht im Heckenlabyrinth verbracht hatten. Sie ließ Nate in einem fort über Meteoritenschauer und Kometen dozieren, während ich ihn die ganze Zeit beobachtete … und einfach seine Gegenwart genoss.

Ich fühlte mich so viel leichter in seiner Anwesenheit.

Eigentlich hätte ich ahnen müssen, dass sie beschlossen hatte, mich später allein in die Mangel zu nehmen.

»Grandma, das ist … Ich habe nicht … Ich meine, wir haben es nicht getan.«

»Das habe ich auch nicht gesagt, mein Schatz, aber als junge Frau solltest du dich schützen, genau wie er. Und damit meine ich nicht nur die Antibabypille.« Sie sah kurz zu mir herüber und hob eine Augenbraue. »Kondome. Du solltest auch immer Kondome bei dir haben.«

Oh. Mein. Gott.

»Monroe, ist alles in Ordnung? Du siehst so blass aus.«

»Mir geht's gut. Alles okay.« Aber so ganz stimmte das nicht. Ich zögerte. Grandma war immer offen zu mir gewesen, aber trotzdem klang es irgendwie seltsam, das Wort »Kondom« aus ihrem Mund zu hören.

»Also, wenn wir es getan hätten … ich meine, wenn ich es gewollt hätte, du weißt schon, mit Nathan, wärst du nicht ausgeflippt?«

»Monroe, hör auf, mir Worte in den Mund zu legen. Ich wäre auf jeden Fall …«, sie bog ab und warf mir dabei einen kurzen Blick zu, »ausgeflippt. Aber ich weiß auch, dass Hormone, Emotionen und eine heiße Nacht in Louisiana genau die richtigen Zutaten für diese Dinge sind.« Sie schüttelte den Kopf. »Ich habe vielleicht graues Haar und mehr als ein paar Falten im Gesicht, aber ich kann mich noch gut daran erinnern, wie es war, jung und verliebt zu sein.«

Oh Mann.

»Ich bin nicht in Nathan Everets verliebt«, erwiderte ich heftig. Ich meine, das ginge doch auch gar nicht, oder? Musste man jemanden nicht viel länger als ein paar Wochen kennen, um sich zu verlieben?

»Woher weiß man eigentlich, dass man verliebt ist?«, platzte es aus mir heraus.

Grandmas Blick war geradeaus gerichtet. »Wenn du dir den nächsten Tag nicht ohne den anderen vorstellen kannst. Dann bist du verliebt.«

»Oh«, sagte ich mit bebender Stimme.

Ich sah aus dem Fenster und versuchte, mein plötzlich rasendes Herz zu beruhigen, während die Schaufenster vor meinen Augen verschwammen. Es dauerte eine Weile, bis ich mich wieder in meinen Sitz zurücklehnte.

»Ich habe Nate von Malcolm erzählt.«

Grandmas Blick war immer noch auf die Straße gerichtet.

Sie sagte kein Wort, streckte nur den Arm aus, griff nach meiner Hand und ließ sie nicht mehr los. Als wir an einem alten, heruntergekommenen Geschäft ankamen, in dem angeblich die besten Antiquitäten in ganz Louisiana verkauft wurden, bugsierte sie den großen Wagen mit nur einer Hand am Lenkrad in die winzigste Parklücke, die man sich vorstellen konnte. Jeder Trucker wäre stolz darauf gewesen. Sie stellte den Motor ab und drückte noch einmal meine Hand, bevor sie sie losließ.

Dann sah sie mich mit sanften, aber traurigen Augen an. »Ich bin froh darüber«, sagte sie stockend.

»Ich auch.« Ich schluckte schwer. »Ich vermisse ihn so sehr, Grandma.«

»Ich weiß.«

Eine Frage, die mich seit diesem schrecklichen Tag verfolgte, drängte sich schmerzhaft in mein Bewusstsein. Ich versuchte, sie zu ignorieren und mich auf das Geräusch der Lüftung zu konzentrieren, die kühle Luft in den Wagen blies. Das Radio lief immer noch leise und gerade wurde ein alter Song von Elvis Presley gespielt: *Heartbreak Hotel.*

Wie passend.

»Ich möchte, dass er mir vergibt«, flüsterte ich. »Denkst du, er kann das?«

Sie legte eine Hand auf meine Wange und ich kniff die Augen zu.

»Dein Bruder hat dich geliebt, Monroe. Es gab nie etwas, was er dir vergeben müsste. Vergiss das nicht.«

Sie strich mir über die Haare und ich stieß einen langen,

zitternden Atemzug aus. Ihre Berührung, ihr Geruch fühlten sich so gut an.

»Glaubst du, dass alles aus einem bestimmten Grund passiert?«, fragte ich plötzlich. Diesen Blödsinn hatte ich mir schon von vielen Leuten anhören müssen und jedes Mal hätte ich ihnen am liebsten die Augen ausgekratzt. Ich dachte immer, sie sagten das nur, weil sie nicht wussten, was sie sonst sagen sollten.

Und das konnte ich sogar verstehen. Was sollte man auch zu einer Jugendlichen sagen, deren Bruder gestorben war, während sie auf ihn aufpassen sollte? Es gab keine richtigen Worte dafür.

»Ich glaube an Schicksal«, erwiderte Grandma leise. »Und ich glaube an Entscheidungen. Manchmal ist beides miteinander verbunden und manchmal nicht.« Sie schüttelte heftig den Kopf. »Malcolms Tod war nicht deine Entscheidung, Monroe. Erinnerst du dich noch daran, was ich damals zu dir gesagt habe?«

Ich nickte langsam. Ich hatte seit Ewigkeiten nicht daran gedacht. »Du hast gesagt, dass es mir irgendwann wieder gut gehen würde. Dass es Mom und Dad wieder gut gehen würde. Dass wir das alles durchstehen würden.«

»Ja«, flüsterte sie. »Und was habe ich noch gesagt?«

Ich musste einen Moment nachdenken. Ich hatte so vieles verdrängt, was mit diesem Tag zu tun hatte. Grandma war nach der Beerdigung bei mir geblieben, und ich erinnere mich an ihre Wärme, an den Duft nach Vanille. Und ich erinnere mich an ihre Tränen.

»Du hast gesagt, dass ich sehr tief fallen würde, bevor mich jemand auffängt.«

»Ja.« Grandma nickte langsam. »Deshalb habe ich deine Eltern heimlich gebeten, dich diesen Sommer zu mir zu schicken. Es war an der Zeit, dass du zu uns zurückkommst, und ich glaubte fest daran, dass ich dich auffangen würde.« Sie schüttelte den Kopf und lächelte. »Aber ich war es nicht, mein Schatz. Es war Nathan. Er hat dich aufgefangen.« Sie drückte wieder meine Hand. »Und ich glaube, dass er immer noch wartet.«

»Worauf?«

»Na, auf dich«, sagte sie mit einem sehr ernsten Tonfall, bevor sie die Autotür öffnete. Dann drehte sie sich noch einmal zu mir um. »Darauf, dass du ihn auffängst.«

Kapitel 24

NATHAN

Die Woche verging wie im Flug. Sie bestand aus Sommertagen, an denen ich mit meinem Onkel auf der Plantage einen neuen Pavillon baute, und aus heißen Sommernächten, die ich mit Monroe unter dem Sternenhimmel verbrachte.

Die Arbeit mit meinem Onkel tat mir gut. Es war anstrengend, aber ich war nicht der Typ, der gern auf der Couch saß und Däumchen drehte. Außerdem hatte ich wenigstens keine Zeit, über die ganze Scheiße in meinem Leben nachzudenken, während ich Dachpappe festnagelte. Ich musste mich nicht an diese eine Nacht erinnern und darüber nachgrübeln, was ich hätte anders machen können. Über die Fehler, die ich gemacht hatte, und die Entscheidungen, die mich dahin gebracht hatten, wo ich jetzt war.

Natürlich war Trevor die ganze Zeit in Gedanken bei mir, doch das war gut so. Ich brauchte ihn, auch wenn er nur in meinem Kopf war.

Aber am meisten freute ich mich auf die Nächte, denn dann vergaß ich alles, außer dem Mädchen mit den dunklen, seidigen Haaren und den Lippen, die ich stundenlang hätte küssen können.

Ich hätte nie gedacht, dass sie so unglaublich gut küssen

konnte, und seit der letzten Woche hatten wir viel Übung darin. *Sehr viel.*

Natürlich gingen wir auch ein Stückchen weiter – ich kannte jetzt deutlich mehr von ihr als nur ihre süßen Lippen –, aber nicht bis ans Äußerste. Und das konnte ich akzeptieren.

Monroe war anders als alle Mädchen, die ich bisher kennengelernt hatte, und ich müsste lügen, wenn ich behaupten würde, dass ich nicht daran dachte, mit ihr zusammen zu sein. Dass ich mir nicht vorstellte, sie im Arm zu halten und in ihre Augen zu sehen, während ich in ihr war.

Aber uns verband viel mehr als nur körperliche Anziehungskraft. Wir redeten stundenlang über so ziemlich alles. Musik. Bücher. Familie.

Sie erzählte mir von ihrem Bruder, was für ein Kind er gewesen war. Und es war etwas ganz Besonderes für mich, dass sie bereit war, das alles mit mir zu teilen.

Ich fühlte mich wie der König der Welt, als könnte mir nichts und niemand etwas anhaben. Und das lag nur an diesem Mädchen.

Aber ein König zu sein und abzuheben, barg auch die Gefahr eines tiefen Absturzes. Und in meinem Fall war »tief« sogar noch eine Untertreibung.

Es war Freitagnachmittag und ich war mit meinem Onkel in die Stadt gefahren, um ein paar Dinge im Baumarkt zu besorgen. Wir waren mit dem Pavillon fast fertig, hatten aber keine Sperrholzverkleidung für den Sockel mehr und brauchten noch etwas Farbe.

Als wir alles im Truck verstaut hatten, musste mein Onkel noch zur Bank, und ich ging zum nächsten Minimarkt, um ein paar Dosen Cola für uns zu besorgen.

Ich kannte das Mädchen hinter dem Verkaufstresen vom Sehen, erinnerte mich aber nicht mehr an seinen Namen. Candy … vielleicht Candace? Sie war in der Schule eine Klasse unter mir, und als sie mich sah, zog sie ihren Ausschnitt noch ein Stückchen weiter nach unten, bis ihre Brüste fast herausfielen. Ich versuchte, nicht hinzustarren. Aber das war gar nicht so einfach, denn ihre Oberweite war beachtlich.

»Hey, Nathan. Wie läuft dein Sommer? Ich meine, ich weiß, dass es wahrscheinlich schwer ist und so … und …«

Ich zuckte die Schultern. »Es läuft.«

Ich warf ein Päckchen Kaugummi auf den Tresen und stellte die Coladosen dazu.

»Ich habe gehört, dass du und Rachel Schluss gemacht habt.«

Ich nickte, antwortete aber nicht. Wir hatten uns noch nie unterhalten, also warum quatschte sie mich jetzt wegen Rachel an?

»Ich habe auch gehört, dass Trevors Zustand unverändert ist. Keine wirkliche Verbesserung. Das ist echt unheimlich, oder? Als würde ihn etwas daran hindern aufzuwachen.«

Gereizt fuhr ich mir durch die Haare und straffte die Schultern. »Ich habe wirklich keine Ahnung, was du meinst.«

Und es geht dich auch nichts an.

Die Türglocke hinter mir meldete sich, also war ich nicht

mehr der Einzige im Laden. Ich räusperte mich, was so viel wie »Nun mach schon« heißen sollte, aber dieses Mädchen war echt begriffsstutzig.

Seelenruhig tippte sie meine Einkäufe in die Kasse ein. »Also bist du jetzt mit der Enkelin von Mrs Blackwell … zusammen?«

Oh Mann. Ich gab ihr einen Fünf-Dollar-Schein und nickte unverbindlich. Das konnte sie interpretieren, wie sie wollte. Hauptsache, sie hielt endlich die Klappe.

»Das ist ja ätzend«, sagte sie.

Ich hob den Kopf, denn ich verstand weder, was sie damit gemeint hatte, noch warum sie mich nicht endlich in Ruhe ließ. »Wieso interessiert dich das überhaupt?«, sagte ich scharf.

Ihre Augen weiteten sich überrascht und sie begann verlegen herumzustottern. »Na ja, äh, weil sie doch nicht von hier ist. Ich meine, sie wird wieder dahin zurückgehen, wo sie herkommt, stimmt's? Ich glaube, jemand hat erwähnt, dass sie aus New York ist? Und, na ja, noch seid ihr zusammen, aber bald nicht mehr, und …«

Richtig.

»Danke, da wär ich allein nie draufgekommen.«

Natürlich hatte ich während der letzten Woche jede verdammte Nacht daran gedacht. Monroes Eltern kamen in ein paar Tagen und dann … tja, dann würde Monroe wieder nach Hause fahren, und ich hatte keine Ahnung, wie ich ohne sie weiterleben sollte.

Völlig entnervt nahm ich meine Einkäufe vom Tresen,

drehte mich ohne ein Wort um … und hätte beinahe Trevors Mom über den Haufen gerannt.

Heilige. Scheiße.

Darauf war ich nicht vorbereitet gewesen.

Sie war noch dünner geworden seit dem Tag, als ich sie im Krankenhaus gesehen hatte, und Trevors Mom war schon immer sehr schlank gewesen. Sie hatte es wirklich nicht nötig abzunehmen. Das violette Kleid, das sie trug, sah zwei Nummern zu groß aus, und ihre Augen waren eingefallen, als wäre die Haut drumherum zu dünn und zu brüchig. Ich musste wegschauen, denn ich konnte den Blick nicht ertragen. Gott, ich hatte das Gefühl, als hätte mir jemand in die Magengrube geboxt.

Ich konnte ihren Schmerz nicht mit ansehen. Nicht jetzt.

Ich stieß einen seltsam zischenden Laut aus, als würde ein Reifen Luft verlieren, während mein Herz fast stehen blieb und sich mir der Magen umdrehte. Meine Fingerspitzen begannen zu kribbeln und schwarze Flecken tanzten vor meinen Augen.

»Nate, du siehst gar nicht gut aus.« Brenda Lewis musterte mich, ihre schmalen Lippen zitterten, sie knetete nervös die Hände.

Ich konnte nicht antworten. Ich brachte kein verdammtes Wort heraus, denn meine Zunge klebte am Gaumen und diese tanzenden Flecken machten es mir nicht gerade leicht, einen klaren Gedanken zu fassen.

»Scheiße«, stammelte ich, schüttelte den Kopf und versuchte, das Tosen in meinen Ohren abzustellen. Was war nur los mit mir? »Tut mir leid«, presste ich hervor, obwohl ich nicht sicher war, ob sie das auch hörte. Vielleicht spukten die Worte auch nur in meinem Kopf herum.

»Komm mit«, sagte sie.

Sie berührte meinen Arm, ihre Hand fühlte sich merkwürdigerweise kühl und weich an, und ich ließ mich von ihr aus dem Laden führen.

Mein Herz beruhigte sich nicht, bis wir nach ein paar Schritten in der Nähe einer Bank unter einer Eiche stehen blieben. Der Schatten war nicht dunkel genug, und ich wünschte, es wäre Nacht, weil ich mich dann besser hätte verstecken können.

Ich wusste nicht, was ich tun sollte, also öffnete ich eine Cola, nahm einen Schluck und hielt den Blick dann auf den Bürgersteig gerichtet, auf die Risse, die sich wie Spinnenfinger ausbreiteten. Die Betonplatte, auf die ich starrte, war zerbrochen und brauchte dringend eine Erneuerung. Genau wie ich.

Genau wie Trevor.

»Nate«, sagte sie sanft. »Sieh mich an.«

Ich kann nicht.

Aber ich tat es.

»Ich habe den ganzen Vormittag versucht, dich anzurufen.«

Was?

Das schreckliche Gefühl in der Magengegend meldete sich zurück, und für einen Moment dachte ich, ich müsste mich übergeben.

»Mrs Lewis«, sagte ich schwach.

»Brenda«, erwiderte sie sanft. »Du hast mich immer Brenda genannt.«

Ich nickte und seufzte schaudernd. Ich hatte solche Angst davor zu sprechen. Die Frage zu stellen, die mir auf der Zunge lag. »Mein Handy war ausgeschaltet«, sagte ich stattdessen.

Sie nickte und legte die Arme um sich, denn sie zitterte, als würde sie frieren. Dabei war es brütend heiß, fast vierzig Grad – trotzdem ging es mir genauso wie ihr. Ich hatte das Gefühl, als steckte ich in einem Kübel Eiswasser.

»Dein Onkel hat mir gesagt, dass du im Laden bist. Ich habe ihn in der Bank getroffen.«

Mein Herz begann, wie verrückt zu schlagen, so schnell und aufgeregt, dass mir für eine Sekunde schwindelig wurde. Ich fühlte mich, als hätte ich gerade das härteste Footballspiel meines Lebens hinter mir. Als wäre ich jeden einzelnen Spielzug allein gelaufen. Als hätte ich alles gegeben – doch es hatte nicht gereicht.

Es würde nie reichen.

Das unerträgliche Gefühl, das ich in den letzten Tagen zum ersten Mal nicht mehr so stark gespürt hatte wie in den Wochen zuvor, kehrte schlagartig zurück. Es kroch über meine Haut und in mich hinein und brach etwas in mir auf, von dem ich dachte, ich wäre darüber hinweg.

»Ich gebe nicht dir die Schuld, Nathan … für den Unfall. Ich weiß, dass du weder Trevor noch sonst jemanden jemals absichtlich verletzen könntest. Du bist ein guter Junge. Ich möchte, dass du das weißt.« Ihre Stimme klang belegt, aber fest. »Ich weiß, dass Mike sehr hart mit dir umgegangen ist … Er ist nur … Trevor ist seine Welt, weißt du? Es ist einfach so schwer und ich …« Eine Träne lief über ihre Wange. Sie wischte sie weg, aber schon folgte die nächste.

Ich hatte gedacht, dass ich mich nicht noch schlechter hätte fühlen oder noch tiefer hätte sinken können. Aber da hatte ich falsch gelegen.

»Ich wollte nur, dass du weißt, dass ich dir keine Schuld gebe. Ich war auch einmal jung, und keiner von uns ist fehlerfrei, ganz besonders nicht Mike.« Sie seufzte. »Ich habe Dinge getan, die dumm und gedankenlos und gefährlich waren.« Sie zuckte die Schultern. »Das haben wir alle.«

»Ich weiß nicht …«, begann ich. »Ich weiß nicht, was ich sagen soll, Brenda. Es tut mir leid, reicht nicht aus. Das würde es nicht mal annähernd treffen.«

»Ich weiß«, sagte sie sanft.

Wir schwiegen eine Weile, und ihre Miene veränderte sich, als würde sie sich auf etwas vorbereiten, was sie eigentlich gar nicht tun wollte.

Ich biss so fest die Zähne zusammen, dass mein ganzer Kiefer wehtat, aber das war mir egal. In diesem Moment sah ich nur die Angst und den Schmerz in Brenda Lewis' Augen. Eine Angst und einen Schmerz, die ich verursacht hatte, und egal was sie sagte, ich würde mich nicht besser fühlen.

Ihre Angst erfüllte mich, sickerte in jede Faser meines Körpers, und mit einem Mal sah ich Monroes Gesicht vor mir und fragte mich, wo sie war. Was tat sie in diesem

Augenblick? In diesem Augenblick, in dem meine Welt endgültig zusammenzubrechen drohte.

Ich wusste, dass sich mein Leben noch einmal verändern würde. Der freie Fall aus den Wolken hatte begonnen – und ich würde hart aufkommen. Ich war kein König mehr, der mit Monroe im siebten Himmel schwebte. Nein, ich war nichts weiter als ein erbärmlicher Freund, der Trevor ins Krankenhaus gebracht hatte. Ich war nichts weiter als die Summe der Ereignisse dieser einen Nacht.

Das alles spiegelte sich in ihren Augen wider.

»Trevors Zustand hat sich über Nacht verschlechtert.«

Ich schüttelte den Kopf. »Nein«, sagte ich mit belegter Stimme. »Oh Gott.«

»Irgendeine Infektion. Seine Organe versagen allmählich. Er wird septisch. Es gibt noch ein paar andere Probleme, aber …«

Ich taumelte ein wenig, sie griff nach meinem Ellbogen und deutete mir an, mich auf die Bank zu setzen.

»Mike und Taylor sind jetzt bei ihm, aber ich weiß, wie sehr du Trevor liebst. Deshalb solltest du heute Abend ins Krankenhaus kommen. Ich denke, dass Trevor dich gern bei sich hätte.«

Ich starrte sie schockiert an, sie drückte leicht meinen Arm und umfasste dann mein Kinn. Ich konnte nirgendwo anders hinsehen als in ihre Augen.

»Hast du verstanden, was ich dir gerade gesagt habe, Nathan?«

Ich nickte und sprach die schwersten Worte meines Lebens aus. »Sie möchten, dass ich ins Krankenhaus komme und mich verabschiede. Dass ich mich von Trevor verabschiede.«

Brenda Lewis ließ mich los und trat einen Schritt zurück. Sie wirkte wie ein verletztes Tier, das man genau ins Herz getroffen hatte, und auch dafür war allein ich verantwortlich. Ich spürte die Last auf meinen Schultern und Gott, ich war so erschöpft.

»Ja«, sagte sie nur. »Vielleicht bekommst du diese Möglichkeit nicht noch einmal.« Ihre Stimme erstarb und sie drehte sich um.

Ich sah ihr nach, wie sie sich den Bürgersteig entlangschleppte, bis sie hinter dem nächsten Häuserblock verschwunden war. Als mein Onkel mich fand, musste ich nichts sagen. Er wusste es schon.

Ich gab ihm seine Cola und ließ ihn einfach stehen.

Kapitel 25

Monroe

Grandma fand mich auf der Veranda, wo ich auf der Liege zusammengekauert auf Nate wartete. Er und sein Onkel waren nicht zurückgekommen, nachdem sie für ein paar Besorgungen in die Stadt gefahren waren, aber normalerweise tauchte er um diese Zeit auf, um mich abzuholen.

Ich konnte es kaum erwarten, ihn zu sehen, was verrückt war, denn ich hatte ihn erst heute Mittag gesehen, als ich ihm etwas Kühles zu trinken gebracht hatte. Aber im Ernst, es fühlte sich an, als wären Tage vergangen, seit mich sein Lächeln zum Schmelzen gebracht, und er mich zum letzten Mal geküsst hatte, bis mir schwindelig wurde.

Und jetzt … jetzt saß ich hier und wartete auf den Jungen, der meine ganze Welt auf den Kopf gestellt hatte. Den Jungen, der einige der Scherben in meinem Inneren wieder zusammengesetzt hatte. Den Jungen, von dem ich mich nur zu bald würde verabschieden müssen.

Seufzend strich ich eine Haarsträhne hinters Ohr und vertrieb diese Gedanken. Ich wollte noch nicht daran denken.

Es dämmerte – dieser sanfte Schimmer kurz bevor es dunkel wurde – und die Grillen zirpten fröhlich in den hereinbrechenden Schatten.

Ich trug Nates *The-Cramps*-T-Shirt, weil ich es mochte und so gern daran roch – und genau dabei erwischte mich Grandma, als sie auf die Veranda hinaustrat. Wie ein Kleinkind hatte ich die Nase im Ausschnitt des T-Shirts vergraben und ließ es schnell wieder herunterrutschen, in der Hoffnung, sie würde meine glühenden Wangen nicht bemerken.

Grandma blieb ein Stück von mir entfernt stehen, und sobald ich aufsah, wusste ich, dass etwas nicht stimmte. Ihre Augen wirkten traurig, und sie hatte die Hände vor sich verschränkt, als wüsste sie nicht, was sie damit anfangen sollte.

»Hast du etwas von Nate gehört?«, fragte sie leise.

Mir rutschte das Herz in die Hose.

»Nein.« Ich schüttelte den Kopf und stand auf. »Was ist los? Geht es ihm gut?«

Grandma musterte mich einen Moment und seufzte dann. »Trevor Lewis' Zustand hat sich verschlechtert. Die Ärzte wissen nicht, ob er die Nacht übersteht.«

»Oh mein Gott, Gran.«

Ich ließ mich wieder auf die Liege fallen, beugte mich vor und legte die Hände auf die Knie, während ich auf den Boden starrte. Das war schrecklich. So schrecklich. Das würde Nathan den Rest geben.

»Und Nathan weiß es?«

»Ja, aber seit heute Nachmittag hat ihn niemand mehr gesehen.«

Bei diesen Worten fuhr mein Kopf in die Höhe. »Was willst du damit sagen? War er nicht mit seinem Onkel unterwegs?«

Grandma nickte und setzte sich neben mich. Sie legte ihren warmen Arm um meine Schulter und zog mich zu sich. »Das war er, aber die Nachricht von Trevor hat ihn völlig aus der Fassung gebracht und …«

»Und was? Dachte sein Onkel etwa, es sei okay, ihn allein zu lassen? Weiß er denn nicht, wie fertig Nathan ist?«, fragte ich ungläubig und sprang auf. »Er gibt sich die Schuld, Grandma, und das ist gefährlich. Dieser Schmerz kann einen dazu bringen, unüberlegte Dinge zu tun.«

Ich schlüpfte in meine Sneakers. »Wenn Trevor stirbt …« Mir versagte die Stimme, als ich an Nate dachte, und die Angst in mir verdreifachte sich.

»Glaubst du, er würde …« Grandma hielt inne und legte die Hand auf den Mund. »Glaubst du, er würde sich etwas antun?«

»Nein! Ich meine, ich weiß es nicht.« Gott, ich hoffte es nicht.

Ich dachte an das letzte Jahr zurück. An die Zeit, als ich mich vor allen zurückgezogen hatte. Ich wusste, wie es sich anfühlte, wenn man dachte, es gäbe nichts mehr … nichts, was einem den Schmerz nehmen könnte.

Und ich wusste, wie einfach es war, sich einen Ausweg zu suchen.

»Ich muss ihn finden, Grandma. Darf ich deinen Wagen nehmen?«

Sie nickte langsam und zog den Schlüssel aus der Tasche ihres hellgrauen Pullovers. »Nimm dein Handy mit. Ich melde mich, wenn er hier auftauchen sollte.«

Meine Gedanken rasten, während ich überlegte, wo Nathan sein könnte. Ich lief die Treppe hinunter, fiel fast auf die Nase, weil ich über die letzte Stufe stolperte, und war schon fast am Wagen, als es mich ein Gedankenblitz traf.

Mein Handy.

Ich zog es hastig aus der Tasche und rief ihn an, aber nach dem dritten Freizeichen schaltete sich die Mailbox ein. Ich hinterließ eine Nachricht und bat ihn, mir so bald wie möglich eine SMS zu schicken oder mich anzurufen. Dann schickte ich eine Textnachricht an Brent.

Hast du was von Nate gehört?

Er antwortete fast augenblicklich.

Nein. Du? Die Jungs machen sich Sorgen. Er geht nicht ans Telefon.

Scheiße.

Ich stieg in den Wagen.

Ich: **Sag mir Bescheid, wenn du ihn findest.**
Brent: **Mach ich. Sein Auto ist weg.**
Ich: **Was? Ich dachte, er darf nicht fahren.**
Brent: **Darf er auch nicht. Seine Eltern sind völlig am Durchdrehen.**

Ich starre auf das flimmernde Display und schrieb eine letzte Nachricht.

Ich: **Tut mir leid wegen Trevor.**
Brent: **Das ist alles so zum Kotzen.**

Aber es war viel mehr als das. Ich brauste mit dem Wagen los und hoffte, dass Grandma mir nicht hinterherschaute, denn ich hätte fast ihre geliebten Geranien plattgefahren, während ich die Auffahrt hinunterraste und in Richtung Stadt abbog.

Das war die einzige Strecke, die ich kannte, aber als ich in der Stadt ankam, wusste ich nicht genau, wo ich suchen sollte. Ich fuhr an der Festwiese vorbei, aber sie war leer. Hier war nichts los. Der benachbarte Baseballplatz war dunkel, genau wie das Footballfeld hinter der Highschool. Ich fuhr weiter die Hauptstraße entlang und folgte den Schildern zum Krankenhaus, denselben Weg, den wir erst vor ein paar Wochen gemeinsam gefahren waren.

Seltsam. Es fühlte sich so lange her an. Das Pfirsichfest. Unser erstes »Nicht-Date«. Wie konnte es sein, dass er mir nach so kurzer Zeit so viel bedeutete? Wie hatte er das geschafft? Vielleicht liebte ich Nathan wirklich.

Nein. Das stimmte nicht. Ich war mir ganz sicher: Ich liebte Nathan Everets und ich konnte mir keinen Tag ohne ihn vorstellen.

»Mist«, sagte ich laut und sah in den Rückspiegel, um sicherzugehen, dass niemand hinter mir war.

Ich hatte keine Ahnung, ob er zum Krankenhaus kommen würde, aber einen Versuch war es wert. Ich parkte ein, so gut ich konnte – ich musste Grandmas riesigen Wagen in eine winzige Parklücke quetschen –, und zwei Minuten später rannte ich durch den Haupteingang der Klinik. Als ich im fünften Stock aus dem Fahrstuhl stieg, war der Aufenthaltsbereich neben dem Schwesternzimmer leer. Alles war ruhig.

Es roch durchdringend.

Nach Schmerz und Angst und Tod.

Ich lief um das Schwesternzimmer herum und warf einen kurzen Blick in beide Richtungen den Flur hinunter, aber es war niemand zu sehen. Nervös ging ich zum Wartebereich zurück. Was sollte ich jetzt tun?

Ich setzte mich auf das alte, abgenutzte Kunstledersofa, auf dem ich schon einmal gesessen hatte, schob die Hände unter meine Beine, um sie zu wärmen, und schauderte, als ich irgendwo jemanden weinen hörte. Ein Patient? Oder ein Familienmitglied?

Das spielte wahrscheinlich keine Rolle, denn es bedeutete in beiden Fällen, dass jemand Schmerzen hatte. Jemand war verletzt – ob körperlich oder seelisch – und das war scheiße.

Eine Krankenschwester kam lächelnd auf mich zu. Sie sah jung aus, zu jung, um Krankenschwester zu sein, aber durch ihre hübschen Augen und ihr nettes Lächeln fühlte ich mich etwas besser.

»Kann ich dir helfen? Die Besuchszeit ist schon fast vorbei.«

Ich schüttelte den Kopf. »Ich muss sowieso los«, sagte ich und sprang auf.

»Wen wolltest du denn besuchen?«, fragte sie.

»Ist schon gut. Niemanden.«

Ich rannte zum Fahrstuhl, stieg ein und drückte hastig auf EG für Erdgeschoss. Die Türen begannen sich zu schließen, aber eine große, fleischige Hand hielt sie auf und ein bulliger Mann betrat den Fahrstuhl.

Ich kannte diesen Mann. Ich kannte seinen gequälten Blick. Seine breiten Schultern. Die Tattoos.

Ich kannte ihn vom letzten Mal, als ich mit Nathan hier gewesen war. Es war Trevors Dad.

Und er sah schlimm aus.

Wir fuhren schweigend nach unten, und ich war ziemlich sicher, dass er mich nicht einmal bemerkt hatte. Er war mit seinen Gedanken weit weg, an einem Ort aus Dunkelheit und Traurigkeit.

Als er ausstieg, folgte ich ihm.

Er verließ die Klinik durch den Haupteingang, ging an der Seite des Gebäudes entlang, bis er neben einer Steinbank und einem kleinen Wasserfall stehen blieb.

Ich zitterte leicht, während ich dabei zusah, wie er sich eine Zigarette anzündete.

Er nahm einen langen Zug, stützte sich auf der Lehne der Bank ab, beugte den Kopf weit nach hinten, bis sein Gesicht dem sternenlosen Himmel zugewandt war, und blies dann langsam den Rauch aus.

Als er einen weiteren langen Zug nahm, trat ich vorsichtig

zurück und wünschte, die Schatten hier wären dunkler. Warum war ich ihm gefolgt? Was wollte ich hier? Ich sollte Nathan suchen und nicht Trevors Dad belästigen.

»Kennst du ihn?«

Beim Klang seiner Stimme zuckte ich zusammen. Schnell blickte ich mich um, ob er nicht mit jemand anderem sprach. Aber es war sonst niemand in der Nähe.

Verdammt.

»Nein«, sagte ich leise.

Trevors Dad sah in meine Richtung, Tränen glitzerten in seinem Gesicht. Er versuchte nicht, sie wegzuwischen, sondern nahm einen weiteren Zug und schnippte die Asche auf den Boden. »Und warum bist du dann hier?«

Ich starrte ihn an, verunsichert und völlig eingeschüchtert von seiner Größe und seinem Schmerz. Ich erinnerte mich daran, wie wütend er auf Nathan gewesen war. Wie er damit gedroht hatte, Nathan eine Lektion zu erteilen, sollte er sich jemals …

Panisch trat ich einen Schritt näher. »Ich bin auf der Suche nach Nathan.« Die Worte waren mir einfach herausgerutscht und während ich auf seine Reaktion wartete, wurde mir vor Angst ganz flau im Magen. Seine schmerzvollen Blicke versetzten mir einen Stich.

Er sagte kein Wort. Er musterte mich nur, zog noch einmal an seiner Zigarette und warf sie dann weg. Langsam trat er die Kippe aus, dann drückte er sich von der Bank ab.

Er verhielt sich ruhig, zu ruhig, und plötzlich hatte ich richtig Angst – nicht um mich, sondern um Nathan.

»Haben Sie … War er hier? Seine Eltern machen sich Sorgen. Und ich weiß, dass …«

Ich muss ihn finden.

Er blieb nur ein paar Zentimeter vor mir stehen, dieser große, kräftig gebaute Mann. Seine Hände hielt er zu Fäusten geballt an die Seiten gepresst und ich wich unwillkürlich einen Schritt zurück.

»Wer bist du?«

Völlig überrascht, antwortete ich nicht gleich.

Er verlagerte das Gewicht von einem Fuß auf den anderen, atmete erschöpft aus und ließ die Schultern nach vorn sacken. Die Ringe unter seinen Augen wurden noch tiefer, sanken in seine Haut. Ich hielt den Atem an, unsicher, was ich jetzt zu erwarten hatte, doch dann flüsterte er: »Vergiss es.«

Er ging an mir vorbei, und ich drehte mich nach ihm um, ohne zu wissen, was ich tun oder sagen sollte, um die Dinge wieder in Ordnung zu bringen. Denn ich wollte alles wieder in Ordnung bringen. Ich wollte nicht, dass er so verletzt war.

Alles an diesem Mann schrie vor Schmerz. Gott, da war so viel Schmerz, und ich hatte es so satt. Der Schmerz hing in der Luft, nahm mir den ganzen Sauerstoff, sodass mir das Atmen schwerfiel. Er glitt über mich hinweg, *in mich hinein*. Und ich stolperte. Tränen stiegen mir in die Augen, weil das alles so unfair war.

Was hatten ich oder Nathan oder dieser Mann getan, dass wir diesen ganzen Scheißkummer verdienten? Hatten wir eine höhere Macht verärgert? Hatten wir etwas so Schreckliches getan, dass wir diesen schlimmen Schmerz womöglich ertragen mussten, um die Waage wieder ins Gleichgewicht zu bringen?

War es einfach nur Pech? Oder war es Schicksal?

Oder lag ich mit all dem völlig falsch? Vielleicht gab es gar keinen Grund oder Plan und ich dachte nur zu viel nach. Vielleicht waren die Dinge einfach, wie sie waren, und das Gute und das Schlechte passierte, weil es eben *passierte*.

Ereignisse brachen über uns herein, und es lag nur an uns selbst, wie wir damit umgingen. Einige von uns überlebten und andere ... na ja, andere nicht. Vielleicht war das der Punkt.

Ich hatte jedenfalls überlebt, weil jemand mir einen Grund dafür gegeben hatte.

»Es tut ihm unendlich leid«, flüsterte ich. »Das können Sie sich gar nicht vorstellen.«

Trevors Dad blieb stehen, drehte sich aber nicht um, und ich nahm das als Zeichen fortzufahren.

»Nathan hätte Trevor niemals absichtlich verletzt. Wenn er über ihn redet ... Es ist, als wären sie Brüder, und der Gedanke, dass er einen Fehler gemacht hat, der seinen besten Freund ins Krankenhaus gebracht hat, bringt ihn um.«

Mir versagte die Stimme und ich schauderte. Mir war kalt und ich war frustriert. »Ich weiß, dass Ihrem Sohn das Schlimmste passiert ist, was ...«

»Du weißt nicht das Geringste, Kleine.« Trevors Dad drehte sich um und starrte mich an. Ich schluckte schwer.

»Wer bist du noch mal?«, fragte er barsch.

»Monroe. Mein Name ist Monroe Blackwell. Ich bin nur eine Freundin und … und Sie wollen das vielleicht nicht hören, weil die meisten Erwachsenen es nicht mögen, wenn jemand Jüngeres ihnen sagt … dass sie sich irren.« Ich hielt inne und betete um Kraft. »Aber Sie irren sich.«

Er trat einen Schritt näher, und meine Angst breitete sich aus, bis ich anfing zu zittern. Aber ich wich nicht zurück. Ich konnte nicht. Ich musste ihn dazu bringen zu verstehen.

Ich musste es für den Jungen tun, den ich liebte.

»Sie dürfen Nathan nicht für das hassen, was mit Ihrem Sohn passiert ist«, stieß ich hervor. »Das ist so, so falsch. Es ist nicht fair.«

Er stieß einen fast unmenschlichen Laut aus und machte noch einen Schritt auf mich zu. Seine Augen funkelten so böse, dass ich zusammenzuckte.

»Für wen zum Teufel hältst du dich, dass du es wagst, mir eine Predigt über falsch und richtig zu halten? Ich werde dir sagen, was nicht fair ist. Es ist nicht fair, dass mein Sohn im Krankenhaus liegt, und zwar schon seit mehr als drei Monaten. Es ist nicht fair, dass er jetzt gegen eine Infektion kämpft, die er vielleicht nicht überleben wird.« Er rieb sich die Augen. »Er könnte uns heute Nacht verlassen, wusstest du das? Der Arzt hat uns heute Morgen gesagt, dass Trevor es wahrscheinlich nicht schaffen wird. Gott, er ist nicht mal siebzehn Jahre alt. Was zur Hölle ist fair daran?«

»Nichts«, flüsterte ich. »Nichts daran ist fair, sehen Sie das nicht? Was wäre, wenn Trevor in dieser Nacht den Wagen gefahren hätte und Nathan jetzt im Koma liegen würde? Glauben Sie, Ihr Sohn hätte dann den ganzen Hass verdient? Die ganze Schuld?«

»Trevor hat den verdammten Wagen aber nicht gefahren!«, brüllte er.

»Es hätte aber sein können.« Wie konnte ich ihm nur die Augen öffnen? »Er *hätte* am Steuer sitzen können! Wir sind Teenager. Wir machen Fehler. Wir bauen Mist, und manchmal ist es so schlimm, dass Menschen dabei verletzt werden. Haben Sie nie etwas Falsches getan oder etwas so Schlimmes, dass Sie sich gewünscht hätten, Sie könnten es rückgängig machen?«

Ich schon.

Mir versagte wieder die Stimme, und er schaute weg, während ich darum kämpfte, nicht aufzugeben. »Wir kennen uns nicht und ich habe auch Trevor nie kennengelernt. Aber durch das, was Nate mir erzählt hat, glaube ich ... nein«, ich schüttelte den Kopf, »nein, ich *weiß*, dass Trevor die Größe hätte, Nathan zu vergeben.«

Tränen schimmerten in seinen Augen und das Herz wurde mir schwer.

»Vergebung. Das ist doch ein Witz«, sagte er mit belegter Stimme. »Es ist so verdammt hart.«

Ich nickte. »Ich weiß. Es ist schwer, wenn man niemandem die Schuld geben kann. Es ist schwer etwas so Schreckliches zu akzeptieren, weil es so wehtut, aber ich ...« Ich hielt inne und würgte die Tränen hinunter. »Ich glaube nicht, dass Trevor gewollt hätte, dass der Unfall das Leben seines besten Freundes zerstört. Ich glaube, Trevor hätte gewollt, dass seine Familie Mitgefühl zeigt. Ich glaube, er hätte gewollt, dass seine Familie vergibt.«

Trevors Vater sagte kein Wort mehr. Er starrte für einen Moment auf den Boden und wandte sich dann zum Gehen.

Er verschwand in den Schatten, nur seine Schritte hallten in der Stille wider und dröhnten in meinem Kopf.

Es kam mir vor, als hätte ich ewig dort gestanden. Erst als der letzte Nachhall verklungen war, konnte ich mich wieder bewegen.

Ich lief in die entgegengesetzte Richtung und ließ mich von der Dunkelheit verschlucken, aber sie bot keine Erleichterung. Sie bot nur eine Tür, durch die man verschwinden konnte, einen Moment in der Zeit, und ich fragte mich, ob Nathan seine eigene Tür gefunden hatte. Seine eigenen dunklen Schatten.

Und ich fragte mich, ob sie sich genauso leer anfühlten wie meine.

Kapitel 26

Monroe

Es war fast Mitternacht, als ich den Matlock in Grandmas Auffahrt parkte. Vor ein paar Stunden hatte ein leichter Regen eingesetzt, doch es war wärmer statt kühler geworden. Blitz und Donner erfüllten den Himmel. Der Regen fiel gleichmäßig in leichten Wellen auf die Windschutzscheibe.

»Wo bist du, Nathan?«, fragte ich in die Dunkelheit, aber natürlich bekam ich keine Antwort.

Ich hatte das Gefühl, jede verdammte Straße in Twin Oaks hoch- und runtergefahren zu sein, dann hatte ich noch einen Abstecher zum Autokino gemacht, aber heute Abend hatte keine Waldparty stattgefunden. Ich hatte sogar am Baker's Landing vorbeigeschaut, in der Hoffnung, ihn vielleicht dort zu finden. Aber auch am See war es still, nur die Schwäne begrüßten mich.

Ich versuchte, stark zu sein. Ich versuchte, nicht sauer auf Nathan zu sein, doch das fiel mir schwer, denn ich war völlig außer mir.

Ich wusste nicht einmal, warum ich überhaupt zu Grandma zurückgefahren war – an Schlaf war sowieso nicht zu denken –, aber ich hatte sie angerufen und ihr Bescheid gesagt, dass ich gegen Mitternacht zu Hause sein würde. Und mal ehrlich, wohin hätte ich sonst fahren können? Ich hatte keine Ahnung, wo ich noch nach ihm suchen sollte.

Ich stieg aus dem Wagen, trottete zur Veranda, blieb aber auf der untersten Stufe stehen, den Kopf zum Himmel gerichtet, sodass der Regen auf mein Gesicht fiel. Irgendwo in der Dunkelheit hörte ich eine Eule. Ihr Ruf klang so einsam und traurig. So verdammt passend.

Ich trat einen Schritt zurück und ging um das Haus herum. In der Ferne waren die Schatten dichter und meine Augen wanderten über die große Familiengruft.

Glühwürmchen tanzten am Rand des Friedhofs zwischen den Regentropfen und verschwanden erst, als ein greller Blitz über den Himmel zuckte. Und am Heckenlabyrinth … *das Heckenlabyrinth!*

Natürlich, das Heckenlabyrinth!

Ich rannte wie eine Verrückte, rutschte beinahe im nassen Gras aus, hielt aber nicht an, bis ich es in die Mitte geschafft hatte. Unsere Mitte.

Durch die fast zwei Meter hohe Hecke war es hier noch dunkler, und mit dem Regen auf meiner Haut und vor den Augen, dachte ich zuerst, es sei niemand hier.

Doch dann bewegte sich ein Schatten in der Ecke. Ich hielt den Atem an, denn ich fürchtete, wenn ich auch nur mit der Wimper zuckte, würde meine Welt zerbrechen und das Bild verschwinden.

Aber er war es.

Nathan.

Grandma hatte einmal zu mir gesagt, dass es Momente

gab, die uns das ganze Leben lang begleiteten. Einige davon wären wunderschön. Andere schmerzhaft. Wieder andere schienen zunächst nichts zu bedeuten, weil sie erst später eine Rolle spielen würden.

Aber einige Momente – so wie der unmittelbar bevorstehende – hatten die Kraft, das Leben zu verändern.

Nate rieb sich die Augen, seine langen Haare hingen ihm in wirren Wellen vor dem Gesicht. Sein T-Shirt haftete nass und durchsichtig an seinem Oberkörper, die Jeans war völlig durchgeweicht. Der Regen tropfte von ihm herab, genau wie von mir, und als ich nähertrat, konnte ich den Schmerz in seinen Augen sehen.

Er beugte die Schultern nach vorn und richtete den Blick auf den Boden. »Es tut mir leid«, sagte er mit rauer Stimme. »Ich hocke hier schon seit Stunden, aber ich wusste nicht, was ich tun sollte. Was ich sagen sollte. Also habe ich alles und jeden ignoriert.« Er schauderte. »Sogar dich.«

Jetzt, an diesem Ort, der uns gehörte, war mir das alles egal. Es zählte nur noch, dass er vor mir stand. Ich wollte ihm seinen Kummer nehmen und ihm helfen, wie er mir geholfen hatte. Etwas Heftiges loderte in meiner Brust, etwas Wundervolles und Beängstigendes.

Etwas, das vielleicht warten sollte, aber ich wusste, dass ich nicht stark genug war, es zu verdrängen. Aber war ich stark genug, mit den Folgen zurechtzukommen?

»Ich liebe dich«, flüsterte ich.

Er hob den Kopf, fuhr sich mit der Hand über die Stirn und strich sich die Haare zurück.

»Was?«

Ich ging auf ihn zu, bis wir einander so nah waren, dass ich seine Wärme spürte, und legte die Hände auf seine Brust. Ich spürte seinen Herzschlag. Hörte seine unregelmäßigen Atemzüge.

Und ich sah in seine Augen, in denen ich mich verlieren wollte. »Ich weiß, dass sich das für dich wahrscheinlich verrückt anhört. Ich meine, wir kennen uns noch nicht sehr lange, aber ich liebe dich, Nathan.«

Meine Hände legten sich um seine Taille und ich lehnte den Kopf an seine Schulter.

Ich liebe dich.

Er bebte, sein ganzer Körper war angespannt. Dann wanderten seine Hände um meine Schultern und er zog mich an sich, seine Nase berührte meinen Hals.

»Ich brauche dich«, flüsterte er. »So sehr.«

Er hob den Kopf, vergrub die Hände in meinen Haaren und zupfte daran, bis ich gezwungen war, ihm in die Augen zu sehen.

»Ich liebe dich auch, Monroe. Gott, ich habe noch nie zuvor so etwas für ein Mädchen empfunden, aber … ich … da ist so viel Scheiße in meinem Leben, und ich weiß nicht, wie ich damit umgehen soll. Und Trevor … er …«

Nathan legte seine Stirn an meine und für einen Moment atmeten wir uns nur an.

Zum ersten Mal seit Ewigkeiten fühlte ich mich … angekommen, was völlig verrückt war. Es kam mir vor, als hätten sich alle Teile meines Lebens bewegt, verschoben, versucht, den Weg zurückzufinden, bis sie sich schließlich an der richtigen Stelle wieder ineinandergefügt hatten.

Ich war dort, wo ich sein sollte. Natürlich war ich schlimm getroffen worden und tief gefallen, aber ich hatte es überstanden, ich war wieder ganz. Ich war ganz und am Leben – und ich liebte einen Jungen, der noch nicht dort angekommen war. Einen Jungen, der meine Hand gehalten und mich hierher geführt hatte.

»Tu das nie wieder, Nate. Du musst stark sein, so stark wie du es für mich warst, und du musst dir endlich selbst vergeben.«

»Er könnte sterben«, flüsterte Nate. »Ich wusste, dass die Möglichkeit bestand, aber ich dachte nie … Ich dachte, er würde wieder aufwachen. Ich dachte, er würde wieder aufwachen und mir die Hölle heiß machen, verstehst du? Mir eine verpassen oder mich anschreien oder … Ich dachte nicht, dass es einfach … zu Ende gehen würde.«

»Ich weiß.«

»Ich weiß einfach nicht mehr, was ich tun soll. Ich bin so wütend und verärgert, und ich hasse mich für das, was ich ihm angetan habe. Ich gehe diesen Abend immer wieder durch. Immer und immer wieder. In meinen Gedanken erlebe ich alles noch einmal. Und es macht mich wahnsinnig, denn ich kann mich nicht an den Moment erinnern, als alles schiefging. Ich habe keine Ahnung, wie ich jemals darüber hinwegkommen soll.«

»Lass mich dir helfen, Nathan.«

Seine Stimme brach. »Wie?«

Vorsichtig zog ich seine Hand in meine und trat einen Schritt zurück. »Vertraust du mir?«

Vertraute ich mir selbst? Seit wann war ich Expertin im Heilen von Wunden? Ich war über ein Jahr lang zur Therapie gegangen, weil ich völlig am Ende war. Ich hatte mir die Pulsader aufgeschnitten, weil ich nichts mehr mit all dem zu tun haben wollte.

Und dennoch, als ich ihm in die Augen sah, hatte ich das starke Gefühl, richtigzuliegen, und ich schaffte es, alle negativen Gedanken zu verdrängen. Die Gedanken, die sagten, es gäbe keine Hoffnung. Nur Schmerz.

Die Gedanken, die sagten, dass ich Nathan verlieren könnte, wenn ich nicht aufpasste.

Ich dachte an den Tag zurück, als ich elf Jahre alt gewesen war. An diesen schwülen Nachmittag auf Grandmas Veranda, als sie mir sagte, dass ich alles tun könnte, solange ich mich dafür einsetzte. Und plötzlich wusste ich, dass sie Recht hatte. Sie hatte die ganze Zeit Recht gehabt.

»Du musst mir vertrauen.«

Nate sagte nichts.

»Du musst zulassen, dass ich dich auffange. Verstehst du?« Ich berührte wieder seine Wange, ließ die Hände bis zu seinem Mund wandern und stellte mich etwas auf die Zehenspitzen, damit ich ihn küssen konnte.

Es war ein zarter Kuss – nur eine sanfte Berührung der Lippen, die unsere Verbindung jedoch festigte.

»Ich werde dich nicht fallen lassen.«

Er nickte. Und das reichte aus.

»Okay«, sagte ich. »Lass uns gehen.«

»Wohin?«

Ich schluckte meine Angst hinunter und versuchte zu lächeln, aber das klappte nicht besonders gut. Ich wusste, dass wir am Rand einer Klippe standen. Aber ich spürte auch, dass wir den Sturz überleben würden.

Wir mussten überleben, was hätte das Ganze sonst für einen Sinn?

»Wir besuchen Trevor«, sagte ich.

Kapitel 27

Nathan

Still lag das Krankenhaus vor uns, als wir dort ankamen. Nur wenige Autos standen auf dem Parkplatz und ein paar vereinzelte entlang der Straße. Es hatte aufgehört zu regnen, aber die Feuchtigkeit hing wie eine Decke in der Luft und hüllte alles in einen grauen Nebel.

Monroe parkte hinter einem Truck – dem Truck von Trevors Eltern – und das flaue Gefühl in meinem Magen wurde schlimmer. Ich wusste nicht, ob ich die Kraft hatte, das durchzuziehen. Ich dachte an das letzte Mal, als ich hier gewesen war, an die Wut, die von Trevors Vater Besitz ergriffen hatte, und trotz Brendas Bitte herzukommen, war ich nicht sicher, ob er mich hochkant rauswerfen würde.

Vielleicht wollte ich das sogar.

Vielleicht würde ich es einfach zulassen.

Mein Handy vibrierte und ich zog es aus meiner Jeans. Es war ein Wunder, dass das dumme Ding noch funktionierte, denn es war seit Stunden nass. Es war meine Mom. Ich hatte ihr eine Nachricht geschickt, damit sie wusste, dass es mir gut ging und ich bei Monroe war. Ich hatte ihr geschrieben, dass wir zum Krankenhaus fuhren und dass ich nicht wusste, wann ich wieder zu Hause sein würde.

Ich sah auf das Display und las ihre Nachricht.

Ich liebe dich. Genau wie Trevor.

Scheiße. Meine Augen brannten wieder, ich steckte das Handy ein und atmete durch.

»Hey«, sagte Monroe leise. »Bist du bereit?«

Nein.

»Ja.«

Sie beugte sich zu mir und küsste mich. Es war nur eine sanfte Berührung, aber ich schmeckte das Salz ihrer Tränen, spürte die Wärme ihrer Seele, ihr tiefes Mitgefühl. Ich spürte, wie dieser Kuss bis zu meinem Herzen wanderte.

Ich gehörte diesem Mädchen. Jeder einzelne Teil von mir.

»Ich bin froh, dass du bei mir bist«, sagte ich und löste mich von ihr, weil sich das flaue Gefühl wieder meldete. »Ich glaube nicht, dass ich das allein schaffen würde.«

Sie schob ihre Finger zwischen meine und drückte meine Hand. »Du bist nicht allein, Nathan. Nicht mehr.« Sie hob den Kopf, ihr Haar war noch immer feucht. »Ich würde Trevor jetzt gern kennenlernen.« Sie starrte mich an in ihren zerknitterten Sachen – sie trug mein T-Shirt, das zwei Nummern zu groß für sie war –, und ich dachte, dass sie das vollkommenste Wesen war, das ich je gesehen hatte.

»In Trevors Augen wärst du die absolut coolste Braut.«

»Das will ich hoffen«, sagte sie, als die automatische Schiebetür am Krankenhauseingang aufglitt.

Wenige Minuten später betraten wir den fünften Stock,

und die Angst, vor der ich mich den ganzen Tag gedrückt hatte, traf mich erneut. Und zwar mit voller Wucht.

Ich ließ Monroe los, steckte die Hände tief in die Hosentaschen und wich dabei den neugierigen Blicken der Schwestern hinter dem Tresen aus.

»Kann ich euch helfen?« Die größere Schwester kam mit erhobenen Augenbrauen um den Tresen herum auf uns zu.

»Ich …« Scheiße, meine Stimme klang schrecklich, als wäre ich ein Zwölfjähriger und gerade im Stimmbruch. Ich räusperte mich, während mein Blick an der Schwester vorbei in Richtung Trevors Zimmer wanderte.

»Nathan möchte gern seinen Freund sehen, Trevor Lewis«, sagte Monroe.

Die Krankenschwester kniff die Augen zusammen und legte den Kopf zur Seite, ohne den Blick von mir abzuwenden. Ein Moment verstrich. Und dann noch einer.

Mein Herz rutschte mir in die Hose, als ich bemerkte, dass sie mich wiedererkannte. Sie wusste, wer ich war. Der Idiot, der dafür verantwortlich war, dass Trevor im Krankenhaus lag. Sie würde mich auf keinen Fall durchlassen.

Was zur Hölle hatte ich mir dabei gedacht?

»Er muss Trevor sehen«, fügte Monroe entschieden hinzu. »Sie müssen es ihn wenigstens versuchen lassen.«

»Schätzchen, ich muss überhaupt nichts«, erwiderte die Schwester, die Hände fest in die Hüften gestemmt, als wäre es ihre persönliche Mission, uns von dem Zimmer fernzuhalten.

»Brenda …«, ich sah ihr in die Augen, »Brenda Lewis,

seine Mom, hat mich gebeten herzukommen, als ich sie heute getroffen habe. Sie sagte, er könnte ...« Ich spannte die Schultern und versuchte, ruhig zu bleiben. »Sie sagte, er könnte die Nacht vielleicht nicht überstehen.«

Scheiße. Diese Worte hören zu müssen, war schon schwer, aber sie auszusprechen, war noch viel schwerer.

Ihr Blick wurde sanfter, sie seufzte, dann schüttelte sie den Kopf. »Ich bin sicher, sie meinte, du solltest vor einundzwanzig Uhr vorbeikommen. Es tut mir leid, aber jetzt ist es für Besuche zu spät, das verstößt gegen die Krankenhausrichtlinien.« Sie schüttelte noch einmal den Kopf. »Ich muss euch beide bitten, zu gehen.«

Und das war's. Es war vorbei, bevor es überhaupt angefangen hatte.

»Machen Sie Witze?« Monroe drängte sich an mir vorbei, und für einen Augenblick dachte ich, sie würde der Schwester gleich an die Gurgel gehen. »Begreifen Sie denn nicht, was das für ihn bedeutet? Trevor ist sein bester Freund. Er *muss* ihn sehen. Sie müssen ihn zu ihm lassen!«

Die Krankenschwester zuckte die Schultern. »Ich verstehe euch ja, aber wir haben Regeln und zwar aus gutem Grund. Und wenn ihr nicht auf der Stelle ohne Aufsehen verschwindet, muss ich den Sicherheitsdienst rufen.«

»Monroe, es hat keinen Zweck. Lass uns einfach abhauen.« Ich griff nach ihrem Ellbogen und wollte mich gerade umdrehen, als eine Stimme meinen Namen rief – leise, aber mit einem barschen Unterton, der keinen Zweifel ließ.

»Nathan.«

Ich sah an der Schwester vorbei und entdeckte Mike Lewis direkt vor Trevors Zimmer. Alles in mir erstarrte. Meine Gedanken. Mein Atem. Mein Herz. Als wäre die Zeit stehen geblieben. Ich hatte das Gefühl, in einem Eisblock festzustecken, als würde das Blut in meinen Adern gefrieren und immer langsamer fließen.

Die Schwester redete weiter, doch sie trat ein Stück zur Seite, bis sie meinen Blick nicht mehr versperrte. Ich hatte keine Ahnung, was sie sagte, ich nahm nichts mehr wahr außer Mike. Nichts als meinen langsamen Herzschlag.

Trevors Dad sah aus, als sei er zehn Jahre gealtert, seit ich ihn das letzte Mal gesehen hatte. Seine Haut war grau und seine Augen, Scheiße, seine Augen waren eingesunken, glasig und voller Schmerz. Ich spürte seine Verzweiflung wie einen physischen Schlag, als hätte er seine großen Fäuste geballt und mir ins Gesicht gerammt.

Er starrte mich lange an, dieser traurige, wütende, gequälte Blick traf mich im Innersten. Ich war nicht sicher, was Trevors Vater tun würde. Würde er auf mich losgehen? Würde er sich danach besser fühlen?

Denn wenn es so wäre, würde ich mich liebend gern von ihm verprügeln lassen. Ich würde alles über mich ergehen lassen, um ihm die größtmögliche Linderung zu verschaffen, die er kriegen konnte. Ich würde alles tun, um ihm diesen Schmerz zu nehmen.

Er drückte sich von der Wand ab und kam mit langsamen Schritten auf uns zu. Eine massige Gestalt, die einem durchaus Respekt einflößte. Trotzdem sah ich in ihm immer noch den Mann, der Trevor und mich jeden Freitag von der Schule abgeholt hatte, als wir zehn waren. Den Mann, der mit uns Gokarts gebaut und mich in die Notaufnahme gebracht hatte, als ich mir nach einem Supercrash den Arm gebrochen hatte. Ich sah den Mann, der uns laut Gitarre spielen ließ und uns dabei mit wippendem Kopf zugesehen hatte, obwohl ich wusste, dass er lieber Big & Rich hörte.

Ich sah den Mann, dessen Leben ich zerstört hatte.

Er blieb ein Stück entfernt stehen. Sein ärmelloses Shirt war auf der Brust voller Flecken – vielleicht Kaffee – und zerknittert, als hätte er darin geschlafen oder es abends einfach achtlos auf den Boden geworfen und morgens wieder angezogen.

Er straffte die Schultern, ohne mich aus den Augen zu lassen, aber seine Stimme klang nicht bedrohlich, als er zu sprechen begann. Er klang nur unendlich erschöpft.

»Du siehst scheiße aus, Everets.«

Ich nickte. »Ja, das stimmt.«

Mike fuhr sich mit der Hand über das mindestens eine Woche lang nicht rasierte Stoppelkinn und sein Blick wanderte zu Monroe. »Du schon wieder.«

Moment. Was? Wann zur Hölle hatten sie sich kennengelernt?

Ich sah Monroe an, aber sie hatte sich Mike zugewandt, die Beine breit aufgestellt, die Arme in die Seiten gestemmt, als wollte sie … Oh Mann, sie sah aus, als würde sie ihm Widerstand leisten, wenn sie müsste. Mein Herz zog sich noch mehr zusammen, wenn das überhaupt möglich war.

»Ja, ich schon wieder«, sagte sie leise.

»Mr Lewis, ich habe den beiden gerade erklärt, dass es zu spät für einen Besuch ist.« Die Krankenschwester wippte plötzlich verunsichert auf den Füßen vor und zurück.

Ja, es war spät, das hatte ich verstanden, aber es war mir egal, was sie davon hielt. Mir war alles egal, außer Trevor.

»Ich habe über deine Worte nachgedacht«, sagte Mike schroff, den Blick immer noch auf Monroe gerichtet. »Du hast Recht.«

Ich beobachtete die beiden, ohne wirklich zu begreifen, was hier vor sich ging, und ich fragte mich, wann Monroe mit Trevors Dad geredet hatte.

»Danke«, sagte Monroe ruhig.

»Wofür?«, erwiderte Mike.

»Dafür, dass Sie stark genug sind. Dass Sie Nathan nicht verurteilen«, antwortete Monroe.

Mike nickte abrupt und fragte: »Kann ich einen Moment mit Nathan allein reden?«

»Eigentlich muss ich sowieso gehen«, erwiderte Monroe.

Mein Blick sprang von Trevors Dad zurück zu ihr. »Was? Nein.«

Mist. Ich konnte das nicht ohne sie durchziehen.

Ich streckte die Arme nach Monroe aus, aber sie wich zurück und schüttelte den Kopf. Ihre Augen waren weit geöffnet, ihre blasse Haut schimmerte unter den hellen Deckenleuchten.

»Das ist nicht der richtige Ort für mich. Jedenfalls nicht jetzt.« Sie zuckte die Schultern. »Geh zu Trevor. Sei bei ihm.«

Aber ich schüttelte den Kopf, plötzlich so erschrocken, dass meine Beine fast nachgaben.

»Du musst das tun, Nathan. Und was auch immer passiert, danach werde ich für dich da sein.«

Ich streckte wieder die Hände nach ihr aus und diesmal wich sie nicht zurück. Sie legte die Arme um meine Taille und ich hielt sie so lange fest, wie sie es zuließ.

Das genügte mir schon. Allein sie zu berühren, reichte mir völlig aus. Sie gab mir das Gefühl, ich wäre zu allem fähig.

Ich berührte ihre Stirn mit den Lippen und beugte mich nah an ihr Ohr. »Ich liebe dich.«

Ihre Hände umschlossen meine. »Ich dich auch.«

Und dann ging sie.

»Sie ist etwas Besonderes«, sagte Mike.

Ich nickte und drehte mich zu ihm um, ohne mir die Mühe zu machen, den Schmerz und die Reue und alle anderen Gefühle zu verbergen.

»Mr Lewis«, begann ich, aber er unterbrach mich.

»Mike. Du hast mich immer Mike genannt.«

Ich musste mich mehrmals räuspern, bevor ich wieder sprechen konnte. Tränen brannten in meinen Augen, und ich strengte mich mit aller Kraft an, sie zurückzuhalten. Aber vergeblich. Schließlich wischte ich mir über das Gesicht und atmete hörbar aus.

Ich konnte mich nicht erinnern, wann ich mich das letzte Mal unbeschwert gefühlt hatte. Ich konnte mich nicht erinnern, wann ich das letzte Mal keinen Schmerz empfunden hatte. Natürlich wusste ich, dass es so eine Zeit gegeben hatte – damals vor dem Unfall –, aber als ich jetzt vor Trevors Dad stand, war ich mir sicher, dass ich mich nie wieder daran erinnern würde, wie es vorher gewesen war, egal, wie sehr ich mich bemühte.

»Wie geht es ihm?«, fragte ich leise, wobei ich mich zu jedem Wort zwingen musste.

Ich hielt den Atem an, weil ich Angst hatte, dass ich zu spät gekommen war und mein schlimmster Albtraum Realität zu werden drohte.

Mike legte die Hände auf meine Schultern, aber ich konnte ihn immer noch nicht ansehen. Ich war zu feige. Ich spürte seine Vergebung. Wie eine schützende Hülle legt sie sich um mich, und dennoch … Ich konnte das Gefühl einfach nicht abschütteln, dass ich es nicht verdient hatte, und ich war nicht stark genug, einer Realität ins Auge zu blicken, in der Trevor nicht mehr vorkommen würde.

Also starrte ich auf meine matschigen Schuhe und betete, wie ich es noch nie zuvor getan hatte.

»Er ist immer noch bei uns.«

Ich atmete so erleichtert auf, dass ich auf dem Hintern gelandet wäre, wenn Mikes Hände nicht auf meinen Schultern gelegen hätten.

»Ich habe seine Gitarre mitgebracht. Ich dachte, die Musik würde ihm vielleicht helfen, gegen die Infektion anzukämpfen. Vielleicht könnte die Musik ihn zurückbringen, aber …« Er hielt inne und holte tief Luft.

Langsam sah ich auf. »Aber?«

Ein trauriges Lächeln huschte über sein Gesicht. »Ich spiele total mies, schon vergessen? Ich kenne nur ein paar Akkorde, und G und C bringen es nicht wirklich.«

Sein Lächeln wurde breiter und dann lachte er. Er lachte so heftig, dass sein Körper bebte und seine Finger sich schmerzhaft in meine Schultern gruben. Ich war nicht sicher, ob er jetzt völlig durchdrehte oder ob er einfach nur so fertig war, dass er nicht mehr wusste, was er tat.

Er hörte abrupt auf und straffte die Schultern. »Es tut mir leid, wie ich dich nach dem Unfall behandelt habe. Es war falsch, dir die ganze Schuld zuzuschieben, und ich ... ich habe keine Entschuldigung dafür. Ich bin in ein gottverdammtes schwarzes Loch gefallen und brauchte jemanden, an dem ich alles auslassen konnte. Und das warst du.« Er räusperte sich. »Es gab nur dich.«

»Ist schon okay«, sagte ich leise.

Und das war es.

»Würdest du für ihn spielen? Ich meine, ich glaube wirklich, dass es helfen könnte. Vielleicht weckt es etwas in ihm.«

Ich konnte nicht antworten. Ich brachte einfach kein Wort heraus. Aber ich nickte. Ich nickte wie eine bescheuerter Wackeldackel und folgte Mike den Flur hinunter.

Kapitel 28

Monroe

Ich träumte von Malcolm. Es war Hochsommer, heiß und feucht. Die Luft war so dick, dass man sie praktisch sehen konnte. Es war einer dieser Tage, an denen der Bürgersteig durch die Sandalen brannte und man im Freibad am liebsten stundenlang unter den Sprinklern hindurchrennen würde. Es war einer dieser Tage, an denen alles langsam und träge ablief.

Einer dieser Tage, an denen schlimme Dinge passierten.

Ich hatte diesen Traum schon mehrmals gehabt, und das Ende war immer dasselbe: Ich verlor Malcolm in den tiefen Schatten, in die die Sonne niemals vordringt.

Ich verlor ihn und normalerweise hörte ich ihn nach mir weinen. Nach Mom. Nach Dad.

Das Geräusch machte mich immer ganz verrückt, aber diesmal … diesmal hörte ich kein Weinen. Für eine Weile war da gar nichts. Ich wusste, dass er fort war, aber da war kein einziger Laut.

Plötzlich hörte ich sein Lachen wie Blasen über einem Wasserfall. Hell und leicht tanzten sie in der Luft. Klare, runde, funkelnde Blasen, die sich auf meine Finger setzten, als ich sie nach ihnen ausstreckte.

»Malcolm«, flüsterte ich aus Angst, das Lachen würde vergehen. Gott, ich wünschte, es würde nie aufhören.

Und doch tat es das.

Sein Kichern wurde leiser, bis ich es nicht mehr hören konnte. Egal, wie sehr ich auch danach suchte, nach dem Stückchen Raum und Zeit, in dem er noch existierte, ich hatte ihn verloren.

Ich hatte ihn im Sonnenlicht und im Wasser und in der endlosen Hitze verloren.

Ich wachte abrupt auf, blieb aber im Bett liegen, um mich an den Klang seines Lachens zu erinnern. An seinen Geruch. Wie er sich angefühlt hatte.

Meine Haut war schweißnass und ich hatte immer noch die Sachen von gestern an. Meine Haare sahen aus, als hätte ich sie seit Tagen nicht gekämmt. Ich seufzte. Ich brauchte unbedingt eine Dusche.

Sonnenlicht fiel in mein Zimmer und die Uhr auf der Kommode sagte mir, dass es fast Mittag war. Ich sah auf mein Handy, aber ich hatte keine Nachricht von Nathan. Das musste ein gutes Zeichen sein. In diesem Fall waren keine Nachrichten gute Nachrichten.

Unter dem heißen Wasserstrahl fühlte ich mich wie im Himmel, aber meine innere Unruhe ließ mich so schnell duschen, als müsste ich einen Geschwindigkeitsrekord brechen. Weniger als zehn Minuten später hetzte ich die Treppe hinunter. Meine nassen Haare hinterließen dunkle Spuren auf meinem grünen Sommerkleid, während ich immer zwei Stufen auf einmal nahm.

In Gedanken schon auf dem Weg in die Klinik und zu Nathan, nahm ich die letzte Stufe und erstarrte, als ich Stimmen aus der Küche hörte.

Für einen Moment wollte ich die Treppe wieder hinaufrennen und die Uhr zurückdrehen, denn in diesem Moment wusste ich, dass der Sommer für mich fast vorbei war.

Und das hieß kein Nathan mehr.

Bei dem Gedanken daran, was das Labor-Day-Wochenende bedeutete, zog sich meine Brust schmerzhaft zusammen. Trotzdem zwang ich mich dazu, die letzten Schritte zu gehen. Ich lehnte mich an den Türrahmen und sah Grandma dabei zu, wie sie sich mit meiner Mutter unterhielt.

Statt ihrer üblichen Businesskleidung – Mom war Anwältin in Manhattan – trug sie nur ein einfaches weißes T-Shirt und blau-weiß karierte Shorts. Ihr golden schimmerndes Haar, das sie normalerweise glatt und kinnlang trug, fiel ihr fast bis auf die Schultern. Sie hatte es naturbelassen, die Wellen standen ihr gut.

Sie war immer noch zu dünn, aber es war schön, sie so entspannt zu sehen. Fast normal. Das war wahrscheinlich alles, worauf wir hoffen konnten.

Fast normal.

Dad lehnte an der Anrichte neben dem Spülbecken und beobachtete Grandma – seine Mutter –, während sie mit Mom sprach. Er war ebenfalls lässig gekleidet, trug eine alte

Jeans und ein Rolling-Stones-T-Shirt. Sein Haar war grauer geworden und er hatte abgenommen, aber er sah gut aus.

Alles in allem sahen beide gut aus.

Genau in diesem Moment blickte Dad auf. Mein Herz setzte einen Schlag aus, als er mich schweigend anstarrte, während Grandma und Mom sich weiter leise unterhielten, ohne zu merken, dass ich da war.

Sofort sah ich die Liebe, den Schmerz, den Kummer und die Frage in seinem Blick: *Fühlst du dich besser?*

Wie fühlte ich mich?

Wie fühlten sie sich?

Dad hatte lange so getan, als wäre unsere kleine, zerstörte Familie schon über alles hinweg. Als hätten wir mit der Tragödie, die Malcolm zugestoßen war, längst abgeschlossen – alles in einer hässlichen Schachtel verstaut und in den Schrank gelegt. Das hatte mich so wütend gemacht. Wie konnte er sich *nicht* im Schmerz suhlen? Der Schmerz erinnerte uns daran, was geschehen war.

Doch mittlerweile konnte ich ihn irgendwie verstehen. Es war seine Art und Weise, damit zurechtzukommen, dass sein Sohn fort war und seine Tochter sich unerreichbar weit vor ihm zurückgezogen hatte.

Nachdem Malcolm gestorben war, hatte ich mich in nichts aufgelöst. Ich hatte nur noch aus Haut und Knochen bestanden, eine herz- und seelenlose Hülle. Ich war so in meinem eigenen Schmerz gefangen gewesen, dass ich überhaupt nicht darüber nachgedacht hatte, dass meine Eltern nicht wussten, wie sie mit ihrem Schmerz umgehen sollten. Ich hatte gedacht, dass Dads Teilnahmslosigkeit und Moms Bedürfnis, alles in übertriebener Weise zu kompensieren, ihre Art war, mit mir umzugehen. Aber das stimmte nicht. Gott, das stimmte nicht mal annähernd.

Es war ihr verzweifelter Versuch, mit ihrem eigenen Schmerz zurechtzukommen.

Aber das Gute war: Wir waren immer noch hier. Mom. Dad. Grandma.

Und ich.

Ich war immer noch hier.

Ich dachte an den Traum, den ich vor weniger als einer Stunde gehabt hatte, und mir wurde noch etwas klar: Auch wenn Malcolm tot war, war er nicht *fort*. Nicht endgültig. Er existierte in jedem von uns weiter, an einem Ort, den er nie verlassen würde. In einem Teil meiner Seele, die sich nicht verdunkelt hatte wie der Rest von mir.

Malcolm hatte uns nie wirklich verlassen, ich war diejenige, die gegangen war. Ich hatte mich tief in mein Inneres zurückgezogen, weil ich nicht stark genug gewesen war, mich all dem zu stellen. Aber Malcolm war immer noch bei uns.

Ich sah, wie sich seine haselnussbraunen Augen in Dads Gesicht widerspiegelten. Ich sah sein freundliches, neugieriges Lächeln in Moms Gesicht, als sie mit einem Nicken auf etwas antwortete, das Grandma gesagt hatte.

Malcolm würde immer bei uns sein.

Meine Füße begannen, sich in Bewegung zu setzen, bevor ich wusste, was ich tat. Ich blieb erst stehen, als sich Dads

Arme um mich schlossen. Ich atmete den Duft ein, der ganz Dad war – ein wenig Seife und Eau de Cologne und … einfach Dad.

Wann hatte ich das letzte Mal zugelassen, dass er mich berührte? Wann hatte ich ihn zum letzten Mal umarmt oder ihm einen Kuss gegeben? Ich konnte mich nicht erinnern und allein das war schon traurig. Als ich noch ein kleines Mädchen war, war er immer mein Held gewesen. Wann hatte das aufgehört?

Schließlich ließ er die Arme sinken, ich trat einen Schritt zurück und mein Blick wanderte von ihm zu Mom.

»Ich hab euch vermisst.«

Mom sah aus, als wüsste sie nicht, was sie sagen sollte, Tränen glitzerten in ihren Augen. Sie saß immer noch am Tisch mit Grandma, die ihre Hand drückte und langsam aufstand.

»Monroe, holst du bitte den Eistee von der Anrichte und gießt uns allen ein Glas ein?«

»Sicher, Grandma.«

Ich ging zu Mom und gab ihr einen Kuss auf die Wange, doch bevor sie etwas sagen konnte, lief ich schnell zur Anrichte. Unsere Beziehung war schon immer etwas komplizierter gewesen und noch sehr zerbrechlich.

Aber ich hatte keine Angst mehr vor dem Weg zurück zum Guten, auch wenn er nicht einfach werden würde.

Ich goss vier Gläser Eistee ein. Dad setzte sich zu Mom, ich lehnte mich an die Anrichte und nippte an meinem Glas, während Grandma Pfirsichpasteten servierte. Ich hatte noch kein Frühstück gehabt, aber allein bei dem Gedanken an Essen drehte sich mir der Magen um.

»Nathan hat sich noch nicht gemeldet, oder?«, fragte ich schließlich, als ich es nicht mehr aushielt. Auf meinem Handy hatte ich immer noch keine Anrufe oder Nachrichten, aber vielleicht hatte er ja bei Grandma angerufen.

Grandma schüttelte den Kopf. »Nein, Schatz, ich habe noch nichts gehört.«

»Wer ist Nathan?«, fragte Dad und setzte sich ein wenig aufrechter hin, während er sein Glas in den Händen drehte.

Der Junge, den ich liebe.

Genau in diesem Augenblick klopfte es laut an der Hintertür. Mir schlug das Herz bis zum Hals, als ich sah, wie sie sich langsam öffnete. Nathan trat in die Küche.

Seine große, schlanke Gestalt steckte immer noch in den schmutzigen Klamotten von gestern. Die Stoppeln an seinem Kinn zeigten deutlich, dass er sich seit ein paar Tagen nicht mehr rasiert hatte, und seine Haare waren völlig zerzaust – eine sexy, wilde Mähne aus sonnengebleichten Wellen.

Am liebsten wäre ich ihm durchs Haar gefahren.

Er zog kurz die Nase hoch, und mein Herz wurde schwer, als ich sah, wie am Ende er war.

»Hey«, sagte ich leise.

Er blickte mir lange in die Augen und bemühte sich um ein Lächeln. »Hey.« Er schob die Hände in seine Jeans und sah sich langsam im Raum um.

»Nathan«, sagte Grandma. »Du siehst erschöpft aus. Hast du schon etwas gegessen?«

Er schüttelte den Kopf. »Ich bin nicht wirklich hungrig, danke, Mrs Blackwell.«

Er sah sich weiter um und räusperte sich. »Ich wusste nicht, dass Sie Besuch haben.« Er wandte sich zum Gehen. »Ich will nicht stören.«

Schnell stieß ich mich von der Anrichte ab. »Nathan, nein. Warte.« Im nächsten Moment war ich bei ihm und streckte die Hände nach ihm aus. Ich brauchte ihn, und als ich die Arme um seine Taille legte, spürte ich, wie sich seine Muskeln entspannten, bis er in meine Arme sank.

Es war, als wären wir die Einzigen in der Küche. Als wären wir die Einzigen im ganzen Universum. Er war alles, was ich wahrnahm. Mit suchenden Blicken sah ich zu ihm auf, denn ich wollte es wissen.

Ich musste ihn nicht einmal fragen, denn als wäre er ein Teil von mir und ich von ihm, sagte er: »Er hat die Nacht überstanden und sie glauben …« Er stieß einen langen Atemzug aus. »Sie glauben, er kann die Infektion besiegen.«

»Oh mein Gott, Nate.«

»Ich weiß«, murmelte er in mein Haar. »Er ist immer noch nicht über den Berg, aber die Ärzte haben Hoffnung. Ich musste dich sehen, bevor ich nach Hause gehe. Ich bin direkt hierhergekommen. Ich musste dich einfach … im Arm halten.«

Jemand räusperte sich hinter uns. Nathan drehte sich ein wenig zur Seite, lächelte zu mir herunter und hob dabei die Augenbrauen.

»Sind das deine Eltern?«

Ich nickte. »Ja.«

»Ich glaube, ich sehe nicht gerade vorzeigbar aus.«

»Du siehst perfekt aus«, antwortete ich und stieß ihn mit der Hüfte an. »Selbst wenn du scheiße aussiehst.« Ich hielt inne. »Möchtest du sie kennenlernen?«

Er schob eine Haarsträhne hinter mein Ohr und trat neben mich – und ich glaube kaum, dass mir mein Herz jemals erfüllter vorgekommen war. Es war erfüllt von Leben. Erfüllt von Liebe und Familie.

Es war erfüllt von Nathan.

»Sicher.«

»Okay«, stichelte ich. »Aber sag nicht, ich hätte dich nicht gewarnt.« Ich nahm ihn an der Hand.

»Mich gewarnt?«

Ich nickte. »Ja, meine Eltern sind beide Anwälte und sie stellen eine Menge Fragen.«

»Gut zu wissen«, sagte er leise. »Dann mal los.«

Kapitel 29

Nathan

Labor-Day-Wochenende. Wer zur Hölle hatte sich das ausgedacht?

Mann, es lag noch gar nicht so weit zurück, dass sich der Sommer so lang wie ein Schuljahr angefühlt hatte. Damals bestand mein Leben aus zwei Teilen: Schule und Sommer. Und in meinem kleinen, jungen Verstand war beides gleich lang, das Jahr aufgeteilt in nur zwei Jahreszeiten.

Als ich in der Grundschule war, konnte ich das Labor-Day-Wochenende nicht ausstehen, weil es das Ende der faulen Sommertage bedeutete, die ich immer bei meinen Großeltern verbracht hatte. Keine Nachmittage mehr am Baker's Landing, kein Angeln und Schwimmen mehr. Stattdessen hieß es zurück in die Klassenzimmer, und wer wollte schon jeden Tag drin verbringen?

Ich jedenfalls nicht. Ich wollte lieber auf Entdeckungsreise gehen und so tun, als sei ich der berüchtigtste Pirat auf dieser Seite des Mississippi.

Aber als ich älter wurde, in die Middle School und dann in die Highschool kam, veränderten sich die Dinge. Traditionen bildeten sich heraus, und das Labor-Day-Wochenende wurde zu einer Drei-Tage-Party, mit der nicht nur das Ende des Sommers, sondern auch der Beginn eines neuen Schuljahrs gefeiert wurde.

An eben diesem Wochenende fand auch immer das alljährliche Footballspiel Väter gegen Söhne statt. Und es stieg die ultimative Waldparty, die jedes Jahr an einem anderen Ort abgehalten wurde – ein Musik- und Saufgelage, voller Chaos, Spaß und bleibenden Erinnerungen.

Und dieses Jahr – mein Abschlussjahr – wäre fantastisch geworden. *Wäre* war die richtige Wortwahl.

Trevor war immer noch im Krankenhaus. Obwohl sein Körper auf die Medikamente ansprach und er den Infekt überstanden hatte, der fast zu einem Organversagen geführt hätte, lag er immer noch im Koma. Er war immer noch in einer anderen Welt gefangen, und ich hatte keine Ahnung, ob er es jemals zurückschaffte.

Er würde das Abschlussjahr nicht mit mir gemeinsam beginnen. Er würde meine Würfe auf dem Footballfeld nicht fangen oder mit mir durch die Clubs ziehen.

Und morgen …

Scheiße, morgen flog Monroe zurück nach New York.

»Everets, du warst verdammt gut!«

Ich drehte mich um. Mein Trainer, Mr Forster, joggte von der anderen Seite des Spielfeldes auf mich zu. Das Spiel gegen unsere Väter war gerade vorbei, und dank meines Treffers hatten wir mit 21 Punkten Vorsprung gewonnen. Was auch nicht schwer gewesen war. Unsere Gegner hatten zwar ein paar Spieler, die gut laufen konnten – unter anderem mein Vater –, aber hauptsächlich waren sie ein Haufen übergewichtiger Jungs mittleren Alters, die in Gedanken schon auf der Suche nach dem Bierzelt waren.

Trainer Forster schob sein Basecap zurück und stemmte die Hände in die Seiten. »Sollte ein gutes Jahr werden.«

»Ja, denke schon.«

Um ehrlich zu sein, hatte ich keine große Lust darauf, weiter Football zu spielen. Ich hatte auf fast gar nichts mehr Lust, aber ich hatte Monroe ein Versprechen gegeben, und daran wollte ich mich halten. Ich musste für sie positiv denken. Mein Leben positiv angehen.

»Wir werden Trevor bestimmt vermissen, aber ich habe ein Auge auf diesen jungen Caleb Obinsky.«

»Ja«, sagte ich. »Klar.«

Caleb Obinsky ging mir am Arsch vorbei. Aber wo war Monroe?

»Hören Sie, Sir, ich muss los, unter die Dusche.«

Mr Forster grinste, klopfte mir auf den Rücken und hielt mir dann die Hand hin. »Ich wollte nur sagen, dass diese ganze Sache …« Er räusperte sich.

»Sache?«

»Die Sache mit Trevor. Das ist Vergangenheit. Neues Jahr, neues Team.«

Ich wusste nicht, was ich sagen sollte, denn seine Auslegung der Situation war meilenweit von meiner entfernt. Er wollte eine Gewinnsaison. Ich wollte sie einfach nur hinter mich bringen. Und ich wollte niemals vergessen, was an jenem Abend passiert war, denn etwas zu vergessen bedeutete, dass es noch einmal passieren könnte. Und ich wollte nie wieder so gottverdammt egoistisch und unendlich dumm sein. Niemals.

»Sicher, okay.«

Ich ging an ihm vorbei, mein Blick wanderte über das Spielfeld, bis ich den vertrauten dunkelhaarigen Kopf entdeckte. Monroe unterhielt sich mit Brent und ein paar anderen Jungs, ihre Eltern ein paar Schritte entfernt mit ihrer Großmutter.

Ich rannte über den Platz, ohne den Blick von ihr abzuwenden. Als sie aufblickte, hob ich das Kinn. Mein Herz machte wieder diesen seltsamen Hüpfer. Würde ich mich jemals daran gewöhnen? Schließlich stieß ich Brent aus dem Weg, damit ich zu ihr konnte.

»Hey! Was zur Hö…« Brent würgte den Satz ab, denn Mrs Blackwell hob eine Augenbraue, aber dafür boxte er gegen meinen Arm. »Du hättest auch fragen können, dann wäre ich zur Seite gegangen, du Depp.«

»Von wegen.«

Ich beugte mich vor, küsste Monroe auf die Nase und atmete ihren Sommerduft ein. Ich legte meine Stirn an ihre und hoffte sehr, es würde sie nicht stören, dass ich schmutzig und verschwitzt war. Ich musste einfach bei ihr sein.

»Hey«, sagte ich.

Sie lachte und ließ die Hände an meinen Armen hinaufwandern, bis sie bei meinen Schultern angekommen war. »Du bist richtig gut, Nate. Wow. Ich meine, ich wusste das vorher, aber ich war trotzdem total gefesselt.«

Ich grinste. »Gut, denn die Show habe ich extra für dich

abgezogen. Hör zu, ich gehe duschen und ziehe mich zu Hause um. Brent holt mich später ab und wir fahren zusammen zur Party. Wie klingt das?«

»Das klingt großartig.«

Sie biss sich auf die Lippe – in dieser unwiderstehlichen Art, die mich ganz verrückt machte – und ich schwöre, wenn ihre Eltern nicht in der Nähe gewesen wären und uns mit Argusaugen beobachtet hätten, hätte ich ihr die Zunge in den Mund geschoben und sie bewusstlos geküsst.

Aber ich musste mich beherrschen. Zum einen weil ihre Eltern sich, was mich betraf, nicht hundertprozentig sicher waren. Ich konnte das verstehen. Aber vor allem wollte ich nicht unnötig unsere Pläne gefährden. Heute war unser letzter gemeinsamer Abend, und ich wollte, dass es ein besonderer Abend wurde. Ich wollte dieses Mädchen so verrückt nach mir machen, dass es diesen Sommer niemals vergessen würde – oder mich.

Denn ich wusste, ich würde sie niemals vergessen. Sie war in mein Herz gebrannt wie ein Tattoo, ich würde sie für immer bei mir tragen.

Kapitel 30

Monroe

Ich zog mich mindestens sieben Mal um, bevor ich mich für eine dunkelblaue Skinnyjeans, ein Paar Ballerinas und ein grünes, schulterfreies Top entschied, das meine Augen zum Strahlen brachte. Zumindest hatte das die Verkäuferin gesagt, als mich Grandma vor ein paar Wochen zum Shoppen mit nach New Orleans genommen hatte.

Das Top war ziemlich kurz und die Jeans tief geschnitten, sodass dazwischen etwas Haut hervorblitzte – ich konnte es kaum erwarten, dass Nate mich sah. Ich hatte Pläne für heute Abend. Für mich und für ihn.

Ich nahm mein Portemonnaie vom Tisch neben meinem Bett und tastete hinein, bis sich meine Finger um ein kleines Folienpäckchen schlossen.

Ich hatte in New Orleans auch Kondome gekauft. Meine Wangen glühten bei dem Gedanken daran, denn ich konnte immer noch nicht glauben, dass ich mich das getraut hatte. Es war nicht einfach gewesen, Grandma zu entwischen, und wer hätte gedacht, dass es so viele verschiedene Sorten gab? Mit Noppen. Im Dunkeln leuchtend. Sogar mit Vibration.

Gott, es gab sogar verschiedene Größen!

Ich hatte die schlichteste, kleinste Packung gekauft, die

ich finden konnte, und betete, dass Grandma mir nicht auf die Schliche kam. Als stünde es plötzlich auf meiner Stirn geschrieben, so nach dem Motto: *»Monroe wird Sex haben, sie hat ein Päckchen Kondome in der Tasche!«*

Ich dachte seit Tagen darüber nach. Nein. Seit Wochen. Eigentlich hatte ich sogar schon darüber nachgedacht, als Nathan mich am Baker's Landing geküsst hatte. Und heute Abend war meine letzte Chance. Meine letzte Chance, mit Nathan zusammen zu sein. *Richtig* zusammen zu sein.

In unserem Heckenlabyrinth hatten wir die meisten Nächte unter den Sternen verbracht, bis er nach Hause gegangen war. Wir hatten uns geküsst. Sehr oft und sehr lange. Und wir hatten uns berührt. Ich hatte seinen muskulösen Körper erkundet, der so anders war als meiner, und er hatte mich vom Kinn abwärts geküsst, sich aber immer zurückgehalten, zu weit zu gehen. Und wenn ich mehr wollte, hatte er uns gestoppt. Er meinte, dass wir es langsam angehen lassen sollten. Dass *er* es langsam angehen musste.

Also hatte ich ihn nicht *dort* berührt.

Oder ihn *dort* gesehen.

Obwohl ich es mir gewünscht hätte.

Ich wusste, dass Nate schon Sex gehabt hatte. Ich hatte ihn gefragt und er war ehrlich zu mir gewesen. Er hatte mir erzählt, dass er und Rachel seit der zehnten Klasse miteinander geschlafen hatten. Als ich weiter nachbohrte, hatte er sogar zugegeben, dass es noch andere Mädchen gegeben hatte.

Natürlich hatte es andere gegeben. Nathan Everets war

umwerfend. Und es war nicht nur die körperliche Anziehungskraft. Er war der gefühlvollste, süßeste Junge, den ich jemals kennengelernt hatte. Wer würde nicht gern mit ihm zusammen sein?

Aber warum wollte er mich nicht?

Ich schob das Kondom in meine Hosentasche und betrachtete mich im Spiegel. Für einen Moment erkannte ich das Gesicht, das mir daraus entgegenblickte, nicht wieder.

Wer war das Mädchen mit den strahlenden Augen und der glühenden Haut? Das Mädchen, das so … glücklich aussah.

Und ängstlich.

»Monroe, Nathan ist da!«

Ich zuckte zusammen und griff nach meiner Jeansjacke. Ich warf die Tür hinter mir zu und blieb erst stehen, als ich an der Haustür war, wo ich fast über meine eigenen Füße gestolpert wäre.

Heilige. Scheiße.

Nathan hatte ein leichtes, sanftes Grinsen im Gesicht, das jedes Herz zum Schmelzen gebracht hätte. Sein Blick war zärtlich und er hatte sich rasiert. Ich liebte es, wenn er unrasiert war, es gab ihm dieses markante Aussehen, das ich so mochte, aber heute Abend, mit diesem Lächeln? Es kribbelte in meinen Fingern, denn ich wollte seine weiche, gebräunte Haut überall berühren.

Er trug ein einfaches weißes Henleyshirt, das einen Kontrast zu seiner goldenen Haut und den braunen Haaren bildete, der jedem Mädchen den Kopf verdreht hätte, und – ich grinste – meine Lieblingsjeans. Sie war alt und ausgewaschen, aber sie sah unglaublich an ihm aus. Ich atmete zitternd aus und warf rasch einen Blick zu Mom.

Sie lehnte am Treppengeländer, und ich war sicher, dass Nates Charme auch auf sie wirkte, denn sie lächelte ihn an – auf eine Art, die mir sehr bekannt vorkam.

Gott, er war gut.

»Also …« Sie räusperte sich. »Ihr kommt nicht zu spät zurück, okay?«

»Mom, das ist mein letzter Abend hier. Ich verspreche dir, dass ich nicht die ganze Nacht wegbleibe, aber darf ich heute mal länger weg sein als bis Mitternacht?«

Ich sah die Unschlüssigkeit in ihren Augen.

»Ich habe mich schon ewig nicht mehr so wohlgefühlt und ich möchte es so lange bewahren, wie ich kann, verstehst du?«

Okay, das war glatte Erpressung, aber das war mir egal. Ich war bereit, nach jedem Strohhalm zu greifen, um so viel Zeit wie möglich mit Nathan verbringen zu können.

»Ich verspreche, ich werde auch brav sein.«

Grandma und Dad kamen aus der Küche. »Du passt auf meine Enkelin auf, Nathan.«

»Ja, Ma'am«, antwortete er.

Ich umarmte Mom kurz, doch sie hielt mich einen Moment fest. »Roe«, sagte sie mit brüchiger Stimme. »Ich …«

So viele Worte hingen in der Luft. Wichtige Worte. Schwere Worte. Nur die Worte dazwischen waren leicht auszusprechen. Aber irgendwie glaubte ich, dass sie nicht wirklich relevant waren. Sie füllten nur die Lücken zwischen den so viel bedeutungsvolleren Worten. Doch die Worte, die wirklich etwas bedeuten, fallen einem am schwersten. Sie bleiben stecken oder verborgen und manchmal werden sie vergessen. Aber ich wusste, dass sie im Inneren meiner Mom darauf warteten, irgendwann ausgesprochen zu werden, denn dieselben Worte waren auch tief in mir vergraben.

Mom schauderte und ich flüsterte: »Ich weiß.«

Sie zögerte. »Du siehst wunderschön aus.«

Ich lächelte Dad zu und küsste Grandma auf die Wange. Sie griff nach meinen Händen, ihr Blick wurde plötzlich ernst. »Sei vorsichtig«, flüsterte sie so leise, dass nur ich es hören konnte, und sah mich dabei bedeutungsschwer an.

Gott.

Es war, als wüsste sie, was ich vorhatte.

Ich nickte mit zugeschnürter Kehle. Dann folgte ich Nate in die heiße Louisiananacht hinaus.

Die Party war gigantisch. Sie fand irgendwo draußen auf der Farm eines Typen namens Chad statt. Es hatten sich mindestens zweihundert Kids versammelt, als wir dort ankamen. Das war vor über zwei Stunden gewesen, und ich wette, es waren inzwischen fast dreihundert.

Ein Lagerfeuer brannte hell, Musik dröhnte aus großen Lautsprechern, die auf der Ladefläche eines matschbespritzten Trucks standen. Alle hier schienen ein Hoch auf das Leben oder ein Hoch auf Marihuana zu feiern, das war nicht immer leicht zu unterscheiden.

»Hey.« Nate legte die Arme um mich und ich lehnte mich an ihn, während ich Brent beobachtete, der schon wieder ein anderes Mädchen anbaggerte.

»Ist er so was wie der größte Aufreißer ever?«

Nate lachte, sein Atem strich warm über meinen Nacken. »Ja, könnte man so sagen.«

Ein warmes Prickeln lief durch meinen Körper und das unruhige Gefühl meldete sich zurück. »Können wir von hier verschwinden?«, fragte ich leise und drehte mich so um, dass ich ihn ansehen konnte.

Nate betrachtete mich mit einem tiefen Blick, und in diesem Moment fühlte es sich an, als wären wir die Einzigen hier. Die Musik, die Stimmen und die Partygäste – alles verschwand in der Dunkelheit. Es gab nur noch uns.

»Es ist unser letzter Abend und ich wollte nur ... Ich möchte lieber mit dir allein sein.«

Nate zog mich näher und legte sein Kinn auf meinen Kopf. Sein Herz schlug schneller und ich wusste, dass er sich genauso fühlte wie ich. Darin bestand kein Zweifel. Wir waren beide erregt und nervös.

Ich kniff die Augen zu und kuschelte mich in seine Arme. Oh Mann, am liebsten wäre ich in ihn hineingekrochen. Ich hatte noch nie so empfunden, aber ich war ja auch noch nie verliebt gewesen.

Jedenfalls nicht so.

»Meine Eltern ...«, begann er zögernd. »Sie sind nicht da. Sie übernachten bei Freunden auf einem Hausboot am Fluss.«

Ich öffnete die Augen und flüsterte: »Warum sind wir dann noch nicht bei dir zu Hause?«

Kurze Stille.

»Gute Frage …«

Ich wandte den Kopf. »Lass uns gehen«, sagte ich leise und nahm seine Hand.

Er lächelte, ein zärtliches, unwiderstehliches Lächeln. »Ich darf nicht fahren.«

»Aber ich.« Ich zog wieder an seiner Hand, und diesmal lachte er laut auf, was mich irgendwie ärgerte.

»Du bist doch gar nicht hergefahren.«

»Ich weiß.« Ich ließ seine Hand los. »Warte kurz.«

»Wo willst du hin?«

»Wirst du schon sehen.« Mein Inneres stand in Flammen. Nein, das stimmte nicht. Mir war plötzlich kalt und ich fröstelte. Mir wurde irgendwie übel, während ich gleichzeitig total aufgeregt war.

Ich entdeckte Brent auf der anderen Seite des Lagerfeuers, die Hand in den Haaren eines Mädchen vergraben, sein Mund auf ihren Lippen.

Ich ging um eine große Gruppe Kids herum und war fast bei Brent angekommen, als mir Rachel den Weg versperrte. Ich hatte sie vorhin schon entdeckt, es war schwer, sie zu übersehen. Sie trug die knappste Shorts, die ich jemals gesehen hatte, und ein Bikinioberteil, das kaum ihre beachtliche Oberweite bedeckte. Sie hatte Knutschflecken am Hals, ihr Make-up war verwischt und sie roch nach Zigaretten.

Sie sah ziemlich fertig aus. Ich war nicht sicher, ob sie betrunken oder high oder beides war, aber irgendetwas stimmte nicht mit ihr.

Ich wollte sie hassen, aber der verzweifelte Ausdruck in ihren Augen und die Art, wie sie Nathan anstarrte, sagte so ziemlich alles. Sie liebte ihn immer noch. Sie wollte ihn immer noch.

»Kann ich mit dir reden?«, fragte sie. Etwas wacklig auf den Beinen legte sie den Kopf nach links.

Ich war überrascht. Im Kaffeehaus hatte sie mich mit ihren Blicken zu erdolchen versucht. Wir hatten noch nie ein Wort miteinander gewechselt.

»Ich …«

Mist. Brent machte Anstalten, sich mit seiner neuen Flamme in den Schatten zu verziehen. Ich brauchte seinen Autoschlüssel, bevor er …

»Bitte, Monroe.«

Ich drehte mich zu Nathan um, aber er unterhielt sich mit irgendeinem riesigen, breitschultrigen Kerl, dem Football geradezu auf die Stirn geschrieben stand.

Rachel trank einen großen Schluck Bier und warf die Dose dann achtlos weg, wobei sie mich keinen Moment aus den Augen ließ.

Was wollte sie von mir? Wollte ich das überhaupt wissen?

»Klar«, sagte ich und folgte Rachel zum Rand der Lichtung. Sie blieb ein paar Schritte zwischen den Bäumen mit dem Rücken zu mir stehen, doch ich brauchte einen Moment, bis mir klar wurde, dass sie weinte. Ihre Schultern bebten, ein Schluchzen hallte in die Nacht.

Ich war nicht sicher, was ich tun sollte, und war schon fast dabei, wieder zu gehen, als sie sich so schnell umdrehte, dass sie fast hingefallen wäre.

Ich war verunsichert und trat einen Schritt zurück.

Sie schniefte laut. »Nathan ist ein guter Kerl.« Ihr versagte die Stimme, sie wischte sich mit der Hand die Nase ab und sah mich mit hängenden Schultern aus großen Waschbäraugen an.

Weil ich nicht wusste, was ich erwidern sollte, schwieg ich.

»Ich vermisse ihn, weißt du? Aber es ist aus zwischen uns.« Sie legte die Arme um sich und schüttelte den Kopf. »Ich glaube, es war schon vor diesem schrecklichen Abend vorbei.«

Ich kapierte das nicht. »Warum erzählst du mir das?«

Rachel lächelte, ein trauriges Lächeln, das ihre Augen nicht erreichte. Sie zuckte die Schultern. »Ich weiß es nicht.« Sie sah auf den Boden. »Er wollte schon an *diesem* Abend mit mir Schluss machen. Bailey hat es mir erzählt. Also habe ich ihn die ganze Zeit mit Bier versorgt. Ich wollte ihn unbedingt davon abhalten, mir zu sagen, dass es aus zwischen uns ist.«

Als sie mich wieder ansah, entdeckte ich denselben Schmerz in ihren Augen, den ich bei Nathan gesehen hatte.

»Ich habe genauso viel Schuld an dem, was an diesem Abend passiert ist wie Nathan.«

»Vielleicht solltest du ihm das sagen.«

Sie schob die Hände hinter den Rücken und seufzte.

»Vielleicht.« Sie hielt kurz inne. »Ich habe gehört, dass du morgen wieder nach New York zurückmusst?«

Ich nickte.

»Nathan ist ein guter Kerl«, wiederholte sie. »Ich bin froh, dass er durch dich seinen inneren Frieden wiedergefunden hat.«

»Danke«, murmelte ich, ohne wirklich zu wissen, wie ich darauf reagieren sollte. Also lächelte ich nur. »Hab noch ... einen schönen Abend.« Abrupt drehte ich mich um und lief durch die Bäume zurück, bis ich wieder auf der Lichtung angekommen war. Ich entdeckte Brent fast augenblicklich ganz am Rand mit diesem Mädchen und rannte zu ihm.

»Kann ich mir deinen Wagen ausborgen?«

Brent blickte auf. Seine Lippen berührten immer noch den Hals des Mädchens, ein leises Grinsen huschte über sein Gesicht. Er strich noch einmal über ihre Haut, dann hob er den Kopf. »Du und Nate braucht wohl etwas Zeit für euch?«

Ich nickte. Ich war nicht in der Stimmung für Spielchen und streckte ihm die Hand hin.

Er griff in seine Hosentasche und warf mir den Schlüssel zu. »Ich lasse mich von irgendwem mitnehmen.«

»Danke.«

Im Nullkommanichts war ich zurück bei Nathan. Ich musste wild entschlossen oder ziemlich außer mir ausgesehen haben, denn er ließ seinen Footballkumpel sofort stehen und griff nach meiner Hand.

»Alles okay?«

Ich nickte. »Ja.«

Nein.

»Können wir hier weg?«, fragte ich.

Nathan starrte auf den Schlüssel in meiner Hand. »Bist du dir sicher?«

Ich stellte mich auf die Zehenspitzen und küsste ihn auf den Mund, den Jungen, den ich so sehr liebte. Dann flüsterte ich: »Ich war mir noch nie so sicher.«

Seine dunklen Augen waren auf meine Lippen gerichtet. Er nickte. »Okay.«

»Okay«, wiederholte ich und zog ihn hinter mir her in die Dunkelheit.

Kapitel 31

NATHAN

Die Fahrt zu mir nach Hause dauerte nicht lange. Vielleicht fünf Minuten. Aber sie kamen mir unendlich vor.

Unendliche fünf Minuten voller Gedanken, die ich vielleicht lieber nicht haben sollte.

Zuerst einmal sah Monroe heute Abend so atemberaubend aus, dass ich kaum die Hände von ihr lassen konnte. Beim Anblick ihres engen Tops wären Brent fast die Augen aus dem Kopf gefallen.

Ich konnte es ihm nicht verübeln. Er war schließlich auch nur ein Mensch, aber trotzdem. Ich war in Bezug auf ein Mädchen noch nie besitzergreifend gewesen, aber als ich Chad dabei erwischte, wie er sie musterte – und die Jungs aus dem Team mit dem Ellbogen anstieß, um sie auf Monroe aufmerksam zu machen –, wäre ich am liebsten wie ein Höhlenmensch auf sie losgegangen. Doch ich glaube kaum, dass Monroe das gefallen hätte.

Was das Ganze jedoch noch viel schwerer machte, war die Tatsache, dass dies unser letzter gemeinsamer Abend war. Und obwohl ich mich bemühte, an etwas Anständiges zu denken, klappte das nicht wirklich. Ich stellte mir Monroe in dem Bikini vor, den sie am Baker's Landing getragen hatte. Ich stellte mir vor, wie glatt und nass sich ihre Haut angefühlt hatte. Wie sich ihre Pupillen geweitet hatten, als sie mich küsste und wie sie diese Laute von sich gegeben hatte, als ich sie zurückküsste.

Sie war so wunderschön. Sie war vollkommen.

Und ich wusste nicht, wie ich damit umgehen sollte. Ich dachte nicht mehr darüber nach, dass ich sie nicht verdient hatte. Mit dieser Scheiße war ich durch. Aber ich liebte dieses Mädchen – ich liebte Monroe mehr, als ich es mir jemals hätte vorstellen können. Und nun zählten wir die letzten Minuten unserer gemeinsamen Zeit. Ich sollte wahrscheinlich froh darüber sein, dass wir einfach kuscheln und reden konnten, aber Mann, ich konnte nur daran denken, mit ihr allein zu sein. In meinem Zimmer.

Nackt.

»Wir sind da.«

Aus den Gedanken gerissen, sah ich zum Haus, das dunkel und verlassen wirkte.

Sie schaltete den Motor aus, schnallte sich ab und drehte sich zu mir. »Ich musste dort weg«, sagte sie plötzlich.

»Ich weiß.« Ich wollte es ihr leichter machen, aber dann sah ich, dass sie Tränen in den Augen hatte. Was zur Hölle?

»Hey«, flüsterte ich, schnallte mich ebenfalls ab und rutschte zu ihr hinüber. »Was ist los?«

Sie schüttelte den Kopf, als müsste sie sich die Worte gut überlegen, dann sagte sie so leise, dass ich sie kaum verstehen konnte: »Rachel hat mich auf der Party angesprochen.«

»Rachel«, wiederholte ich.

Ich versuchte, mich zu beherrschen. Cool zu bleiben. Aber die Wahrheit war, dass Rachel Monroe eine Menge erzählen könnte, wenn sie mir den Abend versauen wollte. *Eine Menge.* Das war der schlimmste Albtraum eines Jungen. Niemand wollte, dass die Exfreundin über irgendwelche Bettgeschichten mit der neuen Freundin tratschte.

»Es scheint ihr echt dreckig zu gehen.«

Ich nickte. Dabei war das noch untertrieben. Ich kannte Rachel schon lange und niemand ahnte, wie dreckig es ihr wirklich ging. Sie hatte Probleme zu Hause – hauptsächlich mit ihrem Stiefvater –, sie rauchte zu viel Gras und trank mehr als sie sollte. Ich war mir nicht sicher, ob sie jemals wieder das sorglose Mädchen werden würde, mit dem ich seit der neunten Klasse ausgegangen war.

»Was wollte sie?«, fragte ich zögernd.

»Ich weiß nicht so recht«, sagte Monroe. »Ich glaube, sie wollte nur sichergehen, dass ich dich gut behandle.«

Was?

Monroe schwieg einen Moment. Sie zog die Stirn in Falten, als würde sie schwer nachdenken. »Sie wird jemanden brauchen, der sie stützt. Was ich sagen will ... Ich hätte nichts dagegen, wenn du ihr diesen Halt geben würdest.«

»Lass mich das mal zusammenfassen: Du gibst mir deine Erlaubnis, mich um meine Exfreundin zu kümmern?«

Sie hob eine Augenbraue. »Nur kümmern. Ich meine, wenn du das willst, denn ich glaube, sie hat das bitter nötig.«

Gott, ich liebte dieses Mädchen.

»Aber kein Körperkontakt«, fügte sie hinzu.

Ich hob ihr Kinn und starrte ihr in die Augen, sodass sie mich ansehen musste – sie sollte wissen, wie ich mich fühlte. »Ich möchte niemandem nahe sein, außer dir, Monroe.« Ich zuckte die Schultern. »So einfach ist das.«

»Lass uns reingehen«, sagte sie.

Ich wusste, was sie damit meinte. Was sie sich wünschte. Und natürlich hatte ich in den letzten paar Wochen jede Nacht daran gedacht. Ich hatte davon geträumt, mit ihr zusammen zu sein. Sie atmen und sich bewegen zu sehen. Sie zu fühlen, in ihr zu sein.

Aber … sie war nicht nur irgendein Mädchen. »Bist du wirklich sicher, Monroe?«

Ihre Lippen glitten über meinen Mund bis zu meinem Ohr. »Ja.«

»Wo ist dein Zimmer?«, fragte Monroe.

Ich nahm ihre Hand und führte sie den Flur entlang. Mein Zimmer lag auf der Rückseite des Hauses. Ich drückte die Tür auf und ließ Monroe den Vortritt.

»Gibt es hier auch Licht?«, fragte sie ins Dunkel, ihre Stimme klang nur wie ein Wispern im Wind.

Ich ging zu meinem Bett und schaltete das Licht ein. Es war angenehm gedämpft, Schatten tanzten über ihr Gesicht.

Sie drehte eine Haarsträhne um den Fingern. Inzwischen kannte ich sie gut genug, um zu wissen, dass sie nervös war. Oh Mann, das war ich auch. Ich hatte noch nie mit einem

Mädchen geschlafen, das ich wirklich liebte, und damit spielte das hier auf so vielen Ebenen eine viel größere Rolle als jemals zuvor.

Ich hatte zwar gedacht, dass ich in Rachel verliebt gewesen war, aber nun wusste ich es besser. Erst jetzt empfand und berührte ich die wahre Liebe. Wahre Liebe war voller Emotionen, es ging nicht nur darum, rumzuknutschen oder jemanden flachzulegen.

Gefühle und Liebe zusammen? Das änderte alles.

»Ich habe noch nie ...« Sie wandte den Blick ab. »Ich habe es noch nie getan.«

Ich hatte vermutet, dass Monroe noch Jungfrau war, aber die enorme Tragweite dessen, was sie mir geben wollte, schnürte mir die Brust zu. Ich fuhr mir mit der Hand durch die Haare und hielt sie so im Arm, dass sie meinem Blick nicht ausweichen konnte.

»Gott, Monroe, du musst dich doch nicht entschuldigen. Schon gar nicht dafür, du zu sein. Oder dafür, dass du das unglaublichste Mädchen bist, das ich jemals kennengelernt habe.« Sie bedeutete mir alles. »Ich liebe dich.«

»Dann küss mich«, sagte sie leise und stellte sich auf die Zehenspitzen.

Ich küsste sie lange. Ich drückte ihren weichen Körper an mich, während sich alles in meinem Kopf wie verrückt drehte und mein Herz nur mit Mühe weiterschlug.

Wir wurden immer leidenschaftlicher. Es wurde heftiger, impulsiver.

Schließlich landeten wir auf meinem Bett, mein T-Shirt

lag auf dem Boden. Monroe fühlte sich so verdammt gut an, und als sie sich auf mich legte, verlor ich fast den Verstand. Ihre langen Haare waren überall, ihre blasse Haut schimmerte im gedämpften Licht. Ihre Lippen waren prall von meinen Küssen, ihre Wangen gerötet.

Als sie plötzlich in ihren Nacken fasste, erstarrte ich. Wir atmeten beide schwer und ich konnte nicht wegsehen, als sie ihr schulterfreies Top langsam auszog.

Nur mein abgehackter Atem erfüllte die Luft.

Sie saß breitbeinig auf mir, bewegt leicht ihre Lippen und ich stöhnte auf. »Jesus, Monroe.«

Ich konnte den Blick nicht von ihr lösen, und als sie sich vorbeugte und sich auf mich legte, ihre weichen Kurven an mich presste, hätte ich sterben können.

Meine Hände wanderten über ihren nackten Rücken, ich hielt sie fest und kämpfte darum, nicht die Kontrolle zu verlieren. Ich schlug mit dem Kopf ins Kissen und fluchte vor mich hin.

»Nate?«, flüsterte sie an meinem Hals. »Nicht aufhören.«

Ich verzog das Gesicht und kämpfte immer noch darum, die Kontrolle zu behalten, denn die Dinge entwickelten sich viel zu schnell, weil sie sich viel zu gut in meinen Armen anfühlte.

»Nate? Willst du … mich nicht?«

Ich holte tief Luft, streckte die Hand nach ihr aus und umschloss ihr Kinn, sodass ich ihr in die Augen sehen konnte. Ich sagte nichts.

Mein Hirn suchte nach den richtigen Worten und solange

hielt ich sie nur fest. Ich hielt sie, bis sich ihr Atem beruhigte, und schließlich auch meiner. »Sag mir, dass ich nicht der Einzige bin, der diese tiefe Verbindung spürt.« Ich musste es einfach von ihr hören.

»Nein«, flüsterte sie. »Das geht nicht nur dir so, Nate.«

»Hast du schon jemals so empfunden?«

Sie schüttelte den Kopf, antwortete aber nicht.

»Diese Verbindung, die wir haben, Monroe. So etwas habe ich noch nie erlebt.« Ich wollte, dass sie verstand, was ich meinte. »Wir müssen dafür sorgen, dass es so bleibt. Es wird nicht einfach sein, wenn du wieder in New York bist, aber wir können es schaffen.«

»Okay …«

»Nein, hör mir zu. Das ist nicht einfach okay. Ich möchte nichts tun, was du hinterher bereust. Dass du mich bereust oder uns.«

»Ich werde das nie bereuen. Ich möchte es tun, Nate. Ich möchte wissen, wie es sich anfühlt, zu jemandem zu gehören. Zu dir zu gehören. In jeder Hinsicht.«

Gott, diese Worte aus ihrem Mund.

Ich suchte ihr Gesicht ab. Ich sah ihr in die Augen, bis mein Blick verschwamm und ich nichts mehr erkennen konnte.

»Bist du sicher, dass du …«

Aber ihr Mund war schon auf meinem und es waren keine weiteren Worte nötig. Es gab nur noch den Geschmack ihrer Lippen, das Gefühl ihrer Zunge, ihre Haut an meiner. Suchende Hände, verschlungene Beine.

Ich hielt sie so lange wie möglich, bis ich kurz davor war, zu explodieren, und als sie sich schließlich auf den Rücken legte und die Arme nach mir ausstreckte, war ich bereit dafür. Ich wollte sie. Ich wollte der Erste für sie sein.

Und so blöd es auch klingen mag, ich wollte der Einzige für sie sein.

Aber am meisten wollte ich unsere Gefühle füreinander für immer in mir bewahren. Und in der Dunkelheit, mit Monroe in meinen Armen, versuchte ich genau das.

Wir waren eingeschlafen und als ich aufwachte – die Decke um meine Beine geschlungen und einen warmen, an mich geschmiegten Körper in den Armen –, sah ich als Erstes ihre Augen. Ihre Augen, ihre rosa Wangen und das zaghafte Lächeln, das mich jedes Mal mitten ins Herz traf.

»Hey«, sagte ich mit erstickter Stimme, während die Erinnerungen an die letzte Nacht durch meinen Kopf jagten.

»Hey«, erwiderte sie leise.

Ich sah zum Fenster hinüber. »Wir werden wohl Ärger bekommen, was?«

Sie nickte. »Ja. Ich habe meiner Mutter vor ein paar Stunden eine SMS geschickt, dass wir aufgehalten wurden und, äh, jetzt bei Brent festsitzen.«

»Scheiße, wirklich?«

»Sie wollte mich abholen kommen, aber ich habe ihr geschrieben, dass ich zum Frühstück zu Hause sein werde, und sie ließ es dabei bewenden, aus welchem Grund auch immer.«

Monroe stieß einen zitternden Atemzug aus, ihre Unterlippe bebte leicht. »Was, wenn wir uns nie wiedersehen? Wenn du wieder in die Schule gehst, in dein altes Leben zurückkehrst und mich vergisst? Was, wenn das alles vorbeigeht, als wäre es nie passiert? Wenn ich nie die Chance bekommen werde, wieder mit dir zusammen zu sein?«

»Das wird nicht passieren.«

Eine Träne lief über ihre Wange. »Woher willst du das wissen?«

Ich legte meine Stirn an ihre. »Weil ich es dir verspreche.«

Ein Herzschlag ging vorüber.

»Nathan?«

»Ja?« Ich ließ meine Lippen über ihren Hals wandern, und es fiel mir schwer, klar zu denken. Es fiel mir sogar schwer, ihr zuzuhören.

»Ich liebe dich.«

»Ich weiß.«

»Nathan?«

»Ja, Baby?« Ich suchte nach ihrem Mund, wollte sie wieder schmecken.

»Denkst du, wir könnten es noch einmal tun … wo wir doch sowieso Ärger bekommen?«

Nach diesen Worten redeten wir nicht mehr. Nach diesen Worten gab es nur noch uns beide und den Wunsch, in dem kleinen Kokon zu bleiben, den wir uns geschaffen hatten.

Und für einen Moment reichte das vollkommen aus.

Kapitel 32

MONROE

»Du kannst alles erreichen, wenn du es wirklich willst.« Das hatte meine Grandma an einem schwülen Nachmittag, als ich elf war, zu mir gesagt. Sie war dabei ganz ernst gewesen und hatte uns Eistee eingeschenkt.

Es war einer dieser Nachmittage gewesen, an denen die Luft flimmert und die Hitze in die Klamotten kriecht. Einer dieser Nachmittage, an denen die Haut klebrig und die Muskeln träge sind. Ich erinnere mich noch daran, dass sogar die Vögel still waren. Nur die Grillen zirpten wie Minikreissägen.

Schon komisch, woran man sich erinnert und dass man einige Dinge nicht vergessen kann, egal wie sehr man es versucht. Wenn ich jetzt daran denke, kommt mir das alles sehr lange her vor.

Seit diesem Sommer hatte ich eine Menge gelernt. Ich hatte gelernt, dass eine Tragödie passieren konnte, wenn man es am wenigsten erwartete. Dass ein Leben verschwinden konnte.

Aber ich hatte auch gelernt, dass das Leben weiterging. Die Erde drehte sich weiter und jeden Morgen ging die Sonne auf. Ich hatte gelernt, dass es immer Hoffnung gab, auch wenn der Schmerz, der Kummer, die Reue sich erbarmungslos in dich hineinfraßen.

Wir brauchten nur die Ausdauer und das Glück, diese Hoffnung zu finden. Oder in meinem Fall, von ihr gefunden zu werden.

Meine Hoffnung war Nathan Everets, und ich wusste, dass ich seine Hoffnung war. Er hatte Recht. Gemeinsam konnten wir alles erreichen.

Nur dass unser Zusammensein in etwa zehn Minuten vorbei sein würde.

»Flug 247 von New Orleans nach New York ist nun zum Einsteigen bereit.«

Die Lautsprecherdurchsage riss mich aus meinen Gedanken und ich drückte Nates Hand. »Das ist mein Flug.«

Wir standen auf, und ich sah zu, wie Grandma Mom und Dad umarmte, bevor sie sich zu mir umdrehte. Ihr silbernes Haar fing das Licht ein, das durch die Fenster fiel und für einen Moment sah sie wie ein Engel aus.

Ein Engel in Perlen und Leinen gekleidet wie eine echte Südstaatenlady.

Nate ließ meine Hand los, und ich fiel Grandma in die Arme, während ich gegen den Kloß in meinem Hals ankämpfte.

Wie sollte ich ihr erklären, was ich diesen Sommer alles empfunden und erlebt hatte? Wie sollte ich ihr sagen, dass sie mich gerettet hatte? Dass sie und Nathan den Wahnsinn aus meinem Kopf vertrieben hatten, dass meine Wunden heilen konnten?

»Pass gut auf dich auf, hörst du?« Grandma umarmte mich fest. »Ich liebe dich so sehr, mein kleines Mädchen.«

»Ich weiß.«

»Danke«, sagte sie leise und ließ mich los.

»Wofür?« Ich schaffte es kaum, ein richtiges Wort herauszubringen.

»Dafür, dass du stark genug warst, mich an dich heranzulassen.« Sie schob eine Haarsträhne hinter mein Ohr und flüsterte mir zu: »Und dass du Nathan aufgefangen hast.«

»Monroe, wir müssen.«

Ich nickte meiner Mutter zu und beobachtete, wie Dad Nathans Hand schüttelte. Die beiden waren ein paar Schritte zur Seite getreten, und ich wartete darauf, dass Nathan zu mir herüber kam.

»Also«, sagte er mit belegter Stimme. »Ich denke, es ist so weit.«

Ich nickte. Ich konnte nicht sprechen, weil ich zu große Angst davor hatte, in Tränen auszubrechen, wodurch alles nur noch schlimmer geworden wäre.

Er zog mich in seine Arme, bis sein Mund ganz nah an meinem Ohr war. »Wir sprechen uns jeden Tag.«

Ich nickte wieder.

»Skype wird unser bester Freund sein, okay?«

Ich schniefte. Und nickte.

»Und wenn es Trevor besser geht, komme ich mit ihm nach New York, damit du ihn kennenlernen kannst.«

»Okay«, wisperte ich.

»Monroe, wir müssen wirklich gehen.« Mom sah aus, als

müsste sie gleich weinen, und ich küsste Nathan, eine kurze, zärtliche Berührung unserer Lippen.

»Ich liebe dich«, sagte ich lächelnd. Mir traten Tränen in die Augen, die sich jeden Moment in Sturzbäche zu verwandeln drohten.

Nate seufzte tief und umarmte mich ein letztes Mal. Dann flüsterte er: »Wir sehen uns bald.«

Auf dem Weg zum Flugschalter sah ich mich nicht nach ihm um. Ich blickte nicht einmal zurück, als ich in den Gang einbog, der zu unserem Gate führte.

Wenn ich mich an ihn erinnerte, wollte ich ihn nicht auf dem Flughafen stehen sehen, die Hände in den Hosentaschen vergraben, während die langen, von der Sonne ausgeblichenen Haare auf seine Schultern fielen.

Das war ein Abschied und Abschiede hatten keine Bedeutung mehr. Jedenfalls nicht in meiner Welt. Ich grinste. Nicht in meinem Universum.

Nein. Abschiede existierten nicht.

Kurz vor Weihnachten

Der Dezember war ein verrückter Monat.

In der Schule gab es keinen wirklichen Unterricht mehr. Jedes Wochenende schien eine andere Party zu steigen. Hanukkah. Weihnachten. *Silvester*.

Mein Geburtstag war am zwanzigsten, also heute, und ich

war froh, dass meine Eltern keine große Sache daraus machten. Ich hasste es, im Mittelpunkt zu stehen. Abgesehen davon hatte sowieso niemand Zeit für Geburtstage, weil alle mit den Festtagsvorbereitungen beschäftigt waren.

Es war Sonntag vor Weihnachten und ich hatte fast den ganzen Tag mit meiner besten Freundin Kate beim Shoppen verbracht. Wir hatten ein kleines Vermögen füreinander ausgegeben – es war so viel einfacher, wenn wir uns die Geschenke selbst aussuchen konnten – und ich hatte nach dem perfekten Geschenk für Grandma gesucht. Sie wollte uns in zwei Tagen besuchen kommen. Ich konnte es kaum erwarten, sie zu sehen.

Kate und ich waren gerade bei mir zu Hause angekommen und machten es uns im Wohnzimmer gemütlich, um uns von den Strapazen unserer Shoppingtour zu erholen.

»Okay, ich habe drei Tüten Chips, Käsepopcorn und Schokoriegel. Was möchtest du zuerst?«, fragte Kate.

Ich warf ein Kissen nach ihr und zog eine Grimasse. »Und du wunderst dich über die Pickel an deinem Kinn?«

»Mit Junkfood hat das nichts zu tun.« Kate grinste. »Es liegt an den Hormonen.« Sie schob sich ein Stück Schokolade in den Mund. »Wo wir gerade bei Hormonen sind, wann lässt sich Mr Wonderful denn diese Woche endlich auf Skype blicken?«

Mein Blick verfinsterte sich. »Er arbeitet zurzeit für seinen Onkel an irgendeinem großen Projekt. Vielleicht meldet er sich heute Abend erst spät.«

»Aha«, sagte sie und ließ sich neben mich aufs Sofa fallen.

»Ich hätte in der Zwischenzeit *Love Actually* oder *The Notebook* anzubieten.«

Ich linste über ihre Schulter. »Warum gucken wir nicht beide?«

Es klingelte an der Tür.

»Mom, die McGills sind da!«, rief ich.

Meine Eltern waren zu einer Weihnachtsfeier eingeladen, also hatten Kate und ich den Abend für uns. Wir wollten uns mit Schokolade und Popcorn vollstopfen und einen unserer Lieblingsfilme ansehen.

Es klingelte erneut und ich erhob mich vom Sofa. »Leg schon mal den Film ein. Ich bin gleich zurück.«

Wir wohnten über mehrere Etagen in einem großen, gemütlichen Stadthaus. Unser Wohnzimmer lag im dritten Stock und als ich im Erdgeschoss ankam, war ich leicht aus der Puste, was mir gar nicht passte.

»Mom«, rief ich noch einmal über die Schulter, bevor ich die Tür öffnete. Unwillkürlich trat ich einen Schritt zurück. Draußen war es kalt und verschneit. Ich schauderte – und dann erstarrte ich. Im wahrsten Sinne des Wortes. Als wäre ich ein Reh im Scheinwerferlicht.

Ich hatte das Gefühl, meine Welt sei aus den Fugen geraten. Oder ich hätte den Boden unter den Füßen verloren.

Vielleicht war die Realität auch einfach in sich zusammengefallen und ich befand mich in einer anderen Dimension. Einer Dimension, in der mein Freund – mein gut aussehender, umwerfender, unglaublicher Freund – mit watteweichen Schneeflocken im Haar auf der Fußmatte stand.

»Oh« war alles, was ich herausbrachte.

Ich wollte nicht weinen. Ich wollte keins dieser Mädchen sein, die beim bloßen Anblick des Jungen, in den sie verliebt waren, völlig ausflippten.

Aber heilige Scheiße, ich war so ein Mädchen.

Die Tränen liefen über, ohne dass ich etwas dagegen tun konnte, und dann waren seine Arme um mich. Wir lachten und weinten und küssten uns. Ich wollte meine Augen nicht öffnen, denn ich hatte solche Angst, dass das alles nur ein Traum war.

»Hey«, sagte er sanft, seine Lippen berührten mein Ohr.

Ich löste mich aus seinen Armen. »Was machst du hier? Oh mein Gott, Nathan. Warum hast du mir nicht gesagt, dass du kommst?«

Erschrocken blickte ich auf meine ausgeleierte Jogginghose und das ausgewaschene graue T-Shirt hinunter, das einmal weiß gewesen war. Ich hatte meine Bunny-Schlappen an, einen losen Pferdeschwanz und – meine Hände flogen zu meinem Kinn – weiße Pickelcreme im Gesicht. Die Pickelcreme, die jetzt über seine ganze Wange verteilt war.

»Mensch, Monroe. Du hast mich doch nicht verarscht. Er sieht wirklich heiß aus.« Kate war hinter mir aufgetaucht, gefolgt von meinen Eltern. Ich drehte mich um und erkannte sofort, dass sie sich nicht zum Ausgehen zurechtgemacht hatten. Dad trug sogar seine bequeme Lieblingshose, die schon ganz abgewetzt war.

»Nathan?«

Gott, ich wünschte, wir wären allein. Nate sah so gut aus

in der dunklen Jeans, den Stiefeln, der gefütterten Jeansjacke. Seine Mütze hing von seinem Kopf und er hatte Stoppeln am Kinn, wie ich es mochte.

Mein Herz zog sich zusammen.

»Ich habe jemanden mitgebracht, den du kennenlernen solltest.«

Er trat zur Seite, und erst jetzt sah ich, dass jemand hinter ihm stand. Ein großer, schlanker Typ mit einem breiten Grinsen im Gesicht und Augen, die so blau waren, als würde sich der Himmel darin spiegeln.

»Trevor?«, fragte ich zögernd.

Er war im September aus dem Koma erwacht. Nathan hatte mir erzählt, dass es noch ein paar Probleme gab, die meisten hatten mit seinem Erinnerungsvermögen zu tun, aber er hatte langsam und kontinuierlich Fortschritte gemacht.

Er nickte. »Der einzig Wahre. Schön … dich endlich kennenzulernen. Ich wollte schon immer mal nach New York, also … hoffe ich, dass du nichts dagegen hast.«

»Nein, ich …« Meine Zunge war so schwer, dass ich kaum sprechen konnte. Oh mein Gott, ich klang wie ein Vollidiot.

»Okay, das ist ja alles ganz nett, Jungs, aber ich bin diese Kälte nicht gewöhnt. Würdet ihr Platz machen, damit eine alte Frau endlich ins Warme kommt?«

Grandma kam hinter Trevor hervor, gab mir im Vorbeigehen einen Kuss und tätschelte meine Wange.

Noch eine Überraschung. Ich hatte sie erst in zwei Tagen erwartet.

»Herzlichen Glückwunsch zum Geburtstag, Monroe. Du siehst blendend aus. Das In-den-Tag-hinein-Leben steht dir gut.«

Nathan nahm wieder meine Hand und seine Berührung ging durch meinen ganzen Körper. Ich war nicht nur lebendig. Ich stand in Flammen. Ich war da, wo ich sein wollte, mit den Menschen, die ich bei mir haben wollte.

Das Leben – genau so, wie es war – konnte nicht vollkommener sein.

Grandma hatte Recht gehabt.

Aber schließlich hatte Grandma immer Recht.

Danksagung

Dieses Buch bedeutet mir aus mehreren Gründen sehr viel. Ich wollte schon immer ein Jugendbuch schreiben, ein Buch, das meine Tochter und ihre Freunde lesen können, und es fühlt sich unglaublich an, es geschafft zu haben.

Es hat jedoch eine Weile gedauert, und ich möchte mich bei einigen Menschen bedanken, die mich dabei unterstützt haben. Zuerst bei meinen Schreibkameradinnen Michelle Rowen und Eve Silver. Ihr zwei habt mich immer ermutigt und wart so lieb zu mir, ohne euren Ansporn hätte ich es wahrscheinlich nie geschafft. Michelle, du hast das Exposé in die richtige Form gebracht, ich danke dir!

Ich möchte mich auch bei Leah Hultenschmidt bedanken. Du hast dir nicht nur die Zeit genommen, ein paar Kapitel zu lesen, sondern mir auch gleich am Telefon ein Angebot gemacht. Vielen Dank für deine Denkanstöße, du hast das Beste aus dem Text herausgeholt. Und Aubrey Poole, danke, dass du die Zügel in die Hand genommen und mir dabei geholfen hast, so ein hübsches und glänzendes Buch daraus zu machen.

Ich bin auch unendlich dankbar, dass ich eine so wundervolle Agentin gefunden habe, der ich bedingungslos vertraue und die einen großartigen Geschmack hat, denn sie ist mit einem Musiker verheiratet. Sara Megibow, du bist ein echter Rockstar, und ich weiß sehr zu schätzen, was du für mich getan hast.

Ich danke auch all den Bloggern, Lesern und Kritikern, die meine Bücher erwähnen. Auch euch schätze ich sehr und die Großzügigkeit der Verlagsmenschen macht mich immer ganz demütig.

Mein letzter großer Dank geht an meine Familie, an meinen Ehemann Andrew, meine Kinder Jake und Kristen und an meine Freunde. Ihr alle kennt und akzeptiert die Frau, die unter Termindruck tagelang dieselbe Jogginghose trägt und an Mikrowellenessen glaubt. Danke, dass ihr bei mir seid und miterlebt, wie meine Träume Wirklichkeit werden!